Marita Ruess

Die Farbe des Schattens

Über dieses Buch

In ihrem zweiten Kriminalroman erzählt Marita Ruess eine packende Geschichte, die mit einem Toten in einem Waldsee auf der Schwäbischen Alb beginnt. Der italienisch-deutsche Kommissar Marco Fois findet wenig Hinweise auf den Täter. Eine erste Spur führt lediglich zu einem rätselhaften Farbstoff. Mit dessen chemischer Formel hat sich der Student Andi Plaschek noch kurz vor seinem Tod beschäftigt. Durch Zufall hört Marco Fois von einem zweiten Todesfall im Göppinger Raum, sein ehemaliger Kollege berichtet ihm von dem Inhaber einer Werbeagentur, der sich im Stall seines renovierten Bauernhofs erhängt hat. Als dessen Witwe verschwindet, geraten die Ermittler unter Zeitdruck, denn alles deutet auf eine Entführung hin. Und beide Fälle scheinen irgendwie miteinander zusammenzuhängen… Marco Fois gerät in den Strudel der Ereignisse, seiner Vergangenheit und Gefühle und in tödliche Gefahr. Auch in ihrem zweiten Buch gelingt es Marita Ruess, den Leser mit unterhaltsamen Dialogen, treffenden Beschreibungen und gelungenem Wortwitz in die Geschichte hineinzuziehen.

Marita Ruess ist in Ulm geboren und in Neu-Ulm aufgewachsen. In Freiburg und Rom studierte sie deutsche Linguistik und italienische Sprach- und Literaturwissenschaft. 1992 machte sie sich mit einer Sprachenschule in Ulm selbstständig. Seit 2002 macht die Mutter von drei Kindern genau das, was sie immer schon tun wollte: Sie schreibt Bücher.

Marita Ruess

Die Farbe des Schattens

Oertel + Spörer

Postfach 16 42 · 72706 Reutlingen

Titelbild: „Lola“ von Sibylle Will
Umschlaggestaltung + Satz:
Oertel + Spörer Verlag, Bettina Mehmedbegović
Druck und Bindung: CPI books GmbH, Leck
Printed in Germany.
ISBN 978-3-88627-348-5

Es war ein heller und warmer Oktobermorgen. Ein herbstlicher Sonntag. Gegen halb zwölf Uhr verließen die beiden Jungs das Elternhaus des Älteren der beiden und fuhren mit ihren Rädern zum Waldsee, einer mit Wasser gefüllten Bohnerzgrube. Sie wollten ein Modellboot testen, das der Jüngere der beiden zum Geburtstag geschenkt bekommen hatte. Sie waren zwölf und dreizehn Jahre alt und sollten zum Mittagessen wieder zu Hause sein.

Eine starke Sonne schien, doch heftiger Wind fegte das Herbstlaub aus den Bäumen, und auf dem dunklen Wasser schwamm ein Mosaik aus gelben und braunen Blättern. Der Waldsee war klein und schien verwildert, ein Naturdenkmal, schützenswerter Lebensraum für Pflanze und Tier, ein Idyll mit Seerosen und zwei Namen. „Süßmahd" nannten ihn die einen, und als „Wasserschöpfe" bezeichneten ihn die anderen. Doch die beiden Jungen interessierten sich jetzt nicht für Namen. Sie sprangen hastig von ihren Rädern und setzten das Boot ins Wasser. Der stolze Bootsbesitzer griff sich die Fernsteuerung und schickte das weiße Modell in den See hinaus. Es summte durch das Blättermeer zum anderen Ufer, in einer Linkskurve wieder zurück und blieb in Ufernähe in einer Baumwurzel hängen.

„Wart, ich hol es raus", sagte der ältere Junge, rutschte die Böschung zum See hinunter und schimpfte dann: „So ein Scheiß!"

„Was ist denn?"

„Mein halber Schuh ist nass, unter den Blättern war voll viel Wasser, aber das Boot ist frei."

„Danke Tobi, willst du auch mal eine Runde?"

Der Junge nickte und nahm die Fernsteuerung entgegen. Er schickte das Boot rechter Hand in den Ausläufer des Sees.
„He, was willst du denn dahinten?“, fragte sein Freund, „da liegt doch was im Wasser, da bleibt es wieder hängen.“
„Jetzt lass mich halt machen, ich pass schon auf.“
„Mann, nicht so, fahr mehr nach links, gib mal her, da, schon zu spät, es hängt, aber was ist das? Verdammt, was ist denn das?“

Es war Zeit loszukommen von dieser Landschaft, der Geschichte dieser Landschaft. Seiner Geschichte und der Erinnerung. Er war durch den Wald gekommen und hatte die Narbe auf dem Baum erfühlt. Die Narbe auf der Elefantenhaut der alten Buche. Eine Wunde, zwei Namen, die sich in unlesbare Furchen verwachsen hatten.
Jetzt stand er in der kleinen Ausbuchtung hinter der Kurve, wo der Teer des Waldwegs in den Kies des Feldwegs überging, in den Weg zum Gehöft. Er bückte sich und ließ eine Handvoll der kleinen Kieselsteine durch seine Hand rieseln, spürte eine leichte spitze Liebkosung, die Andeutung einer Berührung. Den Wahnwitz einer Berührung durch ihre Hand. Ich war oft hier, dachte er. Wir waren oft hier. Das letzte Mal peitschte der Wind durch wuchernde Streuobstwiesen und die knorrigen Äste großer Apfelbäume. Es war die Zeit der langen Haare und der langen Tage. Und es war die Zeit der endgültig letzten Nacht. In jenem Juni vor fast 30 Jahren. In diesem endlosen Sommer, der dieses Ende hatte. Doch das wussten wir damals nicht, und wir hätten es auch nie erahnt.
Er schaute zum Hof. Links und rechts des Feldwegs lagen rote Äpfel, eingefallene Gatter und der Herbst. Er drehte

sich und sah auf die Straße, die er gekommen war. Der Duft von Pilzen strömte aus dem Wald. Da nahm er den Korb vom Boden auf und ging in den Sonntagmorgen zurück.
Die Signale kamen auf der anderen Seite des Waldes. Drei Mal ein Piepser, drei Mal entgangener Anruf. Drei Mal dieselbe Nummer auf seinem Handy. Er wählte sie.
„Ihr habt mich gesucht?"
„Ja, schon seit einer halben Stunde. Wo steckst du denn?", fragte die Stimme seiner Sekretärin. Sie bemühte sich überhaupt nicht, ihre Ungeduld zu verstecken, ja, es war sogar ein Unterton von Wut zu vernehmen, daher beschloss er ganz ruhig und freundlich zu antworten:
„Ich bin im Wald, Pia."
„Mensch Marco, und ausgerechnet im Funkloch."
„Heute ist Sonntag."
„Nicht für uns", sagte sie und betonte dabei jedes Wort.
„Was ist los?"
„Ein Toter in einem Waldsee. Bei den alten Erzgruben um Nattheim. Zwei Jungs haben ihn gefunden, der Arzt und die örtlichen Kollegen sind bereits dort, unsere Leute haben wir zum Teil noch nicht erreicht."
Marco unterdrückte einen Seufzer und schüttelte den Kopf, dann sagte er: „Verstehe", ein völlig unpassendes Wort als Pausenfüller, wie ihm gleich durch den Kopf schoss, und suchte gleich nach einem Kommentar, der mehr Sinn machte: „Was macht Henning?", fragte er daher nach seinem Kollegen.
„Der hängt noch in der Luft."
„Das dachte ich mir bei dem Wetter. Und Bernd Meier?"
„Der ist schon unterwegs."
„Das dachte ich mir auch."
„Und wie lange brauchst du?", fragte Pia in einem Tonfall, der viel Ironie enthielt und das letzte Wort betonte.
„Zehn Minuten zu Fuß!", antwortete er und erntete Erstaunen. Woraufhin er erklärte, dass der See in der Nähe

einer seiner Geheimstellen für die Pilzsuche läge. Sie lachte und fragte ihn dann, ob es immer noch nichts Spannenderes gäbe in seinem Leben. Wieder einmal fiel ihm keine schlagkräftige Antwort ein auf einen von Pias Kommentaren. Als er was sagen wollte, sich immerhin telefonisch verabschieden wollte, war die Leitung schon tot.

Es war warm. Eine starke Sonne hatte den Frühnebel vertrieben und Windböen fegten das Laub aus den Bäumen. Kaskaden aus trockenem Laub rauschten zu dem Blättermeer auf den Boden. An dem grauen Stamm einer Buche lehnte ein Fahrrad, ein anderes lag auf dem Moosboden. Hinter einem Holzstoß aus gefällten Kiefern stand der Wagen des Notarztes. Zwei Polizisten in Uniform sperrten den Waldweg ab, der Ältere der beiden Männer kam auf Marco zu.
„Halt, hier können Sie nicht durch."
Marco schaute auf seine Wanderschuhe, dann blickte er auf. Direkt in die hellen Augen des Polizisten, in denen so viel Trauer und Schrecken lag.
„Ich bin Marco Fois, Kripo Heidenheim, wir kennen uns, letztes Jahr, die Schlägerei auf dem Grillfest im Wald, Sie haben die Durchwahl 408, aber den Namen weiß ich nicht mehr."
Er fing an, in seiner Hosentasche zu kramen, doch bevor er seinen Dienstausweis fand, winkte der Mann ab.
„Klar, erinnere ich mich an Sie. Hörger heiße ich. Und Sie, Sie haben so eine nette Sekretärin, die Frau Steck."
Marco nickte, auch wenn er diese Bemerkung im Moment nicht ganz passend fand.
„Tut mir leid, Herr Fois, dass ich Sie nicht gleich erkannt habe. Sie sahen wie ein verirrter Pilzsucher aus."

Marco sah auf den Korb unter seinem Arm und seine Wanderschuhe und nickte.
„Bin ich auch. Oder wäre ich lieber. Wo liegt der Mann?“, fragte er dann.
„Da unten, mit dem Kopf im Wasser, in der Nähe des Ufers rechts.“
„Und die beiden da haben ihn gefunden?“, fragte Marco und zeigte zu den beiden Jungen, die auf der einzigen Bank unter einer rot karierten Wolldecke kauerten. Der Notarzt stand vor ihnen, sagte etwas und lächelte dabei, dann sah er hoch und hob seine Hand zum Gruß, Marco grüßte zurück.
„Ja, die haben ihn gefunden. Sie haben ein ferngesteuertes Boot fahren lassen und das kam nicht zurück. Es blieb dahinten bei dem Toten hängen.“
„Waren die auch im Wasser, ich meine wegen der Decke?“
„Nein, aber die beiden waren nur im T-Shirt unterwegs, und jetzt friert sie's.“
Marco folgte Hörger zum rechten Seeufer. Die Männer gingen einen Trampelpfad entlang, der durch Dickicht und Buschwerk führte. Kleine Zweige knackten unter ihren Schritten.
Über ihnen spannte sich Schweigen. Neben einer Mulde blieb Hörger stehen und zeigte auf eine Bucht aus schwarzem Wasser. Marco nickte. Der Mann lag auf dem Bauch. Eine Blätterschicht überdeckte seine Beine und Schuhe. Sein Oberkörper lag unter Wasser und in Höhe des Kopfes schwamm eine Wurzel im See. In einer Jacke mit Drachenmotiv hing ein kleines weißes Boot mit türkisfarbenen Streifen.
„Verdammt noch mal, wer arrangiert denn so was?“, sagte Marco mit einer Stimme, die ihm selbst fremd vorkam.
„Und als wir eintrafen, hat der Motor noch gesummt.“
„Das meine ich nicht.“
„Ich auch nicht Herr Fois, aber das war noch schlimmer.“

Marco sah seinen Kollegen an und wartete mit den Augen auf eine Antwort.
„Ja. Es sah so aus, als ob das Boot ihn aus der Position umdrehen wollte. Und er hier ist, glaube ich, nicht viel älter als die beiden dahinten."
Er schaute auf.
„Ich tu mir einfach schwer damit, Herr Fois."
„Ich tu mir immer schwer damit, Herr Hörger."
Der Polizist nickte und schaute wieder zum Wasser, dann räusperte er sich und drehte sich zu Marco um.
„Also, der Arzt sagt, er kann ertrunken, aber auch erschlagen worden sein."
„Ertrinken?"
„Das ist schon mindestens ein knapper Meter Wasser unter der Wurzel."
„Das meine ich nicht", sagte Marco, „ertränken meine ich, wenn wir auf Deutsch schon den Unterschied haben."
Hörger schwieg und Marco schaute wieder auf den See. Er hatte das Gefühl einen Gedanken im Kopf zu haben. Ein Bild. Das Bild war bei dem einen Auge rein und bei dem anderen wieder raus. Er hatte es nicht fassen können.
„Wenn, dann war er bewusstlos, als er unter die Wurzel kam", sagte Hörger.
„Ja."
„Dann hat ihn die Wurzel ertränkt."
„Ja. Das ist es Herr Hörger, die Wurzel war es."
„Und beim Erhängen war es der Strick?"
„Im Prinzip schon, aber hier ist es anders, hier kann sich der Mörder einreden, dass das Opfer noch eine Chance hatte."
Der Polizist nickte und schaute ins Wasser.
„Aber er hatte keine Chance, nicht die geringste."

Die Frau war aus der Nähe jünger als Marco gedacht hatte. Mitte bis Ende dreißig. Sie war sehr groß, fast so groß wie er, und ihre langen Haare flackerten im Wind. Ihr Zeigefinger wies auf den uniformierten Hörger.
„So, dann sind Sie also der zuständige Polizist, da muss ich nur sagen, das geht doch nicht so! Wie lange sollen die jetzt hier noch rumhocken?"
Sie zeigte auf die Jungen unter der Decke.
„Ich denke, wir sind fertig", antwortete Hörger, „aber das entscheidet letzten Endes der zuständige Kommissar. Darf ich vorstellen, Marco Fois, Kripo Heidenheim, und Sie sind als Mutter von Tobias dann die Frau Kleiber, nicht wahr?"
Sie wandte sich zu Marco und musterte ihn, seine dichten schwarzen Haare, die hellen Augen, wieder die Haare, als könnten sie nicht zu diesen Augen passen. Es folgte ein Blick auf seinen offenen Hemdkragen, auf seine Brust, die muskulösen Oberschenkel und die Füße in den Wanderschuhen. Etappen eines Blicks, wie zumindest er sie mitbekommen hatte. Zuletzt taxierte die Frau Marcos kleinen Bauchansatz, lächelte und schürzte dann die Lippen.
„Einen Kommissar habe ich mir anders vorgestellt", sagte sie und ihr Blick kokettierte mit den Interpretationsmöglichkeiten, die ihre Feststellung enthielt. Zeigte sie kurz als Frau, neben der Mutter, sehr kurz nur, denn gleich kehrte ihre Empörung wieder zurück:
„Also. Die sind doch unter Schock. Und für den Michi habe ich heute auch die Verantwortung."
„Mensch Mama. Das hier ist eine Ermittlung", sagte der größere Junge. Er drehte seiner Mutter den Rücken zu und sah Marco an.
„Ich glaube, ich weiß, wer das ist!"
„Der Tote?", fragte Marco.
„Ja, ich habe die ganze Zeit drüber nachgedacht, wo ich die Jacke schon mal gesehen habe, so eine Lederjacke mit Drachenmotiv."

Dann wandte er den Kopf seiner Mutter zu, nur bis zum Profil und sprach, ohne sie anzusehen:
„Der sieht aus wie der Sohn von der Frau, bei der Irene gerade die Blumen gießt."
„Karin", sagte seine Mutter.
„Wer ist diese Karin?", fragte Marco.
„Karin ist die Nachbarin meiner Freundin Irene, Irene Müller. Und bei dieser Karin, Karin Plaschek, gießt Irene immer die Blumen, wenn die im Urlaub ist. Und die hat auch einen Sohn, wie der heißt weiß ich aber nicht, der müsste so um die 20 sein."
„Und wo wohnt diese Frau Plaschek?"
„In Nattheim, Veilchenweg, ein Haus neben Irene, also entweder Nummer 14 oder Nummer 18."
Marco notierte sich die Adresse auf einen Zettel, den er aus seiner Jacke gekramt hatte.
„Wissen Sie auch, wann Frau Plaschek wieder zurück sein könnte?"
„Sie ist schon da, seit zwei Stunden, ich habe gerade mit Irene telefoniert, als Karin zurückkam."
„Danke", Marco nickte und folgte Hörgers Blick auf den Waldweg. Kies prasselte unter den breiten Reifen eines weißen Sportwagens, der hinter einem Geländewagen mit örtlichem Kennzeichen parkte.
„Mein Kollege und Stellvertreter Bernd Meier, Sie entschuldigen mich bitte."
Bernd Meier blieb im Wagen sitzen und strich sich mit einem kurzen Blick in den Rückspiegel durch die Haare. Dann stieg er aus und wedelte mit einer Landkarte.
„Hallo Marco, ich hab gedacht, ich find's nicht mehr, ein Waldweg nach dem anderen. Die reinste Irrfahrt."
Er klatschte mit der Hand auf die Karte und breitete sie vor Marco aus.
„Da! Weißt du eigentlich, dass wir gerade mal 100 Meter von der bayerischen Grenze entfernt sind?"

„Das tut wohl nichts zur Sache."
„Doch, um ein Haar wären nämlich die Bayern dran und wir hätten unseren Sonntag."
„Schöner Sonntag, will ich meinen", ließ sich eine Stimme vernehmen. Marco lächelte und drehte sich um.
„Henning, auch schon da?"
„Ich bin nur in der Luft langsam."
„Bist du sicher?", fragte Bernd und faltete seine Karte zusammen. „Heute war sogar die Spurensicherung schneller."
„Die sind schon da?", fragte Marco schnell, weil er den Beginn eines Streitgesprächs fürchtete, „also, dann können wir anfangen."

„Der Junge hatte recht. Plaschek, Andreas", sagte Hörger und reichte Marco die Papiere.
„20 Jahre. Verdammt noch mal, der ist nicht mal halb so alt wie ich", sagte Marco.
„Er ist fünf Jahre älter als der Große meiner Tochter", sagte Hörger und senkte den Kopf, dann sah er wieder auf:
„Übrigens, ich glaube, ich kenne die Mutter. Bei meinem Zahnarzt arbeitet auch eine Frau Plaschek. So oft kann es den Namen hier nicht geben."
„Würden Sie meinen Kollegen Bernd Meier zu ihr begleiten?"
Der Polizist nickte und machte sich mit Bernd Meier auf den Weg. Marco ging zur Mulde zurück, zum Arzt, der aufsah, als er sein Kommen bemerkte.
„Und?", fragte Marco, „haben Sie schon ein paar Informationen für mich?"
„Er hat eine Verletzung am Hinterkopf."
„Könnte die tödlich gewesen sein?"
„Ja, muss aber nicht. Sieht nach einem Schlag mit einem stumpfen Gegenstand aus, einem Stein zum Beispiel, oder er wurde mit voller Wucht gestoßen und fiel auf einen Stein. Aber ob er tot war oder nur bewusstlos, als er unter

der Wurzel eingeklemmt wurde, das wird letztendlich nur die Obduktion zeigen."
„Wie lange ist er schon tot?"
„Keine 24 Stunden."
„Danke", sagte Marco und ging den Weg zurück den er gekommen war.
„Herr Fois, kommen Sie mal bitte", rief einer der Männer mit weißem Overall. Der Mann winkte Marco zu sich, bückte sich und zeigte auf einen braunen, fleckigen Stein am Boden.
„Hm. Das ging schneller, als ich dachte", sagte Marco Fois.
„Ist hier auch wie ein offenes Buch, da oben auf der Kuppe gibt es abgeknickte Äste, ein Stück weiter darunter Blutspuren auf dem Stein und dann Schleifspuren bis fast zum See. In Ufernähe wurden die Spuren vom fallenden Laub bedeckt, aber hier, hier hat der Täter nicht einmal versucht, die Spuren zu verwischen."
„Haben wir eine Chance, Fußabdrücke zu bekommen?"
„Hier nicht, da ist alles zu trocken, am See schon."
Marco bedankte sich, blieb stehen und schaute auf den See und wieder zur Kuppe. Er ging ans andere Seeufer und blieb dort stehen. Windböen fegten das Laub aus den Bäumen, und in fast gleichmäßig rhythmischen Abständen rauschten gelbe Blätter auf Wasser und Erde. Es war ein schönes Bild, aber es war kein schöner Ort mehr, dieser See mit der Bank neben dem Schild für ein Naturdenkmal. Sogar ein Kunstwerk gab es, eine Eule, die aus einem Baumstumpf herausgearbeitet worden war, sicher mit einer Kettensäge, wie sonst. Aber nein, nichts mehr war schön hier, an diesem Ort mit dem Jungen da im See.
Es war, wie Marco zu dem Polizisten gesagt hatte, er tat sich immer schwer damit zu spät zu kommen und nicht verhindern zu können. Dann schob er all diese Bilder und Gedanken von sich. Henning kam zu ihm herüber.
„Da bist du ja. Bernd hat vorhin angerufen. Frau Plaschek kommt gleich mit ihm hierher."

In dem Moment hörten sie das Geräusch einer zuschlagenden Wagentür.
„Ist denke, er ist schon da“, sagte Marco und drehte sich zum Waldweg um. Dort standen der Polizist Hörger und Bernd Meier mit einer schlanken Frau mit langen grauen Haaren in ihrer Mitte. Sie kamen auf den Kommissar zu. Die Frau starrte Marco an und reagierte mit Panik im Blick, als sie bei der Vorstellung seinen Titel hörte.
„Wo ist er?“, fragte sie schwer atmend. Die Männer schwiegen und gingen mit ihr zu der Stelle. Frau Plaschek holte tief Luft und für einen Augenblick schien ihr Atem auszusetzen. Sie starrte auf die nassen Haare, die über den Blättern lagen.
„Ist das Ihr Sohn?“
Sie nickte und wandte sich ab, Marco sah, dass Bernd Meier etwas zu ihr sagte. Sie schüttelte nur den Kopf, dann führte er sie zum Polizeiwagen zurück. Bernd legte seine Hand auf ihre Schulter und sie ließ es geschehen. Als Marco beide einholte, hatte sie die Stirn auf dem Wagendach abgestützt, hielt die Augen geschlossen und rührte sich nicht. Nach einem Augenblick hob sie den Kopf ein Stück vom Autodach, nur so weit, dass sie etwas mitteilen konnte.
„Sie müssen den Vater informieren“, sagte sie mit einer Stimme, die von weit her zu kommen schien.
„Er heißt Ammann, Dr. Theo Ammann, Dahlienweg 6, in Ulm. Er wohnt da nicht allein.“

Der Dahlienweg 6 war das dritte einer Zeile von fünf Häusern, die fast wie Reihenhäuser wirkten. Sie standen nur etwas mehr als einen Meter auseinander. Ein Torbogen schloss jeweils die Lücke zur Straße hin ab. Häuser und Bögen wirkten wie eine Kette, deren Glieder sich nur durch Kleinigkeiten voneinander unterschieden. Das Charakteristikum von Haus Nummer 6 war eine hellblaue Tür, an der ein Herbstkranz in braunen und roten Tönen befestigt war. Bevor er klingelte schaute Marco sich um. Auf der anderen Straßenseite verlief eine echte Reihenhauszeile mit kleinen Vorgärten und neugierigen Nachbarn, wie Marco aus der Tatsache schloss, dass sich an zwei Fenstern Vorhänge bewegten.

Als Marco bei der Nummer 6 klingelte, riss gleich eine Frau die Tür auf. Es war, als ob sie ihn erwartet hätte, oder sie hatte ihn vielleicht beobachtet. Helles Licht strömte aus dem Vorraum, den sie versperrte. Sie war mittelgroß, schlank und blond, um die 50. Sie trug ein Tennishemd unter einem Sportanzug. Eine Sporttasche stand neben ihr im Hauseingang. In ihrer Hand klimperten Autoschlüssel.

„Ja bitte? Sagen Sie, was Sie wollen, aber kurz, ich bin gerade am Gehen“, sagte sie.

„Frau Ammann?“

„Und wer sind Sie?“, war ihre Gegenfrage und ihr Blick kam wie ein harter Aufschlag. Er zeigte ihr seinen Dienstausweis.

„Marco Fois, Kripo Heidenheim.“

Der Autoschlüssel in ihrer Hand gab Ruhe. Die Frau musterte ihn mit einem Blick, in dem er neben Verwunderung auch einen Anflug von Angst bemerkte.

„Kripo Heidenheim?“

„Ich möchte mit Herrn Dr. Theo Ammann sprechen.“

Sie ließ den Schlüssel mit spitzen Fingern auf die Sporttasche fallen.

„Den Doktor können Sie weglassen.“

Sie inspizierte seine Schuhe und den Gartenweg und bat ihn daraufhin einzutreten. Hinter ihm schnappte die Eingangstür ins Schloss. Frau Ammann führte Marco über die Diele an einem Esstisch aus Kiefer mit sechs rustikalen

Holzstühlen vorbei zu einer Sesselgruppe im Wohnzimmer. Der Wohnbereich lag drei Stufen tiefer. Herbstlicht strömte in den Raum. Die späten Sonnenstrahlen kamen von der Gartenseite her. Der Garten war von der Außenwelt durch hohe Hecken abgeschirmt, so abgeschirmt, dass man sich im Sommer am ganzen Körper bräunen lassen konnte, wenn man wollte, dachte Marco. Er blieb im Wohnzimmer stehen und sah sich um. Weiße Möbel spiegelten sich in weißen Fliesen. An den Wänden aus hellem Rauputz hingen Bilder mit blassgelben Rosen in dottergelben Rahmen, ein Thema in drei Varianten mit einem dicken schwarzen D.A. in der Ecke. Auf einer der drei Treppenstufen zum Essbereich saß ein Terrakotta-Mädchen mit weiß lackiertem Kleid und umfasste eine Vase mit Osterglocken. Marco bückte sich und befühlte die Blumen, sie waren aus Stoff.

„Sehen echt aus, was? Im Frühjahr fallen Sie nicht darauf rein, da hol ich mir richtige vom Markt", sagte die Stimme von Frau Ammann über ihm. Marco erhob sich. Ein Mann kam über die Stufen auf ihn zu.

„Theo Ammann", sagte er und gab Marco eine feste und warme Hand. Er wies auf die Sofas.

„Nehmen wir doch Platz, um was geht es denn?"

Der Mann sah aus wie der Zwillingsbruder des Jungen auf dem Foto von Karin Plaschek, nur eine Generation älter. Eine gut getragene Generation. Nur ein paar graue Strähnen im schwarzen Haar. Marco räusperte sich und versuchte über seinen Herzschlag hinwegzuhören, sich auf das zu konzentrieren, was er sagen musste, und Gott sei Dank nicht allzu oft zu sagen hatte, bisher.

„Ja?", fragte der Mann.

„Vielleicht sollten wir alleine miteinander reden", fragte Marco und schaute zu Frau Ammann. Theo Ammann schüttelte den Kopf.

„Doris und ich haben keine Geheimnisse voreinander."

„Wie Sie meinen", antwortete Marco, sah kurz auf den Boden und wandte seinen Blick wieder dem Vater von Andreas Plaschek zu, „es tut mir sehr leid, ich habe eine schlechte Nachricht für Sie."
Der Mann schaute ihn an und rührte sich nicht, in seinem Blick blitzte Angst auf.
„Andreas Plaschek ist tot", sagte Marco nur und merkte dabei, wie seine Stimme leiser geworden war, als ob er dadurch die grausame Nachricht abmildern könnte.
Stille fiel in den Raum, wie immer diese Stille, die Stille des Todes, der Nachricht, die er überbracht hatte, als würde die Welt für einen Moment aufhören, sich zu drehen, spürbar, auch für ihn, den Kommissar, der nur Bote war. Auf die Stille würde gleich der Schmerz folgen. Ein Schmerz, den er ausgelöst hatte, auch wenn er nicht an ihm schuld war, und von dem er sich distanzieren musste, um handeln zu können. Ammann setzte sich auf die Stufe neben das Blumenmädchen. Er starrte Marco an.
„Tot?"
Marco nickte und bestätigte das mit einem leisen „Ja".
„Und wie?"
„Er wurde in einem Waldsee gefunden."
„Waldsee? Was heißt das? Sagen Sie doch endlich was passiert ist", schrie Ammann.
„Das wissen wir selber noch nicht genau, Herr Ammann. Aber wir schließen Unfall oder Selbstmord aus."
„Wollen Sie damit sagen, dass er umgebracht wurde?", fragte Doris Ammann.
„Ja. Die Spuren am Ufer deuten auf ein Handgemenge hin, vielleicht auf einen Streit, bei dem es möglicherweise zu einem Sturz kam. Andreas Plaschek starb an den Folgen des Sturzes, oder er ertrank. Die genaueren Umstände ermitteln wir gerade noch."
„Wenn er stürzte, kann es doch auch ein Unfall gewesen sein?", fragte Doris Ammann.

„Er war unter einer Wurzel eingeklemmt. Da wollte jemand ganz sicher gehen“, sagte Marco.
Ammanns Blick fixierte für einen Moment den Kommissar, dann rannte er aus dem Zimmer und verschwand. Sie hörten eine Tür gehen. Marco schaute zu Doris Ammann, die jetzt den Platz neben dem Blumenmädchen eingenommen hatte.
„Er ist in den Keller“, sagte sie, ging zum Wohnzimmerfenster und blickte in den Garten. Herbstwind fegte durch die Luft und suchte Blätter zum Aufwirbeln. Er fand dort nur Gras und Pflastersteine und Beete mit Rosen, die keine Blüten mehr hatten.
„Sie wussten von Andreas Plaschek?“, fragte Marco Frau Ammanns Rücken.
„Nicht von Anfang an“, sagte sie und schaute in den Garten auf ein Vogelhaus. Darauf saß ein Amselpaar.
„Aber ziemlich von Anfang an“, sagte sie und drehte sich um.
„Wäre auch schwer gewesen das zu verheimlichen, bei dem, was er monatlich bezahlt hat, was wir monatlich bezahlt haben.“
Marco sah sie an. Sie erwiderte den Blick.
„Ich weiß, das ist jetzt nicht der Moment, um über Alimente zu sprechen.“
Ein Poltern donnerte durchs Haus.
„Wollen Sie nicht zu ihm?“, fragte Marco.
Sie schüttelte den Kopf und zog die Arme um sich.
„Vielleicht später, vielleicht lässt er sich dann helfen.“
Marco stellte sich neben sie. Sie hob den Kopf, ohne ihn anzusehen.
„Er haut die Werkbank klein, den Partytisch, oder sonst was. Ich weiß es nicht. Wir haben viel Gerümpel da unten.“
Dann sah sie Marco an. Ein dunkler Schleier lag auf ihrem Blick.
„Wir haben viel Gerümpel in unserem Leben.“

Sie schwieg lange, dann setzte sie fort.
„Die Kinder sollten es nie erfahren, das war meine Bedingung, um unsere Ehe zu retten."
Sie lachte ein Lachen, das gar keins war und viel Schmerz in sich trug.
„Haben Sie mal versucht, etwas zu retten, was gar nicht mehr da ist?"
„Ja, habe ich", antwortete Marco.
„Ich war gerade mit Rick schwanger, da hat er dieses Kind gezeugt. Mit einer Sprechstundenhilfe, die gemeint hat, sie könnte den Herrn Doktor angeln. Tja. Ich habe ihm den Fehltritt verziehen, aber was ich ihm nicht verzeihe...", ihre Stimme wurde um drei Tonlagen höher, „...ist, dass er dieses Kind mehr liebt als unsere. Diese Affenliebe, als ob ich die nicht mitbekommen hätte. Telefonate hinter verschlossener Tür. Aber meine Ohren hören gut. Zuerst hab ich gedacht, der säuselt mit einer anderen Frau, aber nein, er sprach mit seinem Sohn. Mein lieber Andi, mein toller Andi. Zu Hause hörte ich nur, Rick, wasch dir die Hände und Nicole, mach die Hausaufgaben. Doris, steck sie ins Bett. Aber die sind auch nicht die perfekte Klone seiner selbst. Leider haben sie viel zu viel Ähnlichkeit mit mir, von ihm haben sie nur den großen Zeh und einen Pickel auf der Lippe."
Ihre Augen waren schwarz vor Wut. Und schwarz vor Trauer. Theo Ammann tauchte im Essraum auf.
„Immer noch da? So kriegen Sie den Mörder meines Sohnes nie", rief er Marco zu und horchte bewusst auf, als sie alle eine Tür ins Schloss fallen hörten. Sie schwiegen.
„Mama?", rief eine Stimme von der Tür her.
Doris Ammann sprang vom Sofa hoch.
„Bitte", flüsterte sie, „sie weiß doch nichts."
Marco erwiderte ihren Blick und schüttelte den Kopf. Er schaute zu Ammann, der saß auf dem Sofa und hielt die Augen geschlossen. Die junge Frau im Türrahmen starrte

abwechselnd auf ihre Eltern und auf Marco. Es stimmte, sie hatte nicht viel Ähnlichkeit mit ihrem Vater, nur die schwarzen Haare, auch wenn die gefärbt wirkten, doch sie war sehr hübsch mit ihrem schmalen Gesicht und hellen intelligenten Augen.

„Was ist denn hier los?“, fragte sie schließlich.

Doris ging auf ihre Tochter zu. „Das ist Herr Foit von der Kripo Heidenheim.“

„Fois“, korrigierte Marco.

„Ja und? Ist was passiert?“

„Dein Bruder ist tot“, sagte Ammann auf dem Sofa.

„Nein, Rick lebt“, sagte Doris und schaute zu ihrer Tochter.

Theo Ammann stand auf und schlürfte zu einer Anrichte, er klappte den Deckel hinunter.

„Will jemand einen Cognac?“

„Saufen geht immer, oder was?“

„Ich! Ich will einen Cognac“, antwortete Nicole und griff sich ein Glas.

Ammann sah auf und schenkte ein. Er setzte sich wieder, sie blieb stehen und schwenkte ihr Glas, dann nahm sie einen Schluck. Nach dem Schluck folgte ein zweiter und das Glas war leer. Ammann behielt sein Glas in den Händen und schaute auf die Terrasse. Marco folgte seinem Blick. Das Vogelhäuschen in Form eines Schweizer Chalets war leer. Nicole hob ihr Glas und untersuchte es auf den Cognac, der nicht mehr vorhanden war, aber Spuren hinterlassen hatte, dann stellte sie es auf die Klappe der Anrichte und drehte sich zu Marco um.

„Warum ist mein Halbbruder tot?“

Sie saßen im Präsidium und schwiegen und dachten über das nach, was Marco berichtet hatte, an diesem Abend, der zu einem Sonntag gehörte, der keiner gewesen war. Bernd Meier sprach schließlich als Erster und klopfte auf Papiere, die vor ihm auf dem Tisch lagen.

„Ich habe auch noch was, bevor wir weitermachen", sagte er. „Hier, ich habe ganz kurz noch eine kleine Internet-Recherche betrieben. Erstens, unser Mann lag da nicht allein, da ist ein ganzer Friedhof im Wald. Keltische Hügelgräber aus der Hallstattzeit."

„Danke, das betrifft uns wohl nicht mehr", sagte Henning.

„Nein, aber es könnte etwas zu bedeuten haben."

Henning lehnte sich vor und starrte Bernd Meier an.

„Was bitte könnte das zu bedeuten haben?"

„Hört auf!", sagte Marco.

„Zweitens, unser Waldsee liegt in einem alten Erzgräbergebiet. Bohnerzgruben. Deswegen ist es da auch so hügelig. Bis Anfang des 20. Jahrhunderts wurde dort nach Bohnerz gebuddelt. Und jetzt passt auf, unser Waldsee ist nichts Anderes, als eine dieser Bohnerzgruben, die sich aufgrund des Untergrunds aus rotem Lehm mit Regenwasser gefüllt hat. Da gibt es neben unserer Wasserschöpfe noch die Wagnersgrube, die Katzenlache ..."

Henning räusperte sich:

„Danke für die Info, aber uns interessiert weniger, worin Andreas Plaschek ertrunken ist, sondern ob er ertrunken ist."

„Falsch. Dich interessiert gar nichts. Außer deiner Segelfliegerei", sagte Bernd Meier und knallte den Deckel seines Ordners zu.

„Hei, hei, wer wird denn gleich in die Luft gehen", sagte Henning.

„Hört auf. Ich habe auch noch etwas: Nach den Ammanns war ich noch einmal im Wald. Die Spurensicherung war noch dort. Sie haben in der Nähe des Waldsees drei abgeschnittene Stängel einer Pflanze gefunden, es sieht nach

Cannabis aus, wurde vor Kurzem geerntet, ich hab es an die Kollegen der Drogenabteilung weitergegeben. Die wollen sich die Fundstelle morgen mal bei Tageslicht ansehen."
„Sag bloß, die haben sich wegen ein bisschen Haschisch dort gekloppt", sagte Henning.
„Möglich ist alles. Weiterhin haben sie in unmittelbarer Nähe des Toten zwei Pakete mit dem Wochenblatt vom Donnerstag vor einem Monat gefunden, fein säuberlich verschnürt, da hat sich irgendein Austräger die Arbeit gespart und die Zeitungen im Wald abgelegt."
„Apropos Zeitung, die Presse hat angerufen", sagte Henning.
„Das läuft?"
„Ja."
„Danke. Dann gibt es noch was von der Spurensicherung. Fußspuren, aber keine Schuhabdrücke."
„Ein Täter in Socken?", fragte Bernd Meier.
„Oder barfuß wie ein Indianer?", fragte Henning.
Bernd Meier warf ihm einen bissigen Seitenblick zu, woraufhin Henning ihn freundlich anlächelte und sagte: „Es war nur eine Metapher."
„Wenn ihr mal aufhört, kommen wir weiter", sagte Marco schnell, weil er wusste, dass die Gespräche unter seinen Kollegen gerne in einem Streit endeten.
„Schon gut, schon gut", Henning hob seine Hände als Entschuldigung hoch, „das heißt, er zieht sich die Schuhe aus, um keine Spuren zu hinterlassen, stellt sie ab und verfrachtet den Jungen in den See. Dann kehrt er zurück und greift sich wieder seine Schuhe."
„Ja, genau", sagte Bernd und nickte zu Henning in einer Geste des Einlenkens.
„Egal wie, es muss ziemlich hell gewesen sein, sonst hätte er das alles nicht hingekriegt. Ihr werdet sehen, dass uns die Gerichtsmedizin einen Todeszeitpunkt vor oder um die Dämmerung liefern wird", sagte Marco, dann bückte er sich.

„Ich habe noch etwas“, er stellte einen Korb aus Weidenruten auf den Tisch, „mit Grüßen von der Spurensicherung.“
Bernd Meier schaute in den Korb.
„Pilze?“
„Ja. Das sind Steinpilze, die habe ich heute Morgen gefunden. Wollt ihr sie?“
„Pilze nein, ich esse keine Pilze aus dem Wald, wer garantiert mir, dass die o.k. sind?“, fragte Bernd Meier.
„Das Internet?“, sagte Henning.
„Du kannst mich mal“, antwortete Bernd Meier.
Henning griff sich den Korb. „Ich bring sie meiner Frau.“
Marco nickte und schaute in die Runde.
„Habt ihr noch was?“
„Ja“, sagte Henning. „Die Nachbarin, die die Blumen gegossen hat. Diese Irene Müller. Sie behauptet, dass außer ihr noch jemand in der Wohnung gewesen sein musste, denn beim zweiten Mal gießen standen plötzlich Weinflaschen auf dem Küchentisch, die dann beim dritten Mal gießen weggeräumt waren. Da es nach Aussage der Plaschek nur drei Wohnungsschlüssel gibt, nämlich einen von der Plaschek selber, einen in Reserve, den immer die Nachbarin kriegt und einen von Andi, muss Andi während der Abwesenheit seiner Mutter in der Wohnung gewesen sein.“
„Ich frage mich sowieso, warum der nicht die Blumen seiner Mutter gießen musste“, sagte Bernd, woraufhin Henning kurz auflachte.
„Das frag ich mich nicht, nachdem mein Sohn mal gegossen hat, als wir zwei Wochen in Urlaub waren. Seit der Zeit gießt bei uns auch die Nachbarin.“
„Habt ihr schon das Handy von Andreas Plaschek untersucht?“, fragte Marco.
„Ja“, sagte Henning, „es gibt nur ein kleines Adressbuch und die einzigen eingegangenen Anrufe waren von Theo Ammann, Handy.“

„Was machen wir mit den Halbgeschwistern? Die Nicole Ammann kommt ja morgen Nachmittag ins Präsidium. Blöd ist, dass der Rick Ammann gerade jetzt auf dieser Hüttentour in Südtirol ist. Da hat er einfach keinen Empfang, oder er hat sein Handy aus", sagte Bernd Meier.
„Wir müssen es weiterhin probieren. Irgendwann kriegen wir ihn da oben in den Bergen. Ihn oder seinen Kumpel", sagte Marco und schaute zu Henning, der ihm zunickte.
„Ja. Ich war die ganze Zeit dran, also ich denke, die haben da oben in den Bergen gar keinen Empfang."
„Vielleicht fällt auch den Ammanns oder der Nicole Ammann noch was ein. Das Hotel oder die Route. Oder vielleicht fällt den Eltern von diesem Freund, der mit Rick Ammann in Südtirol ist, noch was ein."
„Der Freund heißt Oliver Steck. Aber auch Fehlanzeige. Die Eltern leben in Ulm, er studiert in München. Sie haben keine Ahnung, wo Oliver mit Rick in Südtirol abgestiegen ist, und Olivers Handy ist auch aus, nach wie vor. Aber wie gesagt, ich bleibe dran, die Eltern erzählten mir was von einer Freundin von Oliver, die versuche ich jetzt auch zu erreichen."
Marco dankte ihm und ging an sein klingelndes Telefon. Es war die Gerichtsmedizin mit neuen Informationen. Als er das Gespräch beendet hatte, schaute er in den Raum, in dem Spannung lag, dann sagte er:
„Er ist zwischen 19 und 21 Uhr gestorben. Ertrunken. Sie fanden Wasser in der Lunge."
„Scheiße", sagte Henning.
„Was macht er um die Zeit im Wald? Um die Zeit ist es kuhnacht!", fragte Bernd Meier.
„Nein, es ist stockdunkel", sagte Henning, „aber du hast recht, was macht er da im Wald?"

Es war schon lange Nacht geworden und Marco Fois stand auf dem Balkon seiner Wohnung in Nattheim. Er schaute den wenigen Autos hinterher, die durch die nächtliche Hauptstraße fuhren. Es war ihm eine wichtige Gewohnheit geworden, am Abend seine Gedanken zu ordnen und die Eindrücke des Tages nochmals Revue passieren zu lassen. Ein einsames Brainstorming, bei dem er sich selber Gesprächspartner war. Er nannte es Instinctstorming, weil er so schon oft Empfindungen entschlüsseln konnte, die er tagsüber gehabt hatte, aber im ersten Moment nicht richtig deuten konnte.

So ging es ihm jetzt auch. Er schaute den Scheinwerfern hinterher, als müssten diese seine Gedanken in eine Richtung weisen, all die Bilder, die in seinem Kopf kreisten und ihn nicht zur Ruhe kommen ließen. Der Wald war nicht erkennbar und doch so nah, der Wald mit dem See, in dem der Junge gestorben war. Ertrunken in diesem seichten schwarzen Wasser, eingeklemmt unter einer Wurzel. Er musste bewusstlos gewesen sein, denn da war diese Verletzung am Hinterkopf. Wenn er aber gar nicht bewusstlos war? Bei vollem Bewusstsein um sein Leben gekämpft hatte in dieser Pfütze? Aber dann hätten seine Hände anders ausgesehen, wären voller Dreck und Kratzer gewesen, wie bei jemandem, der sich aus dem Schlamm zu befreien suchte, aus dem Grab, das für ihn bestimmt war. Nein, die Hände, die leblos auf dem Laub lagen, waren weiß und sauber und zeigten nur die Spuren, die stundenlanger Kontakt mit dem Wasser hinterlässt.

Doch tot waren sie, die Hände. So oder so gestorben, der Junge war tot. Ich werde trotzdem in der Gerichtsmedizin nachhaken. Das muss ich, auch wenn ich die Antwort bereits weiß. Ich werde den Spezialisten fragen, meine Meinung bestätigen lassen. Nicht jeder kann alles. Und nicht jeder kann überall sein. Nicht einmal in nächster Nähe sein. Und das war der wunde Punkt. Der Junge war in Marcos nächster Umgebung gestorben, in seiner Nähe.

Es wurde langsam kalt auf dem Balkon. Er ging in die Wohnung zurück, machte die Balkontüre zu und griff sich die DVD, die vom letzten Abend noch auf dem kleinen viereckigen Wohnzimmertisch lag, dem Abstelltisch neben dem Sofa. Er schob sie zu den anderen DVDs in das Schränkchen neben dem Fernseher zurück und setzte sich. So eine auffallende Gestalt wie diesen Jungen hätte er hier im Ort vom Sehen her kennen müssen. Diese langen schwarzen Haare und das Gesicht, das auch im Tod seine Attraktivität bewahrt hatte. Dann die Jacke mit dem Drachenmotiv, die er anscheinend öfters trug. Marco wohnte nur ein paar Straßenecken von der Mutter entfernt. Doch den Jungen hatte er noch nie gesehen. Aber wie sollte er Leute vom Sehen her kennen, wenn er nie ausging und seine Abende allein verbrachte.

So wie den letzten Samstag auch. Als der Junge starb, hatte sich Marco einen Teller Nudeln gemacht, nur mit Käse und Olivenöl, was anderes war nicht da. Anschließend hatte er sich die DVD vom Led Zeppelin Konzert in New York 1973 reingezogen, mehrfach. Die Lieder der Vergangenheit. Er hatte sich ein paar Zigaretten gegönnt, von denen keiner etwas wusste, nicht weil er sie verheimlichen wollte, sondern nur, weil er sie ausschließlich am Abend in Privatsituationen rauchte. Dieses Laster versuchte er an den Wochenenden frühmorgens in den Wäldern um Nattheim durch Joggen auszugleichen. Genauso war es mit seinem Weinkonsum. Alles im Rahmen der Disziplin. Disziplin hatte er nur nicht, wenn es um die Vergangenheit ging.

Ich hätte joggen gehen sollen, anstatt alten Bildern und Liedern nachzuhängen, dachte er. Dann wäre ich da draußen gewesen. Vielleicht hätte ich es verhindern können. Verdammt noch mal, ich muss herausfinden, wer dieses junge Leben nicht leben lassen wollte, dachte er und griff sich ein Buch. Dann legte er sich ins Bett.

Karin Plaschek machte ihm auf das erste Klingeln die Türe auf und bat ihn in die Wohnung. Marco Fois folgte ihr über einen langen und schmalen Flur in den morgenhellen Wohnraum und stellte sich vor die Sesselgruppe, die sie ihm zugewiesen hatte. Sie verschwand durch einen türlosen Rahmen in einen anderen Raum. Er hörte Löffel klimpern. Der Duft von frischem Kaffee strömte ins Wohnzimmer. Marco schaute sich um und ließ den Raum auf sich wirken. Lange und schmale Holzdielen waren rustikal in weiß gestrichen und weißer Kalkputz zierte die Wände, die dadurch mediterran wirkten und ein Gefühl von Italien vermittelten. In einer Ecke des Raums stand ein alter Schrank aus mokkabraunem Holz. Er war doppelt so hoch wie breit und sah nach viel Geld und Pflege aus. Eine Monstera fächerte neben dem Fenster ein glänzendes Blatt in den Raum. Die Luftwurzeln reichten nicht bis zur Erde. Sie waren abgeschnitten.
Die Sitzgruppe vor Marco wirkte sehr einladend, zwei Sessel und ein großes Sofa in einem naturfarbenen Rattangeflecht mit dicken, fliederfarbenen Sitzkissen. Marco setzte sich. Direkt über dem Sofa hing ein Bild mit einem weißen Flachdachhaus hinter einem kleinen Kornfeld. Davor wogte ein riesiges Lavendelfeld im imaginären Wind. Marco ließ seine Hand über das Bild gleiten. Es war kein Druck, sondern ein Original, Farbauftrag und Signatur des Künstlers hoben sich reliefartig vom Bild ab. Er hörte Schritte und zog die Hand zurück. Karin Plaschek kam mit einem Tablett und zwei Tassen Kaffee zurück und stellte sie auf den Beistelltisch aus Rattan mit einer Glasplatte. Sie setzte sich auf einen der Sessel und sagte:
„Ich brauche Kaffee."
„Haben Sie ein bisschen geschlafen?"
Sie schüttelte den Kopf und griff sich eine der Tassen. Dann sah sie auf.
„Waren Sie bei seinem Vater?"

Marco nickte und folgte ihrem Blick. Sie schaute auf Andis Fotografie, die gerahmt auf einem kleinen Beistellschränkchen stand. Um den Rahmen hing schwarzer Flor. Dann blickte Karin Plaschek wieder zu Marco. In ihren Augen hing eine Frage, dann schlug sie die Lider nieder und klappte die Frage weg. Marco spürte, dass sie ihm das Gespräch überlassen wollte und fragte:
„Hat Ihr Sohn hier gelebt?"
„Nein, seit Kurzem kam er nur noch zu Besuch. Meine Mutter ist seit drei Jahren im Altersheim und Andreas ist in das Haus seiner Oma gezogen. Das ist in Langenau, von dort aus kommt er bequemer zur Uni nach Ulm."
„Deswegen hat er auch nicht die Blumen gegossen, als Sie jetzt im Urlaub waren?"
„Ja, das macht meine Nachbarin. Die hat es näher", antwortete sie und zeigte keinerlei Erstaunen über Marcos Kenntnisstand.
„Und genau diese Nachbarin hat auch beobachtet, dass jetzt, während Ihrer Abwesenheit, jemand in der Wohnung war?"
„Ja, das hat sie mir auch schon erzählt. Kann schon sein. Aber übernachtet hat er hier nicht, zumindest nicht in seinem Bett, das ist unbenutzt."
„Kam er sonst regelmäßig zu Besuch?"
„Sobald seine Wäsche schmutzig war. Also so alle zwei Wochen."
„Das ist nicht so oft."
„Nein, aber er hat ziemlich gut Anschluss in Langenau und in Ulm gefunden und dort Leute getroffen."
„Wenn er Leute kannte, so hat er im Adressverzeichnis seines Handys jedoch kaum Einträge."
„Er hat das Handy ja auch kaum benutzt", sagte sie mit ärgerlichem Ton in der Stimme.
„Aber Sie haben doch gestern gesagt, er habe es immer bei sich gehabt."

„Ja, aber er hat wenig raustelefoniert, sondern sich eher anrufen lassen. Komisch ist nur, dass es hier lag, das hat mich gleich gewundert, als ich nach Hause kam. Haben Ihre Techniker noch etwas herausgefunden?“
„Nein, es gab nur die Anrufe seines Vaters.“
„Ja“, sagte sie, und wieder tauchte eine Frage in ihren Augen auf, „war er mit ihm verabredet?“, diesmal war ihre Neugier stärker als sie selbst.
„Ja“, antwortete Marco.
„Dann hat Theo angerufen, weil Andi nicht erschienen ist“, sagte sie mit einem Ton, der auf keine Bestätigung wartete.
„Wir müssen in Andis Wohnung in Langenau“, sagte Marco.
Karin Plaschek nickte, ging zu einer Schublade und holte daraus einen Schlüssel hervor. Sie gab ihn Marco.
„Das sind die Ersatzschlüssel zum Haus meiner Mutter. Erschrecken Sie nicht, es wird dort unordentlich sein.“

Das Haus, in dem Andreas Plaschek gewohnt hatte, stand in einer Straße mit kupferroten Backsteinhäusern in kleinen gepflegten Gärten. Es hatte die Nummer 18 und war die linke Hälfte von Nummer 16. Ein anderthalbgeschossiges Doppelhaus mit Satteldach, vier Gauben mit jeweils einem Einzelfenster und einem Doppelfenster auf der Vorderseite. Eine Arbeitersiedlung der vorletzten Jahrhundertwende mit gehäkelten Vorhängen in den Fenstern und Geranienkübeln an Spalierwänden. Es war eine Straße, in der sich die Leute grüßten und in der die Leute auch Fremde grüßten. Den Parkplatz vor Nummer 18 belegte Bernd Meiers Wagen. Erst drei Häuser weiter war eine andere Lücke frei.

Marco stieg aus und machte die Jacke zu. Haus Nummer 10 hatte Stapel aus Brennholz statt Backstein an der Vorderwand. Auf den Pfosten des Gartentors lagen vier Kürbisse in vier verschiedenen Größen und Farben. Daneben stand ein Schild, welches darüber informierte, dass die Kürbisse zum Verkauf stünden, das Geld müsste man nur in den Briefkasten werfen, auf den ein Papppfeil wies.

Marco ging zu Plascheks Haus zurück. Bernd Meier wartete im Garten neben einem Apfelbaum. Als er Marco sah, kam er ihm entgegen und hielt ihm einen Apfel unter die Nase. Der Apfel hatte eine ledrige Haut und verströmte einen starken Duft.

„Man glaubt es nicht, die lassen das Zeug hier verkommen. Das ist eine alte Sorte, hatte meine Oma auch, bloß hat die die Äpfel nicht liegen lassen, sondern Apfelsaft daraus gemacht. Den kannst du sogar essen. Probier mal."

Bernd Meier biss in einen anderen Apfel, der mittig schon angebissen war. Man sah eine Schneise von weißem Apfelfleisch, den Rest bedeckte eine tiefrote Schale. Marco schüttelte den Kopf und sah auf die Fassade des Hauses. Grauer Putz bröckelte an den Stellen ab, an denen sich die Reste von Ranken einer Kletterpflanze befanden.

„Laut Karin Plaschek lebt die Oma schon drei Jahre im Altersheim und Andi seit drei Monaten hier", erzählte Bernd Meier und kaute dabei.

„Lebte hier", sagte Henning und tauchte hinter Marcos Rücken auf.

„Ich sehe, wir sind komplett", stellte Marco fest und zog den Schlüssel aus seiner Jackentasche.

Das Haus war innen größer, als es von außen wirkte, aber es war zu klein für Andi Plascheks Unordnung. Drei Zimmer auf zwei Stockwerken. Papiere und Müll und Ordner, Bücher und Kleider, Schachteln und Kisten. Dazwischen knisterte trockene alte Luft. Marco und Bernd gingen in einen Raum, der als Arbeits- oder Studierzimmer gedient

haben musste. Er war sehr hell, das Mobiliar dagegen war auffallend dunkel. Neben einer Bücherwand stand eine Couch, beim Fenster befanden sich ein großer Schreibtisch und ein Klappstuhl aus Plastik. So wie es aussah, arbeitete im Schreibtisch schon seit vielen Jahren der Holzwurm und auf ihm standen Dinge des 21. Jahrhunderts: Ein Computer mit Flachbildschirm war auf Stand-by. Der Drucker nicht, er war aus. Neben dem Schreibtisch stapelten sich Bücher zu einem schiefen Turm. Daneben stand ein leerer Joghurtbecher. Er war so gut ausgelöffelt, dass er wie gespült wirkte. Henning trat in den Raum und räusperte sich.
„Der junge Plaschek hatte ein Faible für Wiener aus der Dose und Essiggurken", sagte er.
„Fragt mich nicht, ob er sich von etwas Anderem ernährt hat. Der Abfallkübel in der Küche ist voll von Dosen und Gläsern, alles dasselbe. Und bei euch?"
„Noch nicht viel", sagte Marco. „Ich denke, wir müssen uns auf das Zimmer hier konzentrieren, das war Andis Zimmer, nebenan in der Kammer, da sind die Sachen von der Oma. Sieht wenigstens so aus."
„Im Keller sind auch viele Sachen von ihr. Leere Einmachgläser, zehn Jahre altes Apfelmus, Zwetschgenkompott, genauso alt, ein Geraffel ohne Ende, es gibt sogar einen Hasenkäfig, allerdings ohne Hasen", sagte Henning.
„Der ist abgehauen, als er dich gesehen hat", sagte Bernd Meier.
„Wenn ihr mal aufhört, können wir anfangen", sagte Marco.
„Wir sind schon mittendrin", antwortete Bernd. „Ich habe einen Computerausdruck über die Synthese von Alizarin."
„So!", sagte Henning.
Bernd Meier blätterte in den Unterlagen, die auf dem Schreibtisch lagen.
„Es ist ein roter Farbstoff, eine Internet-Recherche. 16. Oktober, 16.05 Uhr", ergänzte er. „Das ist der Samstag, der Tag, an dem er starb."

„Hammer!“, sagte Henning. „Ein Thema der Chemie bei einem Studenten der Chemie, der Durchbruch bei dem Fall.“
„Für jemand, der hier nur Hasenböbbel findet, wohl schon.“
„Was?“
„Ich kann's auch in deiner Sprache, Köttel, Hasenköttel.“
„Ich war nicht erstaunt wegen deiner Worte, sondern wegen der Tatsache, dass du meinst, alleinig zu wissen, wo der Hase langläuft.“
„Nicht unbedingt, aber bei dir liegt der Hase im Pfeffer.“
„Bitte Jungs, das ist albern, o.k.?“
„Wisst ihr was? Ich recherchiere jetzt mal im Internet, wegen dieser Synthese da. Wenn ihr mich braucht, ich bin im Präsidium“, sagte Bernd Meier und ging Richtung Tür.
„Hei, Bernd“, rief Marco ihm hinterher.
Doch Bernd ließ sich nicht aufhalten, sondern knallte als Antwort die Haustür von außen zu, Henning zuckte mit den Schultern und sagte:
„Dann fahre ich jetzt mit dir nach Heidenheim zurück.“
„Ja, aber so geht das nicht.“
„Kann sein, aber mich regt es auf, dass der so tut, als ob er immer alles im Griff hätte, nein, falsch, er ist der Einzige der hier arbeitet, und die anderen tun nichts, oder was? Nur weil sie nicht pedantisch zweihundertprozentig an irgendeinem Kleinscheiß rummachen, wie er, oder?“
„Bist du sicher, dass es Kleinscheiß ist?“
Henning warf jeden möglichen Kommentar mit einer Handbewegung hinter sich und schwieg. Er folgte Marco, der das Haus abschloss und durch den Garten zum Wagen zurückging. Er sah Marco erst wieder an, als er sich angeschnallt hatte. Dieser Blick aus den blauen Augen, stoppelkurz geschnittenes graues Haar, Henning hatte etwas von einem Studienrat, dem die Erledigung der Hausaufgaben nicht passte. Tafel und Kreide waren nicht vorhanden, da-

für aber ein Finger und ein Handschuhfach, auf dem Henning nun herumhämmerte.
„Nein, Marco, so nicht, ich bin nicht alleine dran schuld, es ist auch Bernd. Bei jeder Gelegenheit führt er dir vor, wie weit die anderen unter seinem Niveau herumschippern."
Marco seufzte und fuhr los, sie mussten pünktlich in Heidenheim sein, Nicole Ammann, die Halbschwester hatte einen Termin im Präsidium.

Seine Nachbarin Chiara hatte ihn damals zum Abendessen eingeladen. Sie bewohnte neben ihm eine fast luxuriöse Wohnung im Turiner Stadtteil San Donato. Luxus bedeutete in dem Fall drei kleine Zimmer und viel Platz für eine Person. So kam es ihm zumindest vor, er begnügte sich mit einem Wohnraum, Küche und Bad und einem kleinen Balkon auf den Hinterhof. Mit Blick auf flatternde Wäsche an gespannten Seilen, die von Tag zu Tag und Nachbar zu Nachbar wechselte. In der großen Wohnküche hatte Chiara für ein paar Leute gedeckt und gekocht, weil sie ihrer Freundin, die aus Deutschland zu Besuch war, ein kleines Fest bereiten wollte. Als er eintraf, duftete es nach reifen Tomaten, die mit viel Knoblauch und Basilikum im Topf köchelten. Jeder hatte etwas mitgebracht und vorbereitet. Bei ihm war es seine berühmte Mousse au Chocolat, die ihm mit seinem einfachen Rezept immer gelang, ein Ei und 50 Gramm Bitterschokolade pro Person.
Chiara freute sich und sagte, er solle sie in den Kühlschrank stellen, einfach Platz schaffen dort unter den vielen Joghurts ihrer Freundin. Er hatte noch nie so viele Milchprodukte in einem italienischen Kühlschrank gesehen. Und er hatte noch nie so kühl und reell diesen Joghurt in der Hand mit

diesem Design, das diabolisch anmutete und das er sofort wiedererkannte. Er stand mit einem Becher in der Hand, sah auf das Fruchtsymbol einer Banane, harmlos rund und satt gelb. Alles an ihm war starr, schien für Ewigkeiten erstarrt, bis auf seine Hand, die zitterte.

Sie war pünktlich, klopfte an, trat ein und setzte sich. Marco bot ihr einen Kaffee an, aber sie schüttelte den Kopf.
„Wie geht es Ihrem Vater?"
„Und nach meiner Mutter fragen Sie nicht?"
„Doch. Wie geht es ihr?"
„Ich verstehe sowieso nicht, wie sie bleiben konnte. Aber wenn sie nicht geblieben wäre, gäbe es mich nicht. Ich bin das Produkt einer Versöhnung, die nie eine war, verstehen Sie das?"
Marco nickte und wartete auf weitere Ausführungen, Nicole Ammann schien in Redelaune zu sein.
„Das ist doch ungeheuerlich, oder? Da kriegt eine andere Frau zur selben Zeit ein Kind vom selben Mann. Und nicht nur das. Sie haben es verheimlicht, jahrelang, haben uns für dumm verkauft."
„Sie wussten also die ganze Zeit nichts von Ihrem Halbbruder?"
„Nein, aber irgendetwas lag in der Luft, das haben wir gespürt. Nicht nur ich, sondern auch Rick, das weiß ich."
„Hatten Sie da konkrete Anhaltspunkte?"
„Ja. Nein. Vielleicht so etwas: Rick hat aus Versehen einmal einen Brief von der Bank aufgemacht, weil er an dem Tag selber auch einen Brief bekommen hatte, ich glaube auch einen von der Bank. Aus dem Brief kamen ein paar Kontoauszüge raus und meine Mutter war schneller als Speedy

Gonzalez, um ihm die Dinger aus der Hand zu reißen."
„Waren Sie beunruhigt über das, was da in der Luft lag, was versteckt war?"
„Nein, wir waren sauer, weil etwas verschwiegen wurde. Deswegen haben wir uns den Kopf darüber zerbrochen, was es sein könnte. Und dann haben wir es auch rausgekriegt."
„Dass Sie einen Halbbruder haben?"
„Ja genau."
„Wann war das?"
„Das ist jetzt fast zwei Jahre her."
„Hm. Wie haben Sie es denn rausgekriegt?"
„Zu dem Geheimnisvollen gehörte auch, dass mein Vater weg war, wenn er eigentlich nicht weg sein sollte, manchmal sogar zu Festtagen. Offiziell ging er Karten spielen mit seinen Freunden. Einmal habe ich Markus hinterhergeschickt, meinen damaligen Freund, der hatte schon den Führerschein und manchmal hatte er ein Auto. Es war der Abend vor Weihnachten, ich habe mich versteckt, auf dem Rücksitz. Papa parkte auf dem Parkplatz einer Kneipe in Langenau und ging in die Kneipe rein. Markus ist ihm gefolgt. Dann kam Markus wieder raus und schüttelte den Kopf. Er führte mich zu einem Fenster, von dem aus man gut in die Gaststätte sehen konnte. Er zeigte mir, wohin ich schauen sollte."
Nicole war noch nicht fertig, aber sie sagte nichts mehr. Sie schaute Marco an und zuckte mit den Schultern. Dann strich sie sich mit beiden Händen durch die Haare, hob sie an und ließ sie wieder auf die Schultern zurückfallen. Sie hatte die Haare ihres Vaters und den Blick ihrer Mutter. Marco wartete. Sie ließ ihn warten und schloss für einen Moment die Augen. Dann sprach sie weiter.
„Durch das Fenster sah ich Papa und neben ihm saß ein Typ, der sah haargenau so aus wie Papa, aber er war so alt wie wir. Der Typ lachte wie Papa und sie lachten zusammen. Papa lachte mit ihm."
Sie räusperte sich.

„Wir wussten schon lange nicht mehr, wie Papa lacht. Das hat so wehgetan."
Sie senkte den Blick.
„Hat Ihr Vater sie gesehen?"
„Nein, er hat mich nicht gesehen."
„Haben Sie danach versucht, zu Andreas Plaschek Kontakt aufzunehmen?"
Sie schüttelte den Kopf.
„Und Ihr Bruder?"
„Warum sollte er?"
„Aber Sie haben ihm von Ihrer Entdeckung in Langenau erzählt?"
„Natürlich."
Sie spielte an ihrem Ring. Der Ring war aquamarinblau wie ihre Augen. Wie das Meer in Sardinien an einem Neujahrsmorgen, dachte Marco, doch in dem Blick war kein Meeresboden sichtbar. Sie schaute ihn nur an, ohne etwas von ihren Gedanken preiszugeben.
„Frau Ammann, wo waren Sie am Samstagabend zwischen 19 und 21 Uhr?"
Nicole lachte und der Blitz einer plötzlichen Heiterkeit tauchte in ihre Augen ein.
„Das war mir klar."
„Routine, nichts als Routine."
„Ich war bei meiner Mutter. Die Freundin meiner Mutter war auch da. Wir saßen alle zusammen vor der Glotze bis lange nach zehn Uhr."
Dann dachte sie über etwas nach und sah Marco an.
„Wenn diese Frage Routine ist, dann stellen Sie sie sicherlich auch meinem Vater, oder?"
Marco nickte und dachte daran, dass sie dem Vater genau diese Frage bis jetzt noch nicht gestellt hatten.

Es war gegen halb acht Uhr abends, aber die Dunkelheit hatte die tagsüber sichtbare Ordnung der Kleingärten in ein Labyrinth verwandelt. Marco zählte den Weg hinter dem beleuchteten Parkplatz nach Abbiegungen und Gartentürchen ab, so wie sie ihm Doris Ammann beschrieben hatte. Nach dem Eingangstor rechts, zweiter Weg links, viertes Gartentor rechts. In dem Garten hinter dem dritten Tor gluckste Wasser. Eine weiße Statue einer halb bekleideten Frau, die sich in griechischer Manier neben verdorrtem Schilf in die Herbstnacht reckte, reflektierte Licht aus einem angrenzenden Gartenhaus aus honiggelbem massivem Holz. Es gehörte zum vierten Gartentor, das so gut geölt war, dass es beim Öffnen nicht quietschte. Marco stand in einem Vorgarten aus kurz geschnittenen und in ihrer Art nicht erkennbaren Stauden und rief ein „Herr Ammann" in die Dunkelheit. Er hörte wieder Wasser wie von einer kleinen Quelle. Die Quelle versiegte plötzlich. Ammann tauchte direkt vor Marco neben einer Tanne auf. Er zog sich den Reißverschluss seiner Hose zu.

„Aha, vom Kommissar beim Strullen ertappt."

„Was?"

„Urinieren. Verstoß gegen die Gartenordnung."

Er trat auf Marco zu, gab ihm aber keine Hand und überging jegliche Form einer Begrüßung.

„Haben Sie den Mörder meines Sohnes?"

Marco schüttelte den Kopf.

„Darf nicht wahr sein", sagte Ammann und schlurfte zum Gartenhaus. Marco folgte ihm und sah, dass Ammanns Stimme fester war als sein Gang.

Das Gartenhaus war klein und wohnlich. Auf einem Tisch standen aufgereiht wie die Soldaten Rotweinflaschen einer guten Marke aus der Toskana. Für manche Flaschen war die Schlacht zu Ende, für andere hatte sie noch nicht angefangen. Marco lächelte kurz bei dem Bild, das ihm in den Kopf geschossen war und ließ dann Flaschen Flaschen sein.

„Setzen Sie sich doch", sagte Ammann und wies auf ein Sofa an der fensterlosen Wand, auf dem das Knäuel einer Decke lag, daneben war Platz.
„Wenn es Sie stört, lüfte ich", meinte Ammann und fuchtelte mit der Hand durch die Luft.
„Mich stört der Rauch nicht", antwortete Marco.
Ammann griff sich den vollen Aschenbecher vom Tisch und leerte ihn in einen Eimer unter der Spüle.
„Verdammt viel Pulver verschossen", sagte er und wusch den Aschenbecher aus. Dann machte er die Fensterläden zu und ging zur Tür. Er blieb im Rahmen stehen und schien den Lichtkegel im Garten zu betrachten. Dann drehte er sich um und zog die Türe zu.
„Luftaustausch vollzogen", meldete er und setzte sich auf einen der vier Stühle am Tisch.
Er griff sich eine Flasche und zog aus der Tisch-Schublade einen Korkenzieher hervor.
„Wollen Sie was trinken?", fragte er Marco.
„Nein, danke."
Ammann zog den Korken mit einem lauten Plopp aus der Flasche. Seine Bewegungen verrieten Übung im Öffnen von Weinflaschen. Dann ließ er die Flasche stehen.
„Ich habe die ganze Zeit darüber nachgedacht", sagte er. „Aber ich komme auf nichts. Ich bin seinen Freundeskreis durchgegangen, seinen Bekanntenkreis, zumindest die Leute, die mir bekannt sind. Das waren einige, aber ich komme auf niemanden und sicher weiß ich mehr als seine Mutter."
Er warf den Korkenzieher in die Schublade zurück.
„Andi hatte keine Feinde. Nichts."
„Dass er in Langenau wohnte und nicht mehr in Nattheim, das wissen Sie?", fragte Marco.
„Klar, im Häuschen seiner Oma. Weil er es bei seiner Mutter nicht mehr ausgehalten hat, sage ich Ihnen."
„Oder wegen dem kürzeren Weg zur Uni?"

„Hat Karin das gesagt? Die sieht mal wieder nicht den Tatsachen ins Auge. Andi hat es bei seiner Mutter nicht mehr ausgehalten und basta."
Ammann nahm den Korken und haute ihn auf den Tisch, dann sprach er weiter:
„Das ist schon wahnsinnig dämlich, oder? Vater und Sohn hocken jeweils in einer Situation, in der sie die Frau nicht mehr ertragen, mit der sie zusammenleben."
„Was hat er an seiner Mutter nicht mehr ertragen?"
„Karin ist pedantisch, kleinlich, bevormundend und gebieterisch. Eine von denen, die alles besser wissen, da ist mir sogar Doris lieber. Deswegen bin ich bei der dann ja auch geblieben."
Ammann stützte das Gesicht in die rechte Hand und schwieg, dann drehte er den Kopf und sah Marco an.
„Beide Frauen gleichzeitig schwanger, das war natürlich blöde. Netter Mistkerl dieser Ammann, oder?"
„Ich bin Kommissar und kein Pfarrer."
„Das ist auch keine Beichte, sondern eine Biografie. Das Leben des Herrn Theo A. Eine schlecht geschriebene Biografie. Ein Dreck. Ich habe zwei Frauen unglücklich gemacht, ich habe meine Kinder unglücklich gemacht, ich habe mich unglücklich gemacht."
Ammann fingerte in seiner Jackentasche herum und zog daraus eine Zigarettenpackung hervor, er schaute hinein, die Packung war leer. Er stand auf und warf sie in den Eimer unter der Spüle.
Dann griff er sich aus einem Abtropfgestell ein Glas und zeigte damit auf Marco.
„Aber die, die haben mich auch unglücklich gemacht, allesamt, bis auf Andi, und wenn ich es heute wüsste, heute, dann würde ich mich, wenn ich 20 Jahre jünger wäre, für die Karin entscheiden, nur dass ich mit ihrem und meinem Sohn zusammenleben kann, dass ich noch mehr für ihn machen kann, da sein kann."

Er öffnete eine Flasche mit Mineralwasser: „Sie auch?"
Marco schüttelte den Kopf, Ammann goss sich drei Mal ein und trank drei Mal aus.
„Alkohol entzieht Wasser", sagte er. Es war eine Feststellung und keine Entschuldigung.
„Oder den Führerschein", antwortete Marco.
„Glauben Sie, dass ich heute noch irgendwohin fahren muss, will oder werde? Ich bleibe hier."
Er machte eine kreisende Bewegung um den Mittelpunkt des Gartenhauses.
„Er war nie hier." Ammanns Stimme war nun wässriger und höher.
„Es gibt so viele Ort von mir, die er nie gesehen hat, nie sehen durfte. Ich habe ihm nicht zugestanden, an meiner Welt teilzunehmen, weil ich keine Kraft dazu hatte, weil ich feige war, bequem war. Ich habe ihm meine Konditionen diktiert und konnte mir dabei auch noch einreden, dass ich mehr war als ein Name auf einem Kontoauszug. War ich mehr? War ich wirklich mehr?"
„Haben Sie ihn mal gefragt, wie er damit zurechtkam?"
Ammann starrte ins leere Glas.
„Womit zurechtkam?"
„Dass Sie die Konditionen diktierten, wie Sie sagten."
„Nein. Er hat mir immer das Gefühl gegeben, dass es so o.k. für ihn war, wie es lief, aber was weiß denn ich jetzt, jetzt, wo er tot ist? Ich weiß jetzt gar nichts mehr."
Ammanns Stimme war jetzt nur noch weinerlich.
„Sie sagten doch, Sie wissen viel über ihn, oder?", fragte Marco.
„Ja."
„Dann hatten Sie auch die Gelegenheit, viel über ihn zu erfahren."
„Wir haben uns ja regelmäßig getroffen."
„Das meine ich."
„Ja."

„Und wo haben Sie sich getroffen?", fragte Marco.
„In Langenau. Hat Andi sogar vorgeschlagen." Ammanns Stimme hatte wieder an Boden gewonnen.
„Wo genau?"
„Jeden Samstag im Domino in Langenau. Andis Lieblingskneipe. Manchmal auch freitags. Er ist immer gekommen, bis auf letzten Samstag. Da saß ich dann und wartete."
„Haben Sie da auch Freunde von ihm kennengelernt?"
„Er hat Leute gegrüßt, sonst nichts, ... halt, da war was." Ammann schaute plötzlich auf und klopfte mit den Fingern auf den Tisch.
„Ja, das war etwa vor einem Monat. Als wir aus der Kneipe raus sind. Da kam uns ein Typ vom Parkplatz entgegen und ging direkt auf Andi zu. Der hat mich gar nicht angeschaut, sondern Andi gleich mit einem heftigen ‚Hei' und einem Schlag auf die Schulter begrüßt. Das hat zuerst danach ausgesehen, als ob er auf ihn einschlagen wollte, als Freundschaft getarnt. Dann hat er gefragt, ob Andi auf ein Bier eingeladen sei. Ton und Art waren irgendwie aggressiv, aber ehe ich oder auch Andi etwas sagen konnten, war der Typ wieder weg. Ich habe dann bei meinem Sohn nachgefragt, ob das ein Freund von ihm sei. Andi hat geantwortet, es sei ein Bekannter, aber er wolle mit dem nichts mehr zu tun haben, weil er ihn wegen zehn Euro total genervt hätte."
„Wegen zehn Euro?"
„Ja, Andreas hatte offensichtlich zehn Euro bei ihm ausgeliehen und vergessen, sie gleich zurückzuzahlen. Der andere hat deswegen wohl Theater gemacht, irgend so etwas."
„Hat Andreas einen Namen genannt?"
„Nein."
„Können Sie den Mann beschreiben?"
„Alter von Andreas, meine Größe, blond, glatte Haare mit Pferdeschwanz und er hat Hochdeutsch gesprochen, norddeutscher Akzent. Das ist doch schon mal ein Anhaltspunkt, oder? So oft gibt es solche Typen ja hier nicht."

Marco stand auf und nickte. Er verabschiedete sich von Ammann, der wieder in seine eigenen Gedanken versunken schien.
Draußen vor dem Gartenhaus blieb kein Licht, die Tür ging gleich wieder zu. Marco musste seine Augen erst an die Dunkelheit gewöhnen, musste mit dem Lichtschein vom nahen Autobahnzubringer wieder zum Parkplatz zurückfinden. Er stieg in seinen Wagen und machte den Motor an. Zu Hause in Nattheim würde auch er eine Flasche Rotwein aus der Toskana aufmachen. Aber nur auf ein Glas oder höchstens zwei.

Es war gegen neun Uhr vormittags, als Marco mit Bernd Meier im Präsidium gerade eine Kaffeepause einlegte. Henning kam auf ihn zu.
„Du hast Besuch“, sagte er.
„Von wem?“
„Weiß ich nicht, Pia hat sie reingelassen.“ Er zuckte mit den Schultern und deutete mit dem Kinn zur Glastür.
Im Besucherraum stand eine schlanke hochgewachsene Frau mit dem Rücken zur Tür und schaute aus dem Fenster. Irgendetwas am Himmel schien ihre Aufmerksamkeit zu erwecken, aber mehr als die Kondensspur eines Fliegers sah Marco nicht. Ihre glatten und feinen Haare schimmerten in der Farbe von hellem Sand. In einem Ton, den nur die Natur zustande brachte.
Im Zimmer war es warm, aber die Frau legte ihren schwarzen, knielangen Mantel aus dicker Wolle nicht ab. Sie drehte sich nicht um, als er die Türe öffnete und wieder schloss. Er räusperte sich. Im Raum roch es nach herben Beeren.

„Warten Sie auf mich?“, fragte Marco.
Die Antwort hallte von der Scheibe zurück: „Ja, aber ich wollte gerade gehen.“
„Aber wir hatten keinen Termin, oder?“
Sie drehte sich um. Ihr Gesicht war sehr hübsch, fast klassisch ebenmäßig. Sie erinnerte Marco an jemanden, aber es fiel ihm nicht ein.
„Nein, hatten wir nicht“, sagte sie in seine Gedanken hinein, „aber ich könnte vielleicht etwas Nützliches zu Andreas Plaschek sagen.“
Ihre Augen hatten die Farbe und den Glanz von Bernstein, doch sie lächelten nicht, alles an ihr blieb ernst, fast verhalten. Sie setzte sich in einen Besuchersessel.
„Wir kennen uns, nicht wahr“, sagte Marco und setzte sich auf die andere Seite des Besuchertischs.
„Ich glaube schon“, antwortete sie.
Marco senkte den Kopf und horchte auf seinen Atem. Das Echo der Frauenstimme schwebte im Raum. Der Klang. Die Frau näselte gelassen. Ihre Stimme hatte den festen Unterton einer Frau, die schon jetzt etwas zu sagen hatte, obwohl sie kaum zwanzig war.
„Ich glaube schon“, wiederholte sie, „dass man sich kennt, wenn man sechs Jahre lang unter demselben Dach gewohnt hat.“
Er schwieg und starrte auf den leeren Aschenbecher, der auf dem Besprechungstisch stand.
„Dieses Dach war in der Sedanstraße 6.“ Sie griff zu ihrer Tasche.
„Pupi, gib mir Zeit“, sagte Marco und sah zu ihr auf.
„Corinna, ich heiße Corinna.“ Sie stellte die Tasche wieder ab. „Und die Zeit hattest du, zehn Jahre Zeit hattest du, und in zehn Jahren hast du nicht ein einziges Mal angerufen.“
„Ich durfte nicht. Ich wurde abgeblockt. Beim ersten Versuch, dich zu treffen, wurde ich schon abgeblockt. Danach auch, mehrmals.“

Marco massierte sich mit beiden Händen die Stirn, senkte den Kopf und schwieg.
„Du hättest mich heimlich treffen können, du wusstest, wo ich zur Schule ging."
„Habe ich versucht, aber ausgerechnet an dem Tag ist deine Mutter auch da aufgetaucht."
„Und?"
Marco stand auf und ging zum Fenster, und dann sprach er, wie sie vorher, zur Scheibe.
„Hör mal, Pupi, Corinna, ich weiß, dass du mich vermisst hast, das hat mir Bärbel oft genug erzählt. Sie war auch die einzige der Freundinnen deiner Mutter, der ich leidtat, und die irgendwie helfen wollte. Aber was du nicht weißt, ist, was abging. Wenn du willst, kann ich es dir erzählen, aber nicht hier und vielleicht auch nicht alles. Tatsache ist, dass ich noch weniger Rechte hatte als ein leiblicher Vater. Auch wenn ich vielleicht mehr für dich getan und empfunden habe als ein echter Vater, aber ich war nur der Freund der Mutter. Und nach einer Trennung geht dann nichts, wenn die Mutter nicht will. Das Einzige was geht, ist, dass man der böse Onkel wird, wenn die Mutter es so sehen will."
Corinna schien genau über seine Worte nachzudenken.
„Hast du Lust auf einen Kaffee, gehen wir raus, Brezel essen, spazieren?", fragte Marco.
Sie stand auf und schüttelte den Kopf.
„Ich habe keine Zeit, ich muss weg."
„O.k., du wolltest eine Aussage machen."
„Ja, wollte ich." Sie lächelte zum ersten Mal.
„Wir waren zusammen auf der Schule, in einem Jahrgang. Eigentlich kannte ich ihn gar nicht, und wahrscheinlich ist es jetzt auch gar nicht wichtig. Aber er hatte so einen Ruf weg, das war bekannt, er war ein Schmarotzer."
„Ein Schmarotzer?"
„Ja, er hatte halt den Ruf eines Schmarotzers, und zwar so einer, bei dem es nicht gleich auffällt, weil er so nett ist und

nett tut und dich einsülzt, mehr weiß ich auch nicht, wir waren 80 Leute im Abijahrgang."
„Abi?"
„Ja."
„Das hat Doro also hingekriegt", sagte Marco leise und mehr zu sich selbst.
„Nein, das habe ich hingekriegt."
Er nickte und wollte ihr zulächeln, doch sie drehte ihren Kopf ab, er räusperte sich.
„Wenn er ein Schmarotzer war, dann gab es bestimmt eine ganze Menge Leute, die auf ihn sauer waren, oder?"
„Nicht unbedingt, er war ja auch nett und hilfsbereit, in Chemie war er super, in Bio auch, die Leute, mit denen ich zu tun hatte, wussten halt, dass sie sich nicht anschnorren lassen durften."
Dann signalisierte sie, dass das Gespräch für sie jetzt zu Ende war, sie griff ihre Tasche und stand auf.
„Kennst du einen Typen in eurem Alter mit blondem Pferdeschwanz, möglicherweise ein Norddeutscher, der ins Domino in Langenau geht?"
„Ich kenn nicht mal die Kneipe, aber wer weiß, wenn du ein Foto hast?"
Marco schüttelte den Kopf.
„Danke, dass du da warst", sagte er und hätte sie gerne noch mehr gefragt, über ihr Leben, doch er traute sich nicht.
„Bitte", antwortete sie und gab ihm zum Abschied die Hand. Es war eine feste und warme Hand, die er fast eine Spur zu lange hielt. Sie entzog sie ihm mit einem Ruck. Kurz darauf fiel die Tür zu. Das Echo der Stimme blieb im Raum. Mit dem Echo ein Anflug von Trauer oder Traurigkeit. Das wusste er nicht genau und wollte auch nicht darüber nachdenken.

„Hallo, ich habe Frühstück mitgebracht", sagte Pia und wedelte mit einer Tüte durch die Luft, „eine Brezel für

jeden. Übrigens, ich hab bei einem Preisausschreiben gewonnen. Beim Bäcker."
„Au ja?", sagte Henning, „kriegen wir jetzt jeden Morgen Frühstück spendiert?"
„Von wegen, ein Frühstück zu zweit, und da habe ich schon einen Kandidaten."
Sie schnitt Brezeln auf und bestrich sie mit Butter.
„Wahrscheinlich fanden die meinen Text gut, bei dem Preisausschreiben musste man nämlich einen Spruch zu ‚Power Bread' erfinden."
„Ist das eine englische Bäckerei oder was?", fragte Henning mit halb vollem Mund.
„Nein, das heißt Kraftbrot. Es geht um Körner, Henning, Vollkorn."
Henning kaute nicht mehr und nickte wie ein Pfarrer, der seinen Ministranten beim Anzünden der Altarkerzen beobachtet. Pia sah dem Nicken zu und kniff die Augen zusammen. Henning biss wieder in die Brezel.
„Also hört zu: Kommst du mal morgens nicht aus dem Bett, dann denke nur an Power Bread."
Henning verschluckte sich und fing an zu husten.
„Henning", sagte Pia und zeigte mit dem Finger auf ihn, „du kriegst von mir keine Brezel mehr."
„Ich habe mich doch nur an einem Korn verschluckt, Voll korn, Pia."
„In einer Brezel."
Henning nickte und er übertrieb es mit dem Nicken, sein Kopf wackelte auf und ab.
„Oh, was wünscht ich, Jochen wär noch hier", sagte Pia und stand auf. Sie stieß fast mit Bernd Meier zusammen, der in dem Moment in den Raum trat.
„Hei, was ist denn hier los?", fragte er.
„Schnösel, nichts als Schnösel."
Henning warf Bernd einen Blick zu und flüsterte:
„Pia geht in die Werbung."

Daraufhin verließ sie den Raum und knallte die Türe zu.
„Aha, und was hat das mit Jochen Schempf zu tun?", fragte Bernd nach ihrem ehemaligen Kollegen, der schon seit ein paar Monaten als Kommissar nach Göppingen gegangen war.
„Pia vermisst seinen Charme", antwortete Henning.
„Also, wie weit seid ihr?", fragte Marco, um dem Gespräch eine andere Richtung zu geben.
„Nun, ich war die halbe Nacht im Internet wegen dem Farbstoff. Ich werde auch gleich an die Uni fahren und mich bei Professoren und Kommilitonen nach den Kursen umhören. Natürlich auch nach Andi Plaschek", antwortete Bernd.
„Gut und weiter?"
„Die Cannabispflanzen …", sagte Henning, „also, die Kollegen von den Drogen haben sich die Fundstelle im Wald angesehen. Was haben die gelacht. Für sie war das ein vorsichtiger Anfänger, denn drei einzelne Pflanzen könne man fast im eigenen Garten zwischen Himbeersträuchern verschwinden lassen. Die haben natürlich weitergesucht, nach dem abgeschnittenen Cannabis oder nach einer ganzen Plantage im Wald. Nichts. Nichts als drei abgeschnittene Stängel, das war alles. Deswegen bringt uns meiner Meinung nach die Cannabis-Spur nicht wirklich weiter. Selbst falls Andi Plaschek tatsächlich der Hobbygärtner war."
„Ich täte an deiner Stelle nicht allzu viel meinen, sondern die Tatsachen betrachten", sagte Bernd.
„So? Dann betrachte mal."
„Die Wasserschöpfe enthält Wasser. Das braucht man zum Gießen, also wurde das Haschisch ganz bewusst dort angepflanzt. Und genau in diesem Wasser ertrinkt Andi. Abends. Also, was macht er dort, abends? Was Verbotenes, was keiner sehen soll, zusammen mit jemandem, der auch nicht gesehen werden will. Hasch ernten, den Andi oder

sein Mörder gepflanzt hat, sie haben um das Haschisch gestritten und Andi wurde getötet."
„Klar, wegen drei kümmerlicher Pflänzchen, von denen wir nicht einmal wissen, ob sie brauchbares Haschisch ergeben hätten", sagte Henning.
„So unrecht hat Bernd nicht mit seiner Theorie", sagte Marco, „das eine kann, muss aber nicht mit dem anderen zusammenhängen. Habt ihr den Rick Ammann schon erreicht?"
Henning schüttelte den Kopf.
„Haben wir sonst noch etwas?", fragte Marco.
„Ja, eine hübsche junge Frau, die in deinem Büro auf dich gewartet hat. Falls die was mit dem Fall zu tun hat, dürften wir das dann erfahren?", fragte Henning.
„Ja, ich wäre gerade dazu gekommen. Diese hübsche blonde Frau hat mit Andreas Plaschek Abitur gemacht und ausgesagt, dass er ein Schmarotzer war, aber weil er so eine nette Art hatte, fiel das nicht gleich auf. Das ist natürlich nicht unbedingt ein Charakterzug, der einem Freunde macht. Das ist eine interessante Information, die zu einem Motiv führen kann."
„Dafür hat sie recht lange gewartet, erstaunlich", sagte Henning.
„Erstaunlich oder erfreulich? Ich weiß es nicht", sagte Marco und blickte in die Runde, die durch Blicke zu verstehen gab, dass sie mehr hören wollte. Marco beschloss, seinen Kollegen kurz Bescheid zu geben.
„Ich hatte mal eine Tochter, sechs Jahre lang. Manchmal hat sie Papa zu mir gesagt, aber ich bestand darauf, dass sie mich Marco nannte, denn einen Papa hatte sie. Auch wenn der sich nie um sie gekümmert hat. Pupi, oder besser Corinna, Pupi war ihr Spitzname, war die Tochter meiner Freundin und wir haben zusammengelebt. Ich habe sie in den Kindergarten gebracht, Gutenachtgeschichten gelesen und Pausenbrote für die Schule geschmiert. Als Pupi zehn war, habe ich

mich von ihrer Mutter getrennt. Ich habe lange gebraucht, weil ich an dem Kind hing. Aber man kann nicht bei einem Kind bleiben, wenn man sich mit der Mutter gar nicht mehr versteht. Als ich ging, kam die Rache, ich durfte Corinna nicht mehr wiedersehen. Und ich habe sie zehn Jahre lang nicht mehr wiedergesehen. Bis heute."

„Hm", sagte Henning und lächelte, „das ist erfreulich, dass sie zu dir kam, nach all den Jahren."

Marco erwiderte ein Lächeln, so wie sein Kollege hatte er es noch gar nicht gesehen, wieder einmal hatte er nur auf das Negative geblickt. Das musste er dringend ändern. Doch zuerst war ein Besuch der Kneipe in Langenau angesagt, deswegen besprachen sie noch kurz ihre Tätigkeiten, dann verabschiedete sich Marco und machte sich auf den Weg zu dem Ort, an dem Theo Ammann lange und vergeblich auf seinen Sohn gewartet hatte.

Er stand hinter einem Baum und beobachtete sie, als sie auf den Hof kam. Hielt sich dabei weit entfernt und doch nah genug, so nah, dass er ihre Schritte in dem Kies knirschen hörte. Sie war wunderschön und fein hergerichtet in einem schwarzen Anzug, dessen Stoff auch aus der Entfernung wie gutes Tuch schimmerte. In der passenden Farbe, auch wenn sie das noch nicht wusste. Früh war sie dran, ziemlich früh. Sie ging merkwürdigerweise das letzte Stück in den Hof zu Fuß. Auf Stöckelschuhen, ganz nach Art der Dame, die auf eine Konzertveranstaltung in die Stadt geht. Nur tänzelte man mit diesen Dingern normalerweise nicht auf Kies herum. Nicht sehr schlau, wenn man vor der Tür parken konnte. Aber von ihrem Wagen keine Spur. Hatte sie eine Panne? Dennoch war sie vor der geplanten Zeit zurück.

Es hätte knapp werden können, wäre er nicht so ausgezeichnet informiert gewesen. Genau so wie er ihre Abfahrt beobachtet hatte, so sah er jetzt ihre Ankunft. Sah den Schemen ihrer Figur vor der einzigen, wenn auch großen Lichtquelle in der Nacht. Sah wie sie stehen blieb und zum Wohnhaus schaute, das im Dunkeln lag. Sie blickte zurück zum hellen Scheunentor. Er spürte, wie sie unruhig wurde wegen des Lichts im falschen Haus. Als sie dann mit langsamen Schritten der Ursache auf den Grund ging, verließ er seinen Beobachtungsposten. Unten parkte sein Wagen in einer Seitenstraße, die nur vom Forstverkehr benutzt wurde.

Die Tür war auf, ein Lichtstrahl traf auf einen langen Tresen aus glänzendem Chrom, der blank war wie ein Spiegel. Marco blinzelte, trat ein und schaute sich im Raum um. Das Domino hatte die Einrichtung eines Bistros und die Größe eines Ballsaales. Abgestandener Rauch mischte sich mit einem Putzmittel, das die Frische einer Meeresbrise versprach. Eine Frau, die flinker war, als ihr Gewicht vermuten ließ, war dabei, Stühle auf den Boden zu stellen. Die Fliesen unter weiteren Dutzenden von Stühlen und Tischen spiegelten in reinem Weiß. Marco ging auf die Frau zu. Sie schaute auf und stopfte sich eine Haarsträhne, die auf ihrer Stirn klebte, unter ihr Kopftuch zurück.
„Guten Morgen, ich suche den Wirt."
„Der ist hier", sagte eine tiefe Stimme mit schwäbischem Akzent hinter dem Tresen. Sie gehörte einem Mann mit Anfang vierzig, dessen Kopf glatt rasiert war, das Kinn zierte ein Bart. Der Mann war mittelgroß und kräftig gebaut. Seine muskulöse Erscheinung ließ den häufigen Aufenthalt in einem Fitnessstudio vermuten.

„Marco Fois, Kripo Heidenheim“, sagte Marco und zeigte seinen Dienstausweis.
„Peter Brenner, Kneipe Langenau. Und?“
„Verkehrt bei Ihnen ein Mann, Anfang zwanzig, ein Norddeutscher mit blondem Pferdeschwanz?“
„Aha“, sagte Brenner und fing an, in der Spüle Weizengläser auszuwaschen.
„Kennen Sie ihn?“
„Und wenn?“
„Kennen Sie den Mann?“
„Kaffee?“, fragte Brenner und hantierte an einem Kaffeeautomaten. Marco lehnte das Angebot mit einem Kopfschütteln ab.
„Bier?“
„Nein danke.“
„Sitz, Platz, Klappe auf, das geht hier nicht. Nicht beim Pit. Hier ist alles ein Geben und Nehmen.“
Marco nickte und sah zu, wie Peter Brenner einen Espresso in eine Tasse laufen ließ und diese dann vor Marco auf den Tresen stellte.
„Da, du kannst es aber auch bleiben lassen“, sagte er, wartete und verschränkte die Arme. Marco bedankte sich, griff sich das Päckchen mit Zucker von der Untertasse, riss es auf und schüttete den Inhalt in die Espressotasse, dann setzte er sich auf den Barhocker vor ihm. Der Kaffee schmeckte wie in Italien, er trank ihn in alter Gewohnheit schnell aus. Dann legte er das Foto von Andreas Plaschek vor den Wirt auf den Tisch. Pit Brenner sah auf.
„Den kenn ich.“
„Und wegen dem bin ich hier. Jemand hat ihn erschlagen und in einen See geworfen.“
Der Kneipenwirt sah auf und setzte sich auf den Barhocker neben Marco.
„Scheiße“, sagte er und nahm das Foto in die Hand. Dann sah er Marco wieder an.

„Deswegen bist du hier. Nicht wegen irgendeiner Drogengeschichte, die ihr mal wieder meinem Lokal unterjubeln wollt?"

„Ja."

Der Wirt atmete tief durch, dann fingerte er eine Zigarettenpackung aus der Tasche seines Hemds und zündete sich eine Zigarette an. Er hob die Packung zu Marco, der den Kopf schüttelte.

„Der Junge war oft hier, war ein ganz netter, offene Art, lachte viel und gern. Hätte nie gedacht, dass er der Tote aus der Zeitung ist. Aber wie er heißt, weiß ich nicht."

„Andreas Plaschek. Nochmals die Frage vom Anfang: Verkehrt bei dir ein Mann Anfang zwanzig, ein Norddeutscher mit blondem Pferdeschwanz?"

„Was hat der damit zu tun?"

Marco machte eine ausweichende Geste, und Pit Brenner verstand.

„Den Typ gibt's hier, wenn er wieder kommt, ruf ich dich an, versprochen!"

„Kommt er oft?"

„Am Wochenende ziemlich regelmäßig, mit so einer Studentenclique, die spielen im Nebenraum dann Billard."

„Du weißt keine Adresse von einem von denen?"

Peter Brenner schüttelte den Kopf.

„Dir fiel nichts auf?"

„Bei denen nicht, nein. Beim Andreas schon, egal mit wem, der hat nie selber bezahlt."

„Und kannst du dich dran erinnern, mit wem du den Andreas gesehen hast?"

„Du bist gut, weißt du, wie voll es hier am Abend ist?"

„Schön für dich."

„Na ja, einer sah genauso aus wie er, ja, mit dem war er manchmal am frühen Abend da. Sah aus wie sein Zwillingsbruder, nur zwanzig Jahre älter."

Marco nickte.

„Kennst du den?“, fragte Pit Brenner.
„Ja. War dieser Endvierziger letzten Samstag auch da, so zwischen 19 und 21 Uhr?“
„Ja. Ich habe mich noch gewundert, dass er allein da saß, hat im Nebenraum in den Fernseher geschaut, bei der Tagesschau war er sicher da, hab kurz mit ihm in die Glotze geguckt.“
„Gut, danke. Und mit wem war Andreas sonst zusammen?“
„Ja, ab und zu hing er auch an den Studenten dran. Warte mal, ich frag mal nach.“
Pit griff sich ein schnurloses Telefon und gab zwei Ziffern ein. Er machte die Zigarette aus und ging durch den Raum.
„Sag bloß, ich hab dich geweckt?“
Pit hörte auf eine Antwort und lachte, seine Stimme verlor sich durch die offene Terrassentüre ins Freie. Marco drehte sich um, die Stühle waren an ihrem Platz und die Putzmittel waren verschwunden. Die Putzfrau auch. Ein Keil von Licht lag über dem Boden durchbrochen vom Schatten zweier Sprudelkisten. Die Fächer der Kisten warfen auf den Boden Streben wie beim Eiffelturm, über dem Schatten lag ein Regenbogen. Marco hob eine Flasche nach der anderen hoch, um zu sehen, welche Flasche den Regenbogen warf, als er neben sich Schritte hörte.
„Durst?“, fragte Peter Brenner.
Marco sah auf. „Nein, aber da hängt ein Regenbogen drin, mitten im Schatten ein Regenbogen.“
„Das ist ein Prisma. Mit meinen zwei Semestern Physik vor zwanzig Jahren erklär ich es dir, wenn du willst.“
Marco lachte, schüttelte den Kopf und Pit Brenner sagte: „Also laut meiner Mitinhaberin, die selber abends im Service ist, gab es mit den Studenten Zoff. Wenn’s ums Zahlen ging, hat der Andreas immer versucht, sich zu drücken, einmal hat er sogar sein Geld vergessen, und einer aus der Clique hat es ausgelegt. Irgend so etwas. Also, wie ich sagte, er hat nie bezahlt. Oder selten, das hat die Tina auch bestätigt.

Die letzten Male dann hat er lange mit einem Dunkelhaarigen Billard gespielt, der hat auch bezahlt. Du kannst die Tina aber auch selber fragen."
„Danke, hier ist meine Telefonnummer, falls dir noch was einfällt. Ist die Tina heute Abend da?"
Pit nickte.
„Der Kaffee hat geschmeckt wie in Italien."
„Das war italienischer Kaffee", sagte der Wirt und drückte zum Abschied Marcos Hand. Draußen zeigte sich der Herbst weiterhin von seiner warmen Seite. Aber das konnte sich bald ändern.

Bei ihrer Team-Besprechung am Nachmittag fragte Bernd Meier: „Habt ihr euch die Papiere angeschaut?"
„Welche Papiere?", fragte Henning.
„Dass so eine Frage von dir kommt, war klar. Meine Internet-Recherche über den Farbstoff."
„Nein, wir sind leider noch nicht dazugekommen", sagte Marco.
„Also ich weiß nicht, welche Dringlichkeit das haben soll?", fragte Henning, „das sind chemische Formeln und der Plaschek studierte Chemie. Ich will wissen, was daran besonders ist."
„Besonders ist nämlich daran, dass sich im Moment niemand im ganzen Fachbereich Chemie mit der Synthese von Alizarin beschäftigt. So. Ich habe es nämlich geschafft, mit sämtlichen Dozenten und Professoren von Plaschek zu sprechen, und Alizarin war kein Thema, ist im Moment in der Chemie kein Thema. Die fanden das sogar recht interessant, dass sich der Plaschek damit beschäftigt hat. Und das könnt ihr jetzt finden, wie ihr wollt."

„O.k., irgendwie muss er doch darauf gekommen sein", sagte Marco.
„Eben, fragt sich nur wie", antwortete Bernd.
„Ja, und schließlich ist es das Letzte, mit dem er sich nachweislich ein paar Stunden vor seinem Tod beschäftigt hat. Kannst du die Seiten auch zusammenfassen?", fragte Marco.
„Ich versuch's, also: Alizarin ist der Farbstoff einer uralten Färberpflanze, Krapp oder Färberröte genannt, botanischer Name Rubia tinctorum. Er wird aus den Wurzeln dieser Pflanze gewonnen und gehört zur Familie der...", Bernd Meier schaute in seine Unterlagen,
„...Anthrachinonfarbstoffe, die an drei miteinander verbundenen Benzolringen zu erkennen sind."
Henning räusperte sich und Bernd Meier strafte ihn mit einem Blick. Der Blick blieb in Hennings Hemd hängen, Bernd blinzelte, dann las er weiter: „Die Färberröte gab es schon im alten Ägypten, bei den Griechen, bei den Römern. Die Wikinger färbten ihre Stoffe mit Krapprot, die Franzosen, die Türken, auch die Holländer. Dort, in Holland, war sogar mal ein Zentrum des Krappanbaus."
Bernd Meier sah auf.
„Kaum zu glauben, wenn man sich ansieht, mit wie wenig Farbgefühl sich manch Abkömmling aus Holland heute so kleidet", sagte er und schaute wieder auf Hennings Hemd, dessen gräuliches Blau mit grellrosa Streifen durchzogen war. Nach Bernds Mimik zu schließen schien ihm das Hemd nicht zu gefallen.
„Niederlande heißt es, und ich bin auch nur Abkömmling von meinem Opa väterlicherseits, der Rest ist aus Westfalen und außerdem kauft meine Frau die Hemden, und die ist bekanntlich aus demselben Spätzles-Dorf wie du", kam der Kommentar von Henning.
„Immerhin ziehst du sie dann auch an."
„Könnt ihr endlich mal damit aufhören?", sagte Marco.

„Ich schon", antwortete Bernd und schaute in seine Unterlagen, „also, der Anbau von Krapp war ein ganzer Wirtschaftszweig, vor allem im Mittelmeerraum. Ich betone, war ein Wirtschaftszweig, denn im Jahr 1869 gelang zwei deutschen Chemikern die Synthese von Alizarin, also die künstliche und wesentlich günstigere Herstellung des Farbstoffes. Aus für die Krappfelder. Es war nicht nur ein Aus für die Krapp-Felder. Denn die ganze chemische Industrie hat damals an der Produktion der künstlichen Farbstoffe herumgetüfelt. Wen wundert's, Krapprot selber war das billige Imitat für Purpurrot. Das war der teuerste Farbstoff schlechthin, denn für 1,5 Gramm davon benötigte man das Drüsensekret von 12 000 Purpurschnecken, das heißt Schneckenschleim, und der war in dem Fall farbig."
Bernd Meier machte eine Pause und konzentrierte sich auf seine Unterlagen.
„Manchmal frag ich mich echt, wofür wir bezahlt werden", sagte Henning.
„Die Schnecken wurden erschlagen oder zerquetscht..."
„Endlich haben wir das Delikt."
Kollege Meier hob gerade den Ausdruck eines Rottons in die Luft und legte ihn dann auf den Tisch. „Halt endlich mal die Klappe! Für so eine Farbe für ein paar Würdenträger mussten Abertausende von Tieren draufgehen."
„Das ist also dieses Krapprot?", fragte Marco.
„Ja."
„Hast du noch was dazu?"
„Nein, mit Rot bin ich fertig, aber wie ich sagte, hat die chemische Industrie nach den künstlich herstellbaren Farbstoffen gesucht. Höhepunkt dieser Entwicklung war das Jahr 1897, als zum ersten Mal synthetischer Indigo auf den Markt kam. Blau. Aber das war nicht mehr mein Thema. Jedenfalls waren es die synthetischen Farben, die haben die Chemie und insbesondere die deutsche Chemie gepuscht, und wie." Bernd Meier klappte seine Blätter zu.

„Danke", sagte Marco. „Die Frage ist nur, was fangen wir damit an?"
„Vielleicht hat Henning eine Idee?", fragte Bernd.
Henning saß auf seinem Stuhl und hielt die Arme verschränkt. Er schwieg oder dachte nach.
„Hast du in Langenau noch etwas gefunden?", fragte Marco.
„Ach was, den Weg hätte ich mir sparen können." Henning schüttelte nur den Kopf. „Im Rest vom Haus war nichts außer dem Plunder der Oma. Kaum Geschirr, kaum Vorräte, meiner Meinung nach bekam der Plaschek auch nie Besuch. Weder leere noch volle Flaschen, keine Sprudelkiste, nichts. Ich habe in allen Schränken und im Keller nachgeschaut. Der hat Leitungswasser getrunken, zumindest bei sich zu Hause.
„Soll ja auch sehr gesund sein", sagte Bernd Meier.
„Aber gästetechnisch bis du da schnell out, in dem Alter. Und nicht nur in dem Alter. Bei meinem Junior fließt auch kein Alkohol, wenn seine Kumpels kommen."
„Und die Nachbarn?", fragte Marco.
„Nichts gesehen und nichts gehört. Das heißt, sie haben ihn immer alleine gesehen, morgens ging er zu Fuß aus dem Haus, Richtung Bushaltestelle nach Ulm, und abends kam er mit dem Bus auch wieder zurück. Ach ja, die ältere Dame in der Haushälfte nebenan hätte gerne ihren Pümpel zurück, falls wir ihn finden."
„Ihren was?"
„Ich hab's auch nicht gleich verstanden, sie hat es mir auf Schwäbisch erklärt. Das Ding mit der roten Gummiglocke, wenn das Klo verstopft ist, einen Pümpel eben. Sie hat ihn Plaschek ein paar Tage zuvor ausgeliehen und nicht zurückbekommen. Sie hat kein Auto und sie weiß nicht, wo man das Ding bekommen kann und überhaupt."
Henning sah auf Bernd Meier, der den Oberkörper durchstreckte und den Mund aufmachte.

„Sag jetzt bitte nichts, du sagst jetzt bitte nichts. Ich entschuldige mich auch für meine Kommentare vorher."
„Stöpsel", sagte Bernd Meier leise und klappte den Mund wieder zu.

Die Kneipe war für die frühe Uhrzeit am Abend schon gut besetzt, und obwohl die Bedienung viel zu tun hatte, nahm sie sich die Zeit, als sie an Marco mit einem Tablett vorüberjonglierte, ihn mit einem lächelnden „Hallo" zu begrüßen. Sie war ein dunkler Typ und ihre Augen glänzten wie schwarze Kohle. Marco ging an den Tresen. Dort stand Peter Brenner und füllte jetzt die Weizengläser, die er am Morgen gespült hatte. Er schaute auf und nickte Marco zu.
„Hallo, was trinkst?"
„Gerne einen Kaffee, aber diesmal zahl ich."
„Aha, sonst schmier ich die Polizei, oder was?"
„Quatsch, sonst ist der Kommissar ein Schmarotzer. Ist die Tina da?"
„Ja, das ist das Rasseweib, das dich grad so nett begrüßt hat."
Pit deutete Marco mit einem Kopfnicken an, sich nach rechts umzudrehen. Tina stellte gerade ein Tablett mit leeren Gläsern auf dem Tresen ab und wischte sich die Haare aus der Stirn. Pit sah sie an und streckte seinen Oberkörper durch. Sein Mund öffnete sich leicht und blieb kurz offen, seine Zungenspitze berührte die Unterkante seiner Schneidezähne, dann sagte er: „Hast du kurz Zeit?"
„Kurz schon."
Sie drehte sich um und schaute Marco an. Sie musterte ihn, wie eine Frau einen Mann mustert. Er erwiderte den Blick. Sie war sehr hübsch und trug ein weißes Hemd zur schwar-

zen Hose, ihre schwarzen Haare standen im Gegensatz zu ihrer hellen Haut. Ihre dunklen Augen strahlten in hellen Funken Herzlichkeit und Wärme aus. Sie war selber Domino. Wahrscheinlich hatte sie dem Lokal den Namen gegeben.

„Das ist der Polizist, von dem ich dir erzählt hab", sagte Pit. Marco stellte sich vor und streckte der Frau die Hand hin. Sie erwiderte den Gruß mit einem festen und warmen Griff und ließ ihre Hand eine Weile in seiner liegen.

„Martina Pinna. Alle nennen mich Tina."

„Kommen Sie aus Sardinien?", fragte Marco, der den Nachnamen dort schon oft gehört hatte.

„Mein Opa. Sie auch? Oder wie haben Sie das so schnell diagnostiziert?"

„Ist Sardinien eine Krankheit?", fragte Pit und griff sich eines der leeren Weizengläser vom Tablett. Tina lachte, dann dachte sie nach und wurde ernst: „Nein, aber es kann krank machen, wenn man dort leben will und nicht dort leben kann."

„Es macht immer krank, wenn man nicht so leben kann, wie man leben will", sagte Pit und fing an das Glas abzuwaschen. Tina schien die Antwort nicht gehört zu haben: „Ich habe noch keine Antwort auf die Fráge, Sie sind Sarde?"

„Mein Vater. Aber bis auf ein paar Jahre in Turin während meiner Grundschulzeit bin ich hier aufgewachsen. Jetzt habe aber ich die Fragen." Marco lachte sie an, um seinen Worten die Schärfe zu nehmen. Sie lächelte zurück und nickte.

„Sie kannten Andreas Plaschek?", fragte er dann.

„Den Toten? Ja."

„War er oft hier?"

„Ja, ziemlich oft, aber nie allein. Er hat immer Gesellschaft gehabt oder Gesellschaft gefunden."

„Wenn er die Gesellschaft gefunden hat, dann hat er sie auch gesucht?"

„Ich weiß nicht, wie er es gemacht hat, aber er hat oft jemanden in der Kneipe aufgegabelt, der dann auch für ihn bezahlt hat."
„Und wie hat er das hingekriegt?"
„Weiß ich nicht, hier ist am Abend total viel los. Ich kam dann immer für die Bestellungen und zum Kassieren."
„Hat er gut Billard gespielt?"
„Keine Ahnung. Er war auch nicht mehr so oft am Billardtisch. Ich glaube, der hatte mit den Studenten Krach. Das ist so eine Clique, die oft kommt, aber man weiß nie wann. Heute sind sie nicht da", um ihre Worte zu bestätigen, sah sich Tina im Lokal um.
„Gibt es hier jemanden, der weiß, wie die heißen oder wo sie wohnen?", fragte Marco.
Wieder ließ sie ihren Blick über den Raum gleiten, dann sagte sie: „Ich versuch es mal, wenn Sie kurz Zeit haben?"
Marco nickte und sah ihr hinterher, wie sie im Lokal verschwand und sich Richtung Billardraum bewegte. Er trank seinen Kaffee aus und das Glas Wasser, das Pit daneben gestellt hatte. Nicht weit von ihm entfernt bauten zwei Männer und eine Frau auf einem kleinen Podest ein paar Instrumente auf. Es waren alles junge Leute, in ihren Zwanzigern, und sie trugen mittelalterliche Kostüme. Einer der Männer und die Frau trugen auch noch eine Harfe die drei Holzstufen zum Podest hinauf.
„Das ist aber nicht sehr italienisch", sagte Marco.
„Nein, wir fördern auch die regionale Kunst. Die hier spielen mittelalterliche und keltische Musik. Die Sängerin behauptet, sie sei inspiriert durch den Geist der keltischen Kultanlage, neben der sie aufgewachsen ist."
Marco wollte noch einen Kommentar zur Viereckschanze und Keltengräbern in der Nähe des Dorfs seines Onkels abgeben, aber er sah, wie sich Tina durch die Menge an den Tresen zurückschlängelte. Sie strahlte ihn schon beim Näherkommen an und sagte:

„Ich hab einen Vornamen: Axel, und zwar der Blonde mit dem Pferdeschwanz."
„Keine Adresse?"
Sie schüttelte den Kopf. „Mir ist aber noch was eingefallen: Neben den Studenten hat er auch öfter seinen Vater hier getroffen, denn bei der Ähnlichkeit muss es sein Vater gewesen sein."
Marco bestätigte diese Bemerkung mit einem Nicken.
„Dann war da in letzter Zeit auch noch ein Typ in unserem Alter", sagte sie weiter.
„Mein Alter wäre Mitte vierzig."
„Meins auch", sagte Tina und kokettierte mit den Augen über diese Aussage.
„So? Und kennen Sie den anderen Mann?"
„Nein, und der kam jetzt auch schon ein Weilchen nicht mehr. Aber die saßen bestimmt ein paar Mal zusammen und haben miteinander diskutiert. Ziemlich lang sogar."
„Kannte der Mann hier andere Gäste?"
„Ich glaube nicht."
„Können Sie ihn beschreiben?"
„Schwierig, er sah nicht besonders oder besonders gut aus, denn so etwas fällt mir auf", dabei warf sie Marco einen Blick zu, der mehr als ein Kompliment war, fast eine Aufforderung zum Tanz. Doch er wollte keine Reaktion zeigen und fragte nur: „Haarfarbe, Alter, Größe?"
„Ende dreißig, Größe weiß ich nicht, Haarfarbe? Dunkel, und ja, er hatte einen vorstehenden Biss, Pferdegebiss."
„Verstehe. Deutscher? Schwabe? Hatte er Akzent?"
„Ich kann mich an keine Stimme erinnern, mir ist nichts Außergewöhnliches aufgefallen."
„Hat er mit Karte bezahlt?"
„Nein, hier zahlt fast keiner mit Karte, das wüsste ich."
„Wenn der wieder auftaucht, dann rufen Sie mich bitte an?"
Marco überreichte ihr seine Visitenkarte, sie warf einen Blick darauf und sagte: „Wenn ich ihn halten kann, schon."

„Das können Sie bestimmt", sagte Marco und gab ihr die Hand zum Abschied und wartete darauf, dass von ihr noch ein Kommentar käme, der Anflug eines Flirts. Er spürte nur, wie sie ihm schnell die Finger entzog, „Na denn, bis dann!" sagte und schnell durch das Lokal verschwand. Marco spürte einen Anflug von Bedauern, verabschiedete sich vom Wirt und trat auf die Straße hinaus. Draußen war es richtig dunkel geworden. Es war die Zeit seines Feierabends, und es war die Zeit für einen Besuch.

Es war spannend, die beiden da oben zu beobachten, dort auf ihrem Hof. Ihr Turteln zu verfolgen in diesen lauen Frühsommernächten, die das Ehepaar auf der Terrasse des Anwesens zu verbringen pflegte. Miteinander plaudernd, lachend, sie gemäßigt beim Rotwein, er maßlos. Diese letzte Tatsache war natürlich von großem Vorteil für das Vorhaben, sein großes Vorhaben, wie er es nannte. Manchmal saß der Mann auch allein draußen, er schien zu arbeiten, weil er ständig etwas in sein Notebook schrieb, das auf dem Gartentisch stand. Auffallend war, dass er noch mehr als früher rauchte, auch wenn sein Konsum von damals nur schwer gesteigert werden konnte. Dass dieser Dampf im Haus drinnen nicht ging, war klar. Denn sie hatten es ziemlich nett da oben, in diesem alten Gehöft. Ein teilsanierter Bauernhof auf der Anhöhe der Schwäbischen Alb, in der Bauweise, die man so oft sah, ein Stock und viel steiles Dach mit vielen netten Möbeln. Ein Hof mit einem Haufen Kies, den er bei seinen Beobachtungsnächten wohlweislich nie betrat. Dann die Scheune, die als Lagerschuppen diente und als Garage für einen Oldtimer ohne Nummernschild und ohne großen Wert, verrostet und heruntergekommen, wie das Ding war.

Früher hatte der Mann woanders gewohnt, offensichtlich war er zu ihr gezogen, nach der Heirat. Das Haus gehörte nur ihr, vielleicht war es nicht einmal gekauft, sondern nur gemietet.
Aber das war egal. Geld war da, das sah man an den Kleidern, die sie trugen und den Wagen, die sie fuhren. Es war unrechtmäßiges Geld, denn dieses Geld stand ihm, nur ihm alleine zu.

In Dischingen holte er sich ein paar Bananen aus dem örtlichen Supermarkt und ging dann in die Bäckerei, die in dem Markt untergebracht war. Über dem Brotregal leuchtete der Slogan „Power Bread" in nussbrauner Schrift auf sonnengelbem Grund.
„Schmeckt das auch?", fragte Marco und zeigte auf die Werbung.
„Und wie", antwortete die Verkäuferin.
„Also gut", sagte Marco und suchte in seiner Hosentasche nach Münzen. Die Verkäuferin legte ihm das Brot auf den Tresen und kicherte, ihre Kollegin lachte und wischte sich mit dem Taschentuch Tränen aus dem Gesicht. Marco griff sich das Brot und die Verkäuferin streckte ihren Kopf zu ihm und flüsterte:
„Ich bin überall kitzelig, und seitdem die das hier rausgekriegt haben, kitzeln sie mich bei jeder Gelegenheit."
Marco lächelte und grüßte. Das Gelächter der beiden Verkäuferinnen begleitete ihn zum Ausgang. Er ging auf den Parkplatz zurück. Die Straßenlampe warf ihren Schein auf seinen Wagen. Er machte die Tür auf, setzte sich und klappte sein Handy auf. Im Wagen roch es jetzt nach frischem Brot. Er wählte die erste Nummer seiner Liste und

war schon dabei aufzulegen, als er die sonore Stimme seines Onkels hörte.
„Hans Baldinger."
„HB, hier ist Marco."
„Ein Verschollener."
„Hast du Lust auf Dosenwurst aus dem Bären?"
„Immer, aber ich hab' noch welche da."
„Bier?"
„Hab' ich immer vorrätig, du kannst einen Kartoffelsalat mitbringen, wenn sie einen haben."
„Alles klar, bis gleich", sagte Marco, drehte den Zündschlüssel und verließ Dischingen in Richtung Fleinheim.
Die Dämmerung war weit fortgeschritten. Die bewaldeten Kuppen über der Dischinger Landstraße verschoben sich in den Kurven zu einem Laufband aus langen dunklen Wellen. Ein einsamer Traktor verstreute sein Licht über ein abgeerntetes Feld.
Fleinheim bestand aus mehreren Dutzend Häusern verschiedener Bauart und verschiedenen Alters. Hangaufwärts schob sich der alte Ortskern bis zum Wald. Die meisten Häuser waren bewohnt, teilweise saniert, aber viele standen auch leer und fielen auseinander oder in sich zusammen. In die Felder fraß sich das Neubaugebiet. Licht erleuchtete das leere Erdgeschoss eines gewaltigen Rohbaus, auf dessen Dachbalken sich eine Tanne im Wind bog.
Marco parkte vor dem Bären im Ortskern. Innen waren alle Gasträume beleuchtet und offensichtlich gut besucht, außen auf der Terrasse saß ein einziger Gast, ein älterer Rocker vor seiner 750er mit Aalener Kennzeichen, vor einem leicht ramponierten Helm und vor einem leeren Glas Bier. Das Kinn fast auf der Brust und die Hände über dem Bauch schien er zu schlafen. Als Marco die Gaststube betrat, hörte er die Sirene einer alten italienischen Autohupe, was zu bedeuten hatte, dass die Fleinheimer mal wieder im Fußball erfolgreich waren.

„Die haben am Sonntag den Meistertitel geholt", sagte der Wirt als Begrüßung und nickte in den Gastraum.
„Gut für Fleinheim und gut für dein Lokal. HB hat Lust auf Kartoffelsalat."
Der Wirt nickte, ging in die Küche und kam mit einem großen und mit einem kleinen Plastikbehälter zurück.
„Da musst du aufpassen", sagte er, „da ist Bratensoße drin, dein Onkel liebt Kartoffelsalat mit einem guten Schuss Bratensoße."
„Alles klar." Marco zog seinen Geldbeutel aus der Hosentasche.
„Nein, lass mal, ich muss morgen eine Tinktur bei ihm abholen, dann verrechnen wir das."
Marco dankte, nickte den Fußballfans zu und verließ das Lokal. Als er vor die Tür trat, fuhr der Rocker gerade aus dem Hof, der Motor seiner Maschine tuckerte in die Nacht.

Das Haus von Marcos Onkel war das Letzte im Dorf auf der Seite des alten Pilgerwegs. Am Pfosten neben der Hofeinfahrt hing das Symbol mit der blaugelben Muschel, deren Farben man jetzt in der Dunkelheit nicht erkennen konnte. Wie üblich war das Tor zum Grundstück halb auf, was bedeutete, dass es nicht in der Luft schwebte, sondern mit dem einen Ende auf dem Boden aufsaß. Marco stieg aus dem Wagen, hob das Tor hoch und trug es in Richtung der Mauer, die den Eingangsbereich flankierte, und setzte es ab. Aufgrund dieser Aktion hatte er etwas Sandartiges an den Händen, Brösel von Farbe oder Rost, das war unklar. Er klopfte sie an seiner Jacke ab. HB war zu Hause, aus dem Wohnzimmer fiel ein Schimmer von Licht. Marco fuhr den Wagen aufs Grundstück, stieg dann aus und sah sich kurz

um. In der Luft lag der Geruch von Feuchtigkeit und verbranntem Holz. Licht war in allen Fenstern des Nachbarhauses zu sehen, dahinter begann der Wald.
Marcos Onkel Hans Baldinger, HB genannt, wohnte in einem Bauernhof, der schon lange kein Bauernhof mehr war. Linker Hand befand sich der Stall aus sandfarbenem Kalkstein, dessen Alter unbekannt war. Mörtel überzog die Zwischenräume wie zu hart gewordener Brotteig, der abbröseln wollte und stellenweise schon abgebröselt war. Auf dem Dach lagen Platten, die sich Biberschwanz nannten. Nur schwammen nicht alle Biber in dieselbe Richtung. Und hier und da war auch ein Loch. Rechter Hand schloss das Wohnhaus an. Es war einstöckig und mehr Dach als Haus. Ein spitzes Dach über einer Reihe von Sprossenfenstern und Läden aus Holz, ein Haus, wie man es oft auf der Alb sah. Marco klingelte an der Haustür, drückte die Klinke nieder und trat ein. Sein Onkel saß im Wohnzimmer und schaute in Erwartung des Besuchs zur Tür.
„Hallo, Lieblingsneffe, mein einziger", sagte er als Begrüßung, stand auf und kam auf Marco zu. Dabei befand sich seine Gangart wie immer im Kontrast zu seinem Äußeren. Er war groß und stattlich und trug sein graues Haar in einem Pferdeschwanz, was ihm Jugendlichkeit verlieh. Aber sein Hinken wollte so gar nicht zu dem Feuer in seinen Augen und der Energie, die er verströmte passen. Es war das rechte Bein, das er nachzog, seit zehn Jahren, seit dem schrecklichen Unfall, der ihn fast das Leben gekostet hätte.
Marco stellte die beiden Plastikbehälter auf den Tisch. Dann umarmte er seinen Onkel und legte ihm anschließend die Hand auf die Schulter.
„Ich hole dir mal einen Teller", sagte er dann.
„Warum nur mir?", kam als Frage, „isst du nichts?"
Marco ging in die Küche, öffnete den Schrank und griff sich zwei Teller.

„Ich muss dir mal gescheites Geschirr schenken, langsam kannst du das Zeug hier nicht mehr benutzen“, rief er ins Wohnzimmer.
„Du brauchst gar nicht so zu schreien, ich bin hier.“
HB nahm Marco die zwei Teller ab und stellte sie zurück.
„Wir brauchen tiefe Teller Marco, tiefe, der Done hat Soße mitgegeben.“
Er schaufelte aus der Tiefe des Schranks zwei Teller und schaute sie genauer an, einen nach dem anderen.
„Und außerdem ist das hier doch recht hübsch, Vergissmeinnicht auf hellem Grund und Mohnblümchen, haben beide einen kleinen Sprung, aber nur ganz klein. Außerdem, du hast das Wichtigste vergessen: Hauptsache, ich habe noch alle Tassen im Schrank?“
Er ging ins Wohnzimmer zurück, stellte die Teller auf den Tisch und haute einen Batzen Kartoffelsalat auf einen der Teller.
„Du auch?“
„Im Moment nicht, danke.“
HB nahm einen Schöpflöffel und goss Soße auf den Salat. Er malte und klatschte sich Furchen, um der Flüssigkeit Bahn zu schaffen. Marco setzte sich aufs Sofa.
„Bist du schon fertig mit dem Garten?“
HB nickte.
„Dieses Jahr war's einfach, nur Birnen. Kein Apfel und keine Zwetschge.“
„Kannst auch mal froh sein, oder?“
„Es gibt halt keinen Most und keine Kerne für die Schweine.“
„Was für Schweine?“
„Die Wildsäue da oben fressen für ihr Leben gern Zwetschgenkerne. Wenn ich zu viel von dem Zeugs hab, werf ich's in den Wald.“
Marco lachte.
„Und wie geht es dir?“, fragte HB.

„Ich habe Corinna wiedergesehen."
„Welche Corinna?", fragte HB und schmatzte dabei.
„Pupi."
„Was?"
„Sie kam wegen eines Falls zu mir, aber der Fall war eher ein Vorwand."
„Der Junge, hier im See?"
HB hörte auf zu essen, seine Energie schien plötzlich runtergefahren, er schüttelte den Kopf:
„Schreckliche Geschichte."
Marco nickte. HB stand auf und ging in die Küche. Die Tür des Kühlschranks klappte auf und zu. Dann tauchte HB mit zwei Flaschen Bier wieder im Wohnzimmer auf. Marco schaute aus dem Fenster. Dunkelheit lag über dem Dorf.
„Und Pupi, wie ist sie?", fragte sein Onkel.
„Sie hat mehr Klasse als Doro zu ihren besten Zeiten."
„Hatte Doro Klasse?"
„O.k., vergiss es, nein. Pupi ist bildhübsch und hat Abitur gemacht."
„Na endlich mal ein Apfel, der weit weg vom Birnbaum fällt. Und apropos Birnbaum, was aus Doro geworden ist, weißt du nicht?"
„Ich hab nicht gefragt."
HB setzte sich.
„Nichts mehr mit Schönheit, sondern Cremchen gegen das Alter, oder was? Ich hätte da so eine Kräutertinktur nach dem Rezept meines Vaters."
„Verwendest du selber aber nicht."
„Nein, ich sehe so alt aus, wie ich bin, und merk dir: lieber alt werden als jung sterben. Prost."
Marco schaute seinem Onkel ins Gesicht.
„Findest du das jetzt fair?"
„Was?"
HB stellte die Flasche auf dem Tisch ab.

„Ach Gott, die alte Geschichte, tut mir leid. Du hast sie immer noch nicht vergessen", sagte er.
„Ich habe sie nicht verwunden."
„Nenn es, wie du willst, machst du sie damit wieder lebendig nach über zwanzig Jahren? Du brauchst eine Frau und keinen Mythos." Er trank aus der Flasche.
„Ich hatte eine Frau."
HB schaute auf die zweite Bierflasche, öffnete sie und stellte sie vor Marco:
„Ach ja, weil wir gerade beim Thema waren, Doro? Nennst du das eine Frau haben, wenn sie dich zum Hahnrei macht?"
„Hör auf."
„Du hättest eine Knopffabrik aufmachen können, mit den Hörnern, die du auf dem Kopf hattest. Und deine Letzte, die war ja wohl auch nichts, diese Silvie."
„Wenn du so weitermachst, kannst du deinen Kartoffelsalat alleine essen."
„Tu ich doch sowieso."
Marco schüttelte den Kopf.
„Willst du immer noch nichts? Ich meine vom Salat?", fragte HB.
„Nein."
„Jetzt schmollt er, der Junge. Immer, wenn es unangenehm wird. Aber ...", HB zeigte mit der Gabel auf Marco, „... vergiss nicht, wir sind Verbündete."
„Seit wann?"
„Schon immer. Gegen die Sardenfront schon immer."
„Jetzt fängst du wieder damit an."
„Ja genau, jetzt fange ich damit wieder an. Wer hat dir denn die Stange gehalten, als du wegen dieser Geschichte Polizist werden wolltest, und als du, noch viel schlimmer, dich dabei gegen die italienische Nationalität entscheiden musstest? Hä? Ich, dein Onkel HB, der nie da war, wenn er hätte da sein sollen, wie deine Mutter behauptet, aber ich habe auf deine Mutter eingeredet und die hat den alten Joe

bearbeitet, dass er deine Berufswahl und deinen deutschen Pass frisst und dich nicht enterbt." HB knallte seine Gabel auf den Tisch. „Du hättest eine ganze Menge Schafe im sardischen Hochland verloren."
„Du bist gemein."
„Ich bin nicht gemein, ich bin in Fahrt. Und wer hat dir bei der Schufterei in der Werkstatt in meinem Stall geholfen, sechs Jahre lang, bis der Kredit abbezahlt war, für den du gebürgt hattest für dieses Luder Doro, die von ihren Schulden nichts mehr wissen wollte."
„Meine Eltern waren damals wieder in Italien."
„Mag sein, aber selbst wenn sie hier gewesen wären, hätte dein Vater davon was mitgekriegt? Hättest du was erzählt von Zinsen und Tilgungen und gerichteten Oldtimern und Wochenendschichten? Hätte er dir geholfen bei den 30 000 Mark Schulden? Selber schuld, hätte er gesagt, musst du auch eine Bürgschaft übernehmen? Weil sich deine Freundin einen Kosmetikladen einrichten musste, der dann den Bach runterging, wie alles den Bach runterging, was die anfasste. Dein Vater hätte dir einen Vogel gezeigt wegen so viel Blödheit.
Der hätte dir nicht beim Kauf und Wiederverkauf der Autos geholfen, wie ich, dein Onkel."
„Soll ich jetzt Danke sagen?"
„Nein, du kannst mal Holz nachlegen, draußen vor der Küche liegen ein paar Äste."
Marco stand auf und kam den Arm voller Zweige zurück, er warf ein paar in den Holzofen in der Ecke.
„Und außerdem hast du mich immer verteidigt", sagte HB, „als ich justament in den zehn Jahren in Brasilien saß, in denen deine Großeltern alt waren, hier alt waren und deine Eltern auch hier waren. Klar, meine Schwester trug in Deutschland die Last alleine. Aber was hätte ich machen sollen, kündigen, gehen und hier keinen Job haben, oder was? Das hat mein sardischer Schwager mit seinem Stein-

kopf nie kapiert. Aber du hast mir die Stange gehalten, das hat mir deine Mutter oft erzählt."
„Hab ich das?"
„Hast du, und vergiss nicht, wir sind auch deswegen Verbündete, weil wir nicht perfekt sind und weil wir wissen, dass man nicht perfekt sein kann. Daher sind wir auch tolerant im Gegensatz zu anderen Leuten, die meinen, nur sie hätten die Weisheit aus allen Bechern getrunken. Es gibt viele, solche."
Marco hockte sich vor den Ofen und schaute in die Flammen. „Warum gibt Feuer eigentlich auch Licht?", fragte er.
„Dass man in den Höhlen auch was sieht", antwortete HB.
Marco lachte und stand auf, es war Zeit zu gehen, er wollte an diesem Abend noch alleine für sich sein und über den Tag und alles nachdenken. HB lachte zurück und verabschiedete Marco in die Nacht.

Es war sein Ding, es war sein Baby. Vor allem: es war seine Farbe. Dieses Rot der uralten Färberpflanze, von der man heute wenig Ahnung hatte aufgrund des Siegeszugs der Chemie. Dieses Rot passend zum Namen des Produkts, das war seine Idee, sein Design. Anscheinend hatte er ein paar Entwürfe noch in der Schublade liegen lassen, als er ging, oder sie hatten seine Unterlagen einfach abfotografiert. Geklaut haben sie auf jeden Fall, er und die ganze Agentur und sie haben sich mit seiner Idee einen großen Namen gemacht. Nicht nur im Inland, sondern auch im Ausland, wie er eines Tages feststellen musste. Jahrelang hatte er deutschen Boden gar nicht betreten und die Entwicklung nicht mitbekommen. Das war sein Pech, aber nicht sein Fehler. Doch es war viel Pech für die anderen. Dafür würde er noch sorgen.

Er hatte gut geschlafen, einen tiefen und traumlosen Schlaf. Nach einer Fahrt durch diesen kalten und klaren Herbstmorgen war er ausgeruht im Präsidium erschienen. HB hatte recht mit seiner Predigt, es galt, die Gegenwart zu leben. Es war Mittwoch, der 19. Oktober, 8.40 Uhr, vor Marco stand eine Tasse Kaffee und er hatte eine Butterbrezel in der Hand. In seine Gedanken hinein klingelte das Telefon. Es war Jochen Schempf aus Göppingen, der sich einfach mal bei seinen ehemaligen Kollegen melden wollte. Er stünde kurz vor einem Umzug in ein altes Haus, in dem es viel zu richten gäbe, seine neue Adresse wollte er da auch gleich mitteilen. Doch da klingelte Marcos Handy. Sie verschoben ihr Gespräch auf ein anderes Mal. Es war HB, der Marco anrief.
„Guten Morgen, Hans", sagte Marco, „was gibt es?"
„Morgen. Also, ich war gerade bei der Gitti, Tochter von der Lisa Mayer, aber die kennst du nicht mehr, jedenfalls hat man der Gitti heute den Gips weggemacht, die hatte sich nämlich den Arm gebrochen. Ich bin mit der Tinktur hin, denn der Arm muss bald wieder funktionieren, die Gitti hat ein Baby, ein ganz netter Brummer. Während ich die Kompressen auflegte, haben wir halt so geplaudert."
„Und?"
„Die kennt die Mutter von dem Jungen im See, diese Karin Plaschke."
„Plaschek."
„Ja, sie hat lange bei dem Zahnarzt gearbeitet, in der die Mutter des Jungen das Sekretariat schmeißt. Größere Praxis, fast Zahnklinik, oder so etwas."
„Was weißt du?"
„Nur das, was mir zu Ohren kam. Untadelig, perfekt, professionell, aber kalt wie eine Hundeschnauze. Sie hatte offensichtlich Angst vor Konkurrenz und Nachwuchs, aber Gitti wurde schwanger und das Problem hat sich für die Plaschek von alleine gelöst. Aber wenn sie aus dem Mutterschutz zurück ist, wird sie dort nicht mehr arbeiten, wenn

die Plaschek noch da ist. Gitti wohnt unten im Neubaugebiet, und sie ist heute den ganzen Nachmittag daheim."
„Super, wo wohnt sie?"
„Hol mich ab, ich zeig's dir."
„Gut, gegen fünf?"
„Ist recht."
Marco dankte, grüßte und legte auf, er lächelte. Dieser verrückte Alte. Mister Hans Dampf in allen Fleinheimer Gassen – und im Rest der Welt.

Sie gingen durch das Neubaugebiet in einer Straße mit großen Häusern auf großen Grundstücken ohne Zaun. Ein starker Wind pfiff, aber die Sonne schien wieder recht warm für die Jahreszeit.
„Hier ist es", sagte HB und zeigte auf eine weiße Tür mit Milchglaseinsätzen. Auf der Tür hing ein Kranz mit Herbstblumen. Er klingelte. Aus dem Inneren ertönte Kindergeschrei. Ein Mann machte auf, er war in den Dreißigern, hatte aber schon schütteres Haar. Er begrüßte sie beide sehr freundlich mit einem großen Lächeln.
„Ach, du bist auch da?", sagte HB seinerseits zur Begrüßung.
„Bis der Arm nicht ganz o.k. ist, schafft sie das mit dem Kleinen nicht."
„Habt ihr mit den Kompressen weitergemacht?"
„Logisch."
Eine junge Frau tauchte aus dem Inneren auf.
„Hallo Hans."
„Hallo Gitti, das ist mein Neffe Marco."
„Kommt rein."
Marco sah HB an, der nickte.

„Ich sag hier mal Tschüss und mache einen schönen Spaziergang."
Marco dankte seinem Onkel und folgte dem Mann, der die Tür hinter ihm schloss. Das Kind weinte weiter. Der Mann nahm es aus dem Laufstall, verabschiedete sich und ging die Treppe zum Obergeschoss hoch.
„Sie wollen was über Karin Plaschek wissen?", fragte Gitti.
„Ja", sagte Marco, „wenn Sie was zu sagen haben, uns hilft alles weiter."
Marco ging um den Laufstall und setzte sich zwischen einen Plüschhasen und eine Spieluhr auf das Wohnzimmersofa. Gitti ging an ein Büfett aus Kiefer, holte zwei Gläser heraus und stellte sie auf einen kleinen Tisch neben Marco.
„Hätten Sie gerne Wasser oder lieber einen Saft?"
„Danke, gar nichts", sagte Marco, „kannten Sie auch den Andreas Plaschek?"
„Nein, ich kenne nur die Mutter, leider."
„Warum leider?"
„Sieben Jahre habe ich mit ihr zusammengearbeitet, oder besser, sie war meine Chefin im Büro. Sieben Jahre hat sie mich nicht in Ruhe gelassen, weil sie Angst um ihren Stuhl hatte. Nichts konnte man ihr recht machen, selbst wenn man besten Gewissens alles recht machen wollte. Die Hölle war los, wenn sie aus dem Urlaub zurückkam und ich sie vertreten hatte. Nicht weil es schlecht lief, sondern weil es ohne sie lief, dann suchte sie Fehler bei mir ohne Ende. Der Chef versuchte einzulenken und bat mich um Gespräche, weil er das Gefühl hatte, dass die Luft knisterte. Aber die untadelige Plaschek war immer ein Tabu."
„Wussten Sie im Büro was von dem Sohn?"
„Das schon, aber sonst wussten wir nichts."
„Gab es da etwas zu wissen?", fragte Marco.
„Wenn man von jemandem gar nichts weiß, wird immer gemunkelt, oder?"
„Was wurde gemunkelt?"

„Ach, im Prinzip Bösartigkeiten. Eine Frau in dem Alter alleine, und na ja, schlecht sieht sie ja nicht aus. Für die einen war sie frigide, für die anderen eine Lesbe, für die nächsten hatte sie noch was mit dem großen unbekannten Vater ihres Sohnes."
Marco räusperte sich.
„Sie ist also nicht sehr beliebt, die Frau Plaschek", sagte er.
„Richtig, mögen tut sie in der Praxis niemand. Aber sie wird auch nicht gemobbt, denn eigentlich haben alle auch Muffe vor ihr, zumindest die Helferinnen und manchmal, glaube ich, auch unsere beiden Chefs."
Das Kind im Obergeschoss fing wieder zu weinen an. Gitti schüttelte den Kopf.
„Als Mutter tut sie mir leid. Vielleicht, wenn ich drüber nachdenke, gibt es noch mehr, weswegen sie einem leidtun kann. Wenn ich Zeit habe, darüber nachzudenken."
Marco stand auf, bedankte sich und ließ sich zur Tür bringen. Draußen wartete HB. Er lehnte an einem Zaunpfosten, der keinen Zaun trug und kam zur Haustür.
„Ich wünsch euch eine gute Nacht", sagte er zu Gitti, die im offenen Türrahmen stand. Er deutete mit dem Finger zum Dachgeschoss. Sie nickte.
„Man hört ihn bis nach draußen, nicht wahr? Ich glaube, er brütet eine Erkältung aus."
„Oder einen Zahn", antwortete HB. „Da hätte ich auch eine Tinktur. Kurzum, wenn du mich brauchst, ich bin da."
„Weiß ich", sagte sie und drückte HB zum Abschied einen Kuss auf die Wange, dann fiel die Tür hinter ihnen ins Schloss. Das Babygeschrei brach nicht ab. Marco dankte seinem Onkel, HB wollte antworten und klappte den Mund wieder zu, als Marcos Handy zu klingeln anfing.
Er schnitt seinem Neffen mit der Handfläche einen Gruß durch die Luft, und machte sich auf den Rückweg zu seinem Haus. Der Anruf war von Henning. Er hatte das Hotel gefunden, in dem Rick Ammann abgestiegen war.

Marco parkte den Wagen auf seinem Parkplatz vor dem Präsidium und ging direkt zu Hennings Büro. Der kam ihm schon auf dem Flur entgegen. Sie traten in Marcos Zimmer und machten die Türe zu, Marco hörte sich kurz Hennings Neuigkeiten an.
„Also, das ist echt ein Ding. Die sind erst am Sonntag in dem Hotel in Südtirol angekommen, einen Tag später als geplant?", sagte er dann.
„Ja, das heißt, dass die am Samstag noch in München waren. Und das sagt auch die Freundin von diesem Steck, die ich jetzt endlich erreicht habe. Abfahrt der beiden jungen Männer Richtung Südtirol war Sonntagmorgen."
„So, nochmals da capo, vor allem, wo war Rick Ammann am Samstagabend?", fragte Marco.
„Also, die Freundin von diesem Oliver Steck heißt Beatrice Weber, will aber Bea genannt werden. Laut Bea Weber waren die beiden Männer in München, zumindest ihr Freund, oder, wie sie betonte, ihr Ex-Freund Oliver Steck. Denn seit besagtem Samstag ist mit dem Oliver offensichtlich Schluss."
„Und wo war Rick?", fragte Marco.
„Oliver hat am Samstag zu Bea gesagt, Rick sei auch in München, aber Bea kann das nicht bezeugen, sie hat Rick nicht gesehen. Und zwar war das alles so: die Jungs, Rick und Oliver wollten am Samstagmittag von München aus nach Südtirol fahren, wandern gehen, in die Berge. Diese Wandertour hat der Bea überhaupt nicht gepasst, weil sie es nicht einsieht, dass ihr Freund mehr mit seinem Kumpel unternimmt als mit ihr. Dann hat sie ihm offensichtlich gesagt, entweder er oder ich. Es gab einen riesen Zoff und Oliver ist am frühen Samstagabend zu Bea gegangen, um mit ihr die Beziehung zu klären. Um elf Uhr in der Nacht hat er dann ihre Wohnung verlassen und seit der Zeit ist für Bea Schluss. Sie ist dann gleich am Sonntag zu einer Freundin nach Freiburg gefahren. Was Oliver ab Sonntag gemacht hat, weiß sie nicht."

„Und was hast du zum Hotel?"
„Rick Ammann und Oliver Steck hatten für zwei Nächte gebucht, aber sie sind erst zur zweiten Nacht am Sonntag gegen 17 Uhr eingetroffen."
„Und niemand im Hotel weiß, wohin sie sind, welche Hüttentour, oder so etwas?"
„Nein."
Marco seufzte und stand auf.
„Immerhin sind wir weiter, oder?", sagte Henning.
„Wir sind insofern weiter, als dass Rick Ammann ohne Alibi noch verdächtiger ist als vorher, und dass wir nach wie vor nicht wissen, wo er ist."
„Wenn diese Bea dem Rick kein Alibi geben kann, muss das nicht heißen, dass er für Samstagabend keines hat", sagte Henning.
„Ich weiß. Aber in den sechs Stunden, in denen Rick in München ohne Oliver war, konnte er locker von dort nach Heidenheim und wieder zurück, oder?"
„Können ja, müssen nicht."
„Am Freitag soll Rick Ammann zurückkommen. Doris Ammann weiß, dass sie uns sofort zu verständigen hat, wenn ihr Sohn eintrifft", sagte Marco.
Henning nickte.
„Und das Handy ist nach wie vor aus?"
„Beide Handys, das von Rick und das von Oliver. Wenn sie hoch oben in den Bergen sind, haben sie möglicherweise auch kein Netz."
„Ja."
Henning stand auf und ging im Raum umher.
„Und wenn sie am Freitag nicht zurückkommen?", fragte er.
„Dann haben wir ein Problem."
„Und Rick Ammann auch."

Munter-Milch-Joghurt und Fröhliches-Fruchti oder das Joghurt-mit-dem-Extra. Er wusste nicht mehr, was sich die anderen ausgedacht hatten, aber es war ein rechter Schwachsinn gewesen. Auch wenn es damals nur um einem Joghurt einer kleinen Molkerei im Oberland ging. Sein Entwurf, der war mit Abstand der beste, samt Slogan. Aber als Dank für seine Anregungen und Ideen und Arbeiten, die sich auf ein regionales Spektrum von Autohaus Müller bis Zwiebelbauer Maier erstreckten, oder besser gesagt: beschränkten, gab es nichts als Häme und Spott für seine Person. Nichts als den klassischen Ausschluss einer Person aus einer Gruppe, den man heute als Mobbing zu bezeichnen pflegt. Dabei hatte er seinen Kollegen nichts getan. Konnte er etwas dafür, dass sie sich ihm möglicherweise unterlegen fühlten? Vor seiner Bildung und Kompetenz Angst hatten? Jedenfalls war er froh, dass man sich schließlich in gegenseitigem Einvernehmen trennte, vor allem zu einem Zeitpunkt, als er große Chancen auf eine Arbeit in Stuttgart hatte. Weg aus der Provinz war damals der einzig richtige Weg für ihn gewesen.

Einen Tag lang hatten sie sich im Kreis gedreht, waren bei den Ermittlungen einfach nicht weitergekommen, es gab weder neue Anhaltspunkte, noch neue Ideen, nur ein Warten darauf, dass etwas von außen her im Fall Plaschek zu neuen Erkenntnissen führen könnte.

Es war Freitagmorgen und Marco war mit dem Frühstück dran. Er betrat mit einer Tüte Brezeln das Besprechungszimmer. Henning saß auf einem Stuhl und schaute aus dem Fenster. Als die Tür aufging, drehte er auf dem Drehstuhl einen halben Kreis und stoppte mit den Füßen, dann sprang er auf.

„Du solltest öfters Vesper kaufen gehen, da geschieht einiges."
„Ist das jetzt ein Vorwurf?"
„Nein, ein Jubelschrei, Rick Ammann ist auf dem Weg hierher."
„Endlich. Wer hat ihn erreicht?"
„Er hat selber angerufen."
„Das ist erstaunlich. Seit wann ist er zurück?"
„Seit heute früh, aus München."
Marco schaute auf die Uhr.
„Halb elf. Der kommt aus München zurück und ist schon auf dem Weg hierher?"
„Ein bisschen schnell, nicht wahr? Und weißt du was, der klang am Telefon ziemlich bestürzt."
„Das kann mehrere Gründe haben", sagte Marco.
„Ja, das kann mehrere Gründe haben", sagte Henning.
„Hat er gesagt, warum sie nicht erreichbar waren?"
„Ja, sie hatten kaum ein Netz. Und hatten beide abgeschaltet. Wollten mal ihre Ruhe haben vor dem Rest der Welt."
Bernd Meier betrat den Raum.
„Ich warte unten auf ihn", sagte Henning und ging zur Tür.
„Rick Ammann kommt hierher", sagte Marco zu Bernd und schaute Henning hinterher.
„Weiß ich schon", sagte Bernd und schaute in die Tüte, die auf dem Tisch stand. Er griff sich eine Brezel, setzte sich und fing zu kauen an. Er drehte die Tüte in der Mitte des Tischs.
„Hast du keinen Hunger?", fragte er Marco.
„Nein."
Bernd legte die Brezel auf einer Serviette ab und putzte sich mit einer anderen den Mund.
„Wir dürfen uns da nicht festbeißen."
„Woran?"
„Der unerreichbare Halbbruder ohne Alibi für die Mordnacht."

„Wir verfolgen eine Spur. Das mit dem Alibi wissen wir noch nicht."
Bernd Meier schenkte sich Wasser ein.
„Ich habe auch einen Halbbruder, von dem ich jahrelang nichts wusste. Wir haben uns zwei Jahre vor dem Tod unseres Vaters kennengelernt. Er ist 22 Jahre älter als ich und in den Staaten aufgewachsen."
„Das ist ein Ding. Und wie war das?"
„Einfach war es, ganz einfach, wir mochten uns von Anfang an."
„Und warum habt ihr euch so spät kennengelernt?"
„Wir wussten nichts von ihm, mein Vater auch nicht, das ist alles. Bis sich Ralf dann gemeldet hat. Da waren wir zuerst einmal schockiert und dachten, die Geschichte sei erstunken und erlogen. Aber dann stand er vor der Tür. Und die Sache war klar."
„22 Jahre älter, dann ist er ein Kriegsjahrgang."
„Ja, Ende 1945 geboren. Nach dem schrecklichen Dezemberangriff auf Ulm hatte Ralfs Mutter eine Weile bei meinen Großeltern gelebt, ich glaube, sie war Krankenschwester wie meine Großmutter und da ist es zwischen Ralfs Mutter und meinem Vater passiert. Er war 18, sie 24.
Und als sie gemerkt hat, dass sie schwanger war, ist sie weg und irgendwann hat sie dann einen amerikanischen Soldaten geheiratet, der dann offiziell Ralfs Vater war."
„Und dein Bruder, Halbbruder, hat all das jahrelang auch nicht gewusst?"
„Genau, er hat es erst erfahren, als er schon erwachsen war, und dann hat er noch einige Jahre gebraucht, bis er bei uns vor der Tür stand."
Marco schüttelte den Kopf.
„Das nur zum Thema", sagte Bernd und kaute weiter.
„22 Jahre Altersabstand sind was anderes als zwei Monate", antwortete Marco.
„Sicher."

„Wir verfolgen eine Spur", sagte Marco.
„Und ich habe dir nur von meiner Familiengeschichte erzählt."
Marco stand auf, trat zum Fenster und schaute auf den Parkplatz. Ein älterer Golf mit Ulmer Kennzeichen fuhr gerade ein. Aus dem Wagen stieg ein schlanker hochgewachsener Mann. Er schaute sich um, dann ging er auf den Eingang des Gebäudes zu.
„Ich glaube, er ist da", sagte Marco.
„Dann wird er auch gleich hier sein."

Rick Ammann war kleiner, als er vom Fenster aus gewirkt hatte. Er hatte die Augen seiner Mutter und den Blick seines Vaters. Er war braun gebrannt und wirkte sehr nervös. Marco bot Rick Ammann einen Stuhl an, der setzte sich darauf und verschränkte die Arme.
„Sie wissen, was passiert ist?", fragte Marco.
„Ja."
Die Arme zogen sich fester um seinen Oberkörper.
„Kannten Sie Andreas Plaschek?", fragte Marco.
„Er war mein Bruder."
„Kannten Sie ihn persönlich?"
„Ja."
Rick Ammann starrte aus dem Fenster und rupfte mit der linken Hand an der Haut seines Halses. Dann stützte er den Ellenbogen auf dem Tisch ab und drehte den Blick zu Marco. Seine Augen waren feucht.
„Ich war es nicht, deswegen bin ich hergekommen. Ich habe es auch erst vor zwei Stunden erfahren. Und ich tu mir verdammt schwer damit."
Rick Ammann senkte den Kopf und versteckte die Augen

unter seiner rechten Hand. Dann sah er auf und atmete tief durch, versuchte ein Lächeln.
„Wann haben Sie von der Existenz Ihres Halbbruders Andreas Plaschek erfahren?", fragte Marco.
„Irgendwann vorletzten Winter nach einer dieser Weihnachts- und Familienfeiern, da kam meine Schwester zu mir und hat es mir gesagt. Oder anders, sie hat eigentlich nur bestätigt, was wir immer geahnt hatten. Denn was für einen anderen Grund hätte es gegeben, dass unsere Eltern systematisch und panisch Ordner und Kontoauszüge vor uns wegsperrten? Tja, und dann hat Nicole in einer Kneipe in Langenau einen jungen Mann mit unserem Vater gesehen, der genauso aussah wie unser Vater, ‚ein Klon', sagte sie damals."
„Und Sie haben Andreas Plaschek dann kennengelernt?"
„Ja, ich bin einfach ins Domino nach Langenau und habe gewartet, bis einer kam, der aussah wie mein Vater in jung. Und irgendwann war Andi dann da", sagte Rick und seine Stimme war leise geworden.
Marco nickte. „Und dann?"
„Dann habe ich ihn angesprochen und ihm gesagt, dass ich sein Bruder bin."
Rick Ammann sagte nichts mehr. Er saß da und weinte. Henning schaute von Marco zu Bernd und wieder zu Marco zurück. Bernd nickte und zog die Augenbrauen hoch.
„Möchten Sie einen Kaffee oder Wasser?", fragte Marco.
„Wasser, bitte."
Marco kam seiner Bitte nach, Rick dankte und trank einen Schluck.
„Hat Ihr Bruder gewusst, dass er Geschwister, Halbgeschwister hatte?", fragte Marco.
„Er schon, ja, aber das hat ihm auch ja nichts genützt, er war ja genauso weggesperrt. Das war die Bedingung unseres Vaters, hat Andi gesagt. Und um die Bedingung kam

Andi nicht herum, wenn er weiterhin Kontakt zu Papa halten wollte."
„Verstehe", sagte Marco.
„Nein, da gibt es nichts zu verstehen. Wir sind alle betrogen worden. Nicole und ich um die Qualität in der Vater-Kind-Beziehung, Andi in der Quantität, verstehen Sie, was ich meine?"
Rick sah Marco verständnisvoll nicken.
„Das ist es, wir hatten den Vater im Haus, immerhin war er da, auch wenn er doch nie da war, und Andi hatte den Vater am Wochenende, und er war da, wenn er da sein wollte, und er war nicht da, wenn Andi ihn gebraucht hätte. Telefonieren verboten. Damals gab es ja auch noch kaum Handys."
Rick schloss die Augen und schwieg, dann sah er aus dem Fenster und sprach weiter.
„Es ist hart, wenn der Vater fehlt. So oder so. Da bleibt immer ein Loch. Und wir, Andi und ich, wir haben beim Reden diese Lücken zu füllen versucht. Indem wir uns gefunden haben, geredet haben, indem es unser Geheimnis wurde, dass wir uns gefunden hatten. Es war unser Ding und wir haben niemandem davon erzählt, so wie sie uns auch nichts erzählt hatten. Wir sind Brüder geworden."
„Ihre Schwester hatte nie das Bedürfnis?", fragte Henning.
„Welches?"
„Schwester zu werden."
„Ich glaube nicht, ich habe nicht mit ihr darüber gesprochen, ich weiß nicht, wie sie denkt und wie sie fühlt. Zeitweise habe ich mich sogar Andi näher gefühlt. Oder nicht nur zeitweise, ich habe mich Andi näher gefühlt. Ich habe auch nie versucht, ihr das alles zu erklären."
„Warum nicht?", fragte Marco.
„Was soll ich jetzt sagen? Schließlich hocke ich hier bei der Polizei."
„Sagen Sie."

Rick schüttelte den Kopf.
„Ihre Schwester hat ein Alibi."
„Gut. Meine Schwester hat einen Groll auf alles, auf ihre Kindheit und letzten Endes hat sie auch einen Groll auf Andi, aber sie hätte ihm nichts getan. Sie ist ein anderer Typ. Sie trägt solche Sachen vorzugsweise alleine mit sich aus. Trotzdem gut, dass sie ein Alibi hat. Ich habe kein Alibi."
Die drei Polizisten sahen sich an, Rick Ammann schaute auf den Boden.
„Meine Mutter hat mir gesagt, dass es am Samstagabend passiert ist, und da war ich in München bei meinem Freund. Der aber war den ganzen Abend bei seiner Freundin, und ich war alleine in der Wohnung und bin kein einziges Mal außer Haus. Von sechs Uhr abends bis Mitternacht oder so was, da kam Oliver wieder zurück. Das sind gut sechs Stunden, oder?"
Rick zählte die Stunden an seinen Fingern ab, man sah, dass sie zitterten.
„Hm", sagte Marco.
„Hm", sagte Bernd.
Henning schenkte sich eine Tasse Kaffee ein. „Haben Sie vielleicht telefoniert?", fragte er.
Rick Ammann sah ihn an, dann ging ein Blitz durch seine Augen.
„Ja. Ich habe Oliver angerufen."
„Handy oder Festnetz?"
„Handy."
„Wann war das ungefähr?", fragte Henning.
„Gegen neun oder so. Wir wollten eigentlich zusammen in eine Kneipe gehen und auch nicht allzu spät zurückkehren, schließlich wollten wir am nächsten Tag früh los. Da habe ich angerufen, um zu sehen, was Sache war, wir hätten ja auch zu dritt, also mit Olivers Freundin in die Kneipe gehen können."

„Das können wir überprüfen, Herr Ammann“, sagte Henning.
Rick nickte. Er lächelte und rieb sich die Augen.
„Sie können jetzt gehen“, sagte Marco, „aber bitte verlassen Sie den Ulmer Raum nicht.“
Rick Ammann nickte und stand auf.
„Wann ist die Beerdigung?“, fragte er.
„Das wissen wir noch nicht“, sagte Bernd.
Rick Ammann grüßte und ging. Das Echo der Tür klackte in den Raum.
„Und, was meinst du?“, fragte Marco Bernd Meier, nachdem sie alle ein paar Minuten geschwiegen hatten.
„Dasselbe wie du, oder? Und dasselbe wie Henning, nehme ich an.“
Henning schien nicht zugehört zu haben.
„Was ist mit mir?“, fragte er.
„Wir sagten, du meinst dasselbe wie wir“, sagte Marco.
„Ich denke schon, wenn ihr mir sagt, was ihr denkt“, antwortete Henning.
„Blut ist dicker als Wasser“, sagte Bernd.
„Ach was, die haben den Müll ihrer Kindheit voreinander ausgekippt und verbal entsorgt, oder es zumindest versucht. Das verbindet“, sagte Henning.
„Beides, denke ich, ihr habt beide recht. So, und jetzt zu der Geschichte mit dem Alibi: Bis 18 Uhr an besagtem Samstag kann Oliver Steck offensichtlich bezeugen, dass er mit Rick Ammann zusammen war, hakt ihr da nach?“
„Mach ich“, sagte Henning.
„Danke. Dann brauchen wir die Bestätigung von Ricks Aussage, dass er von seinem Handy aus, und in dem Fall von einem Münchner Netz aus, seinen Freund Oliver Steck angerufen hat.“
Henning nickte.
„Das ist nicht ganz korrekt formuliert“, sagte Bernd.
„O.k. Wir brauchen also die Bestätigung, dass von Ricks

Handy die Nummer von Oliver Steck angerufen wurde. Und die Bestätigung von Oliver Steck, dass er gegen neun Uhr abends von Rick angerufen worden ist."
„Ich spreche nur von Möglichkeiten", sagte Bernd.
„Ich auch", antwortete Marco. „Frage: Ist es möglich, um sechs Uhr abends aus München loszurasen, nach Ulm zu fahren und weiter nach Heidenheim, im Wald bei Nattheim jemanden umzubringen und um neun Uhr wieder in München zu sein?"
„Drei Stunden und über 300 Kilometer, von diesen Kilometern einige durch München am Samstagabend, weiterhin über Ulm nach Nattheim, Andi vor oder im Wald treffen, ihn erschlagen, in den See schleppen und zurück. Das geht nicht mal mit meinem Flitzer bei den besten Verkehrsverhältnissen. Die hast du vielleicht um drei Uhr in der Nacht. Vor 22 Uhr hast du auf der A 8 eine Geschwindigkeitsbeschränkung. Was denkt ihr, wie oft der mit Turbotempo fotografiert worden wäre", sagte Bernd.
„Eben, das wollte ich wissen und dann warten wir auf die anderen Bestätigungen."
„Ich gehe schon", sagte Henning.
„Ich komme mit", sagte Marco und stand auf. „Übrigens, wo ist eigentlich Pia? Ich habe die heute überhaupt noch nicht gesehen."
„Hier", sagte eine Stimme hinter Marco. „Habe ich euch aber auch gesagt, gestern, dass ich schauen wollte, dass ich gleich am frühen Morgen einen Termin kriege."
Die Stimme war anders als sonst. Marco drehte sich um und sah Pia an. Ihr Gesicht schien aus dem Gleichgewicht geraten. Aus der rechten Seite ihrer schön geschnittenen hohen Wangen, Erbteil ihrer griechischen Großmutter, wie Pia immer betonte, war eine dicke Backe geworden.
„Sorry", sagte Marco, „ich vergaß, Zahnschmerzen, Zahnarzt. Wie geht's denn jetzt?"
„Prächtig. Und euch?"

Sie wartete auf keine Antwort, ging in ihr Büro und machte dort die Tür zu, indem sie diese im letzten Moment stoppte, bevor sie zuknallte.
Da kann ich heute nicht mehr nachfragen, was gerade angesagt ist als Geschenk für junge Frauen, dachte Marco. Pia hätte bestimmt einen Tipp gehabt, was ich Corinna bei unserem ersten bewussten Treffen mitbringen kann. Aber vielleicht wäre das auch übertrieben. Einladen werde ich sie, dort, in der Pizzeria, das ist klar, und extra noch einen Blumenstrauß schenken? Nein, nein, ich muss mich nicht einschmeicheln. Und Pia wird sich auch wieder einkriegen. Aber nett waren wir nicht. Sie hatte echt über heftige Schmerzen geklagt, und wir haben das einfach vergessen, überlegte der Kommissar.
Marco stand auf, zog sich eine Jacke über und gab Henning Bescheid, dass er für eine Viertelstunde wegginge.
Im ersten Blumenladen in den Schloss-Arkaden kaufte er ein Töpfchen mit einem blühenden Etwas in Orange, ließ um selbiges eine frühlingsgrüne Manschette binden und kehrte ins Präsidium zurück. Er klopfte bei Pia. Als die „Herein" sagte, stellte er das Stöckchen auf ihren Schreibtisch, sagte „Entschuldigung" und wünschte gute Besserung, dann verließ er wieder den Raum. Was sein muss, muss sein.

Über Stuttgart nach Turin. Das war sein Weg gewesen, als er in seiner Tätigkeit als Lehrer in einer namhaften Sprachenschule diesen italienischen Designer kennenlernte. Der wollte bei ihm sein Deutsch auffrischen und entdeckte in ein paar Nächten bei Rotwein und Pasta sein grafisches Talent. So wurde aus Werbung für deutsche Milchprodukte Werbung für italienische Blechprodukte. Autodesign ohne Ende,

das war viel fürs Image, aber wenig für den Geldbeutel, wenn man in dem Bereich nicht Karriere machte. Was ihm nie gelang, in all den Jahren nicht. Da hatte er nicht die Beziehungen, kannte kein großes Tier für den berühmten Tritt in den Hintern, wie die Italiener ihn nannten, diesen Tritt mit Vitamin B, der einen an die richtige Stelle hochkickte. Aber er hatte sein Auskommen und war zufrieden.
Er wollte nie mehr zurück, weder nach Deutschland noch in seine Heimatstadt. In die Stadt der fünf Täler an der Steige, die schon vor über 150 Jahren die Züge überwinden mussten. Auf einer Rampe, die steil war wie im Gebirge. Und doch hatte er eine Sehnsucht, von der er nicht wusste, ob es Heimweh war. Er dachte an den Blick von dem Turm da oben, eines der Wahrzeichen der Stadt. Es waren auch die alten Häuser, die ihm fehlten, das Fachwerk, diese alte Zimmermannskunst. Es ging ihm nicht um die Bauweise an sich, die konnte er auch unlängst im Elsass auf einer Weintour bewundern. Es ging ihm schlichtweg darum, dass er vor allem den Alten Bau gerne wiedergesehen hätte, diesen riesigen Kornspeicher aus dem Mittelalter, der jetzt als Museum und Galerie diente. Daneben hatte er das älteste Haus der Stadt gesehen, in seiner Renovierung, die Balken nun sichtbar und Reet auf dem Dach. Dennoch kehrte er bald zurück, aus Gründen, die nichts mit Sentimentalitäten und Kindheits- oder Jugenderinnerungen zu tun hatten.

Sie waren sich einig gewesen bei der Wahl des Lokals. Der Italiener mit der Pizza aus dem Holzofen. Marco betrat den Gastraum und begrüßte Salvatore, den Wirt und die anderen. Er fühlte sich kurz wie in Italien: der Klang der

Pizzanamen, die Bewegungen von Gianni, dem Pizzabäcker, der die Bestellungen vor dem Ofen in Teigscheiben mit Belag verwandelte. Dann kehrte Marco in seinen Gedanken zu Corinna zurück und setzte sich an einen Tisch für zwei Personen.
Pupi ließ auf sich warten. Die Ober rasten an seinem Tisch vorbei und nickten ihm zu. Salvatore kam zu ihm, um die Bestellung aufzunehmen. Und um zu erfahren, wie es ihm ging. Das Italienisch kam ihm wie immer flüssig und akzentfrei, aber es kam ihm wie etwas vor, das nicht zu ihm gehörte. Fremd in der Sprache seines Vaters. Und irgendwie auch fremd im Land seiner Mutter.
Bevor er dieses leidige Thema vertiefen konnte, erschien Pupi. Sie betrat die Pizzeria, begrüßte Kellner und Pizzabäcker und suchte dann erst nach Marco. Sie brachte ihren Mantel zur Garderobe. Dann grüßte sie und setzte sich auf den freien Stuhl Marco gegenüber.
„Ich bin froh, dass du gekommen bist, Corinna, ich bin froh, dass wir jetzt hier sind."
„Ja, ich auch."
Marco räusperte sich, sie schwieg und sah sich im Lokal um.
„Hast du gleich einen Parkplatz gefunden?", fragte er.
„Nein, deswegen bin ich ein bisschen später dran, ich parke ziemlich weit von hier, aber ich stehe nicht im Parkverbot."
„Das ginge mich auch nichts an. Ist nicht mein Bereich."
Sie schaute auf.
„Was geht dich dann an?"
„Nichts, was du nicht sagen willst, aber alles, was ich hören darf."
Sie zuckte mit den Schultern.
„Klar, besser spät als nie."
Er nahm sein Wasserglas, stellte es dann aber wieder ab.
„Corinna, ich bin froh, dass du da bist, aber ich will keine Polemik."
„Gut, ich nehme eine Cola und Pizza mit Pilzen."

„Fast dasselbe, wie ich auch", sagte Marco und gab dem Ober ein Zeichen.
„Una Coca, una birra e due pizze ai funghi."
„Wenn du Italienisch redest, kommst du mir wie ein Italiener vor."
„Ich bin Italiener. Auch. Und Deutscher oder Schwabe, Sarde", sagte Marco und zog mit der Hand einen Kreis durch die Luft.
„Stimmt, da war ja auch Sardinien. Dein Vater? Und der hatte doch so einen komischen Vornamen, alle nannten ihn nur Joe?"
„Das weißt du noch?" Marco lachte. „Ja, er heißt Giommaria, Giovanni Maria, einfacher Joe."
„Und was machen deinen Eltern jetzt so?"
„Ich habe gedacht, ich darf mit den Fragen anfangen?"
„Nachher darfst du."
„Meine Eltern leben jetzt in Ligurien, das ist die Gegend um Genua. Sie sanieren ein altes Haus in einem verlassenen Tal, oder sagen wir besser, sie lassen sanieren."
„Ich weiß, wo Ligurien ist."
Er trank einen Schluck aus seinem Wasserglas. Am Nebentisch fiel eine Platte auf den Boden und schepperte.
„Warum bist du weggegangen, Marco?"
Er schaute in die Glut des Ofens und antwortete ohne Corinna anzusehen.
„Weil es nicht mehr ging."
„Was ging nicht mehr?"
„Deine Mutter und ich."
„Das ist klar, aber was genau?"
„Hast du sie nie gefragt?"
Corinna nickte dem Ober zu, der die Getränke brachte, und schüttelte dann den Kopf.
„So kommen wir nicht weiter, Marco."
„Wohin willst du kommen, Corinna? Der einzige für uns wichtige Punkt ist, dass wir uns verloren haben, dass ich dich

nicht mehr sehen durfte, weil deine Mutter und ich, weil wir uns nicht mehr verstanden haben. Und wenn eine Beziehung auseinandergeht, ist nicht einer schuld, und selbst wenn deine Mutter aus meiner Sicht Schuld daran gewesen wäre, tut das auch nichts zur Sache. Zur Sache, dass wir getrennt waren. Dass ich dich nicht mehr sehen durfte. Es war ihre Rache an mir, aber sie hat nicht an dich, das Kind gedacht. Dass sie nicht an mich gedacht hat, das ist nachvollziehbar. Das war dann eine doppelte Rache. Denn ich habe danach nur noch einen Bogen gemacht um Frauen, die Kinder hatten. Damit es nie wieder passiert, auf dass ich nie wieder von einem Kind getrennt werde. Nie wieder dieser Schmerz."

Der Ober brachte die Pizzas. Corinna starrte auf ihren Teller, lange. Von ihrem Gesicht war nicht abzulesen, was sie dachte, dann legte sie das Besteck auf die Seite und rieb sich die Stirn.

„Das wusste ich nicht. Ich glaube, ich will nichts mehr essen", sagte sie.

Marco schwieg und sah sie an. Sie schaute auf.

„Ich habe das all die Jahre nicht so gesehen, Marco. Ich fühlte mich verlassen, ich hatte Angst, dass ich daran schuld war, ich, dass ich nicht richtig funktioniert hatte, nicht gelernt hatte, nicht aufgeräumt hatte, du warst manchmal auch ungeduldig."

Marco schüttelte den Kopf.

„Das war es sicher nicht, Corinna, ich habe bis zuletzt versucht zu bleiben, wegen dir, aber es ging nicht mehr."

In ihren Augen lag eine Frage.

„Ich will nicht über deine Mutter und mich reden. Versteh das bitte", sagte er.

„Und ich will jetzt hier raus, Marco."

Marco nickte und winkte dem Ober.

„Ci può portare un po' di carta stagnola e la fattura?"

Der Ober sah auf die Pizzas, warf Marco einen Seitenblick zu und nickte.

„Ci è passata la fame, succede …, ma di sicuro non per la pizza", sagte Marco als Erklärung.
„Was war das jetzt?", fragte Corinna.
„Ich habe um Alufolie zum Einpacken und um die Rechnung gebeten."
„Da war doch noch was?"
„Hm?"
„So was wie: Uns ist der Hunger vergangen, aber es liegt nicht an der Pizza."
„Ja", sagte Marco, aber er fragte nicht nach, warum sie das verstanden hatte, zahlte und sie gingen aus dem Lokal. Die Nacht kam Marco sehr kalt vor und er zog seine Jacke eng um sich. Als er sie zu ihrem Auto begleitete, fragte sie ihn, warum er Polizist geworden war.
„Liebe, Trauer, Wut, deswegen bin ich Polizist geworden, damals", gab er als Antwort.
„Und was war damals?"
„Damals, das war vor fast dreißig Jahren, als meine Freundin starb."
Er ging weiter und wartete nicht auf Corinnas Fragen oder Blicke, sah sie nicht einmal an.
„Wir hatten uns gerade verlobt, in einer Sommernacht auf einem verlassenen Bauernhof, als sie ein paar Tage später auf dieses Basketballturnier fuhr. Sie waren zu viert in dem Wagen. Der Typ am Steuer fuhr mit hundert Sachen durch ein Dorf und hat eine rote Ampel übersehen. Sibi saß vorne rechts und hat am meisten abgekriegt. Dann ging es noch drei Monate in der Uniklinik Ulm. Sagte ich, es ging? Nichts ging. Draußen war dieser irre Sommer, es gab dieses Mega-Konzert, ‚Live Aid', Hilfe für Afrika, alle hockten vor der Glotze oder ließen die Musik in die Gärten raus. Wir wären da auch dabei gewesen, wir wären bei vielem dabei gewesen."
Marco schüttelte den Kopf, er spürte Corinnas Blick und redete weiter.

„Sibi starb fünf Tage vor ihrem 18. Geburtstag. Ja. Ich habe mich oft gefragt, warum nicht ich, eigentlich hätte ich dabei sein sollen, aber ich lag an dem Tag mit einer Sommergrippe im Bett, sonst hätte ich vorne rechts gesessen, oder auch nicht, oder wir hätten uns verspätet, weil ich verpennt hätte, und die Ampel wäre dann nicht rot gewesen, oder, oder, oder. Aber es bringt nichts. Rein gar nichts. Kurz nach dem Unfall bin ich zu unserem Religionslehrer gegangen. Ich habe ihn gefragt, warum Gott das zugelassen hat. Der hat mir gesagt: ‚Falsche Fragestellung, Marco, du musst dich fragen, warum der Mensch das zugelassen hat. Nicht Gott saß am Steuer und fuhr mit hundert Sachen durch den Ort, sondern der Mensch'."
Marco blieb stehen und dreht sich zu Corinna um. Ihre Augen funkelten im Schein einer Straßenlampe.
„Das ist die Geschichte. Deswegen bin ich Polizist geworden. Ich wollte all die ausbremsen, die ihrer Verantwortung nicht nachkommen. Das war so meine Vorstellung. Marco Fois hockt hinter Dorfampeln und bremst schnell fahrende Chaoten. Tja. Und irgendwann ist aus dem Polizisten ein Kommissar geworden. Reicht dir das als Antwort?"
Sie nickte und schwieg. Ihrem Schweigen folgten keine Worte mehr, sondern eine Umarmung, die Andeutung einer Umarmung, die sie ihm in die Schultern drückte. Dann stieg sie in ihren Wagen und fuhr ab. Er stand da und schaute den Rücklichtern ihres Wagens hinterher. Lange hinterher. Es war immer noch etwas da von dem, was er verloren geglaubt hatte.

Es war um die Mittagszeit, als Marco im Domino ankam. Tina hatte angerufen, die Studenten waren wieder da, auch der Blonde mit dem Pferdeschwanz. Das Lokal war voller als jede andere Kneipe, die Marco um diese Zeit gesehen hatte, auch für ein Wochenende. Für die Menge von Leuten war es erstaunlich still, alle schienen mit Essen beschäftigt. Man konnte sogar die leise Musik aus dem Lautsprecher über dem Tresen hören. Es roch nach Tomaten und Basilikum, einfach nach Italien. Marco grüßte den Wirt, der wieder einmal Gläser abwusch, und nickte in den vollen Raum hinein. Pit folgte Marcos Blick und lachte.

„Nicht schlecht, was? Wir sind berühmt für unseren Mittagstisch, vor allem am Wochenende: Einheitsgericht. Ein Teller Spaghetti für vier Euro. Tina kocht. Mehr brauch' ich dir wohl nicht zu sagen, oder? Wenn du fertig bist, lade ich dich ein."

„Aber diesmal zahle ich", sagte Marco.

„Ist recht", antwortete Pit.

„Salve!", sagte Tina neben ihm mit der halb förmlichen Art in Italien jemanden zu begrüßen. „Ah, hallo, danke für Ihren Anruf. Ich habe Sie gar nicht gesehen", antwortete Marco.

„Ich war dahinten im Nebenraum, da sind auch die Jungs, Axel und Kumpane, er und drei weitere, die spielen Billard, wie immer, wenn sie da sind."

„Danke, dann schauen wir mal", sagte Marco und ging zu einem dunklen Raum, aus dem das helle Klicken von Billardkugeln ertönte.

Um den Billardtisch standen vier junge Männer, zwei spielten, zwei schauten zu. Der Blonde mit dem Pferdeschwanz kreidete die Spitze seines Billardstocks ein. Marco ging auf ihn zu, stellte sich zwischen die Männer und zog das Foto von Andreas Plaschek aus der Jackentasche.

„Guten Tag, mein Name ist Marco Fois von der Kripo Heidenheim. Kennen Sie den Mann hier?"

Er zeigte das Foto in die Runde und schaute auf die vier paar Augen, die sich das Foto ansahen.

„Warum fragen Sie gerade uns?“, fragte der Blonde.
„Kennen Sie ihn?“, fragte Marco zurück.
„Ja“, sagte er, lehnte sich über den Billardtisch und setzte zu einem Stoß an. Marco stellte sich neben ihn:
„Er ist tot.“
„Das wissen wir“, antwortete der Blonde und versenkte eine rote Kugel im Loch. Die weiße Kugel rollte hinterher. Der Blonde zischte und drehte sich um.
„Warum kommen Sie zu uns?“
„Weil ich gehört habe, dass Sie Ärger mit ihm hatten oder ihm Ärger machten.“
„Heißt das, wir sind verdächtig, weil uns einer die ganze Zeit anschmarotzt? Kann echt nicht sein. Hören Sie mal, Herr Fois, uns tut es auch leid, dass der Andi tot ist, wir haben auch ein paar Tage gebraucht, um das zu verdauen und wir hoffen, Sie kriegen das Schwein, der das gemacht hat, aber zu uns zu kommen, das geht nicht.“
„Sie hatten Streit mit ihm?“, fragte Marco.
„Nein“, sagte der Billardgegner des Blonden von der anderen Seite des Billardtisches. Er strich sich durchs braune Stoppelhaar, stellte die Beine breit und verschränkte die Arme.
„Wir hatten keinen Streit mit ihm, wir hatten keine Lust mehr. Wir hier, wir sind eine Clique, und wir sind füreinander da. Wir sind alle Studenten und haben alle wenig Geld. Ein paar von uns jobben, ein paar von uns wohnen daheim, Axel und Olli hocken in einer Bude im Studentenwohnheim, ja? Und da kann es nicht sein, dass einer nur nimmt und nicht gibt. Aber so einer war Andi. Wenn es ans Zahlen ging, hatte er sein Geld vergessen, und wenn man es dann auslegte, hat er immer vergessen, es zurückzuzahlen. Als er bei sich mal eine Fete machte, in dem Häuschen, in dem er ganz allein wohnt, da durften die anderen alles mitbringen.“
„Genau. Besser als Tommi hätte ich es auch nicht sagen können“, sagte der Blonde und gab Tommi den Billard-

stock. Der hatte nur noch die schwarze Kugel mit der Acht auf dem Tisch.
Er stieß an, versenkte sie und legte den Stock auf den Tisch. Der Blonde klopfte ihm auf die Schulter.
„Darf ich auch einmal?", fragte Marco und zeigte auf den Billardtisch.
Die Studenten nickten und Marco griff sich den Stock.
„Früher verstand ich mal was von Geometrie", sagte er und stieß an. Die Kugel klackte gegen zwei Banden und rollte dann in das Loch.
„Geht doch noch", sagte der Blonde und legte ein leeres Dreieck auf den Tisch. Er griff sich zwei Kugeln und stieß sie gegeneinander:
„Phenolharz. Früher waren all die Dinger aus Elfenbein. Da gäbe es heute keine Elefanten mehr."
„Haben Sie mit Andi zusammen studiert?", fragte Marco.
„Ja, Chemie, aber wir sind ein paar Semester weiter. Richtig kennengelernt haben wir uns hier, oder?"
Die anderen Studenten nickten.
„Andreas Plaschek hat sich kurz vor seinem Tod mit der Synthese von Alizarin beschäftigt."
„Hatte der nichts Besseres zu tun?"
„Hätten Sie eine Idee, warum?"
Schweigen hing im Raum, alle vier schüttelten den Kopf.
„Gut, und jetzt noch das Übliche: Wo waren Sie letzten Samstagabend zwischen 19 und 21 Uhr?"
„Hier, und zwar alle zusammen, geschlossen, da gibt es Zeugen", sagte Tommi.
Marco holte einen Zettel und einen Stift aus seiner Jackentasche und notierte die Personalien. Er gab den Studenten seine Visitenkarte, bedankte sich und ging zum Tresen zurück.
„Und?", fragte Pit.
„Zeit für Tinas Spaghetti."
Sie schmeckten wie bei seiner Mutter, die als Deutsche ausgezeichnet Italienisch kochte.

Sie hatte die Gewohnheit beibehalten, auf der Terrasse zu sitzen, einen Rotwein zu trinken und offensichtlich auch zu arbeiten, denn auch sie hatte den Computer draußen dabei. Woher sie den Mut nahm, in dieser einsamen Landschaft in der Nacht draußen zu sitzen, war ihm schleierhaft. Er selbst war ja das beste Beispiel dafür, dass da oben Leute herumschleichen konnten. Aber immerhin kam er ihr dadurch auf die Spur, die besagte, dass sie ihm auf die Spur gekommen war. Er sah eines Abends den Ausdruck des Farbstoffs und einen dieser vielen Mitteilungszettel, die ihr Mann zu verwenden pflegte. Die er auf dem Tisch liegen ließ, wenn er ins Haus ging, um sich Getränke zu holen oder um auf die Toilette zu gehen. Auch sie verschwand öfters im Haus, wie auch in der Nacht, als er die Gefahr erkannte, die von ihr ausging. Sie verschwand für einen kurzen Moment, der lang genug war, dass er erkennen konnte, wie brisant die Notiz auf dem Zettel für ihn war. Er musste jetzt dringend sämtliche Schritte der Frau beobachten, um zu sehen, was sie vorhatte und wie er sich vor ihren Vorhaben schützen konnte.

Marco verließ Langenau in Richtung Norden. Blasses Licht hing über Stoppelfeldern und Reste von Nebelschwaden zerstieben in die Luft. Die Landstraße führte durch einen Mischwald und senkte sich zur Lone, einem Rinnsal von Bach in einem alten Flussbett aus weiten Wiesen. Rechter Hand am Hang öffnete sich die Höhle, die mit ihrem dunklen Auge der Urzeit das Tal bewachte. Hinter den Wiesen schloss sich der Wald. Marco fuhr auf den Wanderparkplatz und stieg aus. Er grüßte eine Frau, die einen großen Jagdhund in ihren Geländewagen scheuchte. Sie grüßte zurück und fuhr ab. Kies prasselte unter Reifen, dann senkte sich Stille über das Tal. Es roch nach Erde und Holz. Hinter dem Parkplatz wies ein Schild den Weg zur Bocksteinhöhle. Mit dem Schild kam Marco eine Erinnerung an einen Wandertag in seiner Schulzeit. Er schaute zur Höhle hoch.

Sandweißer Jurakalk mischte sich in die Farben des Herbstes. Doch Marco sah ein Sommerbild. Ein Sommerbild ohne Sommerfarben in abgeblasstem Schwarz-Weiß. Aus der Zeit, als er Sibi noch Sibylle nannte und nicht wusste, wie er sie ansprechen sollte. Sie sitzt an einem Hang im Gras und trägt einen weißen Rock in dieser knitterigen Baumwolle und eine helle Bluse. Ihr feines Haar liegt auf dem Rücken. Sie war auch im Sitzen groß. Marco sieht ihr Profil mit diesem ernsten Ausdruck. Und er sieht sich auf dem Bild, sieht es sich bewegen und wie sich das Profil gleich ihm zudreht.

In dieser Drehung verschwand es aus seinem Kopf. Die ganze Vergangenheit verschwand aus seinem Kopf. Ich bin wegen der Gegenwart hierhergekommen, dachte er, auf diesen Spazierweg, zum Nachdenken. Die Gegenwart war ein Samstagmittag im Oktober. Sechs Tage waren vergangen, seitdem sie den Jungen im See gefunden hatten. Es gab bisher keinen Durchbruch in dem Fall für den Herrn Kommissar Marco Fois und sein Team. Keine entscheidende Spur bis auf die neue Erkenntnis, dass Andreas Plaschek ganz offensichtlich geizig war. Wenn diese Charaktereigenschaft als Motiv für eine Tat ausreichte, dann würden wir hier im Schwabenland mit der Arbeit gar nicht mehr fertig werden, dachte er. Und doch, vielleicht gibt es etwas in seiner Persönlichkeit und seinen Lebensumständen, das ihm Feinde machte. Wir müssen mehr über ihn herauskriegen und über sein Umfeld. Wird schwierig werden, denn viel Kontakte schien Andi Plaschek nicht gehabt zu haben. Ich gehe heute Abend einfach wieder ins Domino, mit einem

Foto von ihm, höre mich mal um. Vielleicht weiß irgendwer auch etwas über diesen Unbekannten, mit dem er Billard gespielt hat, vielleicht taucht der auch auf? Das kann ich tun, mehr kann ich im Moment nicht tun. Damit beendete der Kommissar seine Gedanken zu seinem Fall. Nun würde er erst einmal einen Spaziergang im Lonetal machen.

Am nächsten Tag war er wieder dort, nicht einmal 20 Stunden später, aber diesmal im Jogginganzug, in dem Tal, aus dem gerade der Nebel abgezogen war. Heute, an einem Sonntag, war er nicht allein auf dem Kiesweg unter der Höhle oder unter den Höhlen, von denen es mehrere in der Ecke gab. Nein, viele Spaziergänger waren unterwegs, ab und an Herrchen und Frauchen mit Hund und sogar ein Wanderverein. Anders konnte sich Marco die Versammlung einer Gruppe von zwei Dutzend Personen im Altersschnitt von rund fünfzig Jahren nicht erklären. Er lief in der Vertrautheit des Weges, den er vom Vortag her kannte. Manchmal wiederholt man Orte innerhalb eines Tages oder einer Woche und geht dann für Jahre nicht mehr hin, wie man Jahre zuvor nicht dort war. Das nennt sich wohl Intensität in der Abwechslung, und viel von diesen Abwechslungen gab es nicht in seinem Leben. Er suchte sie auch nicht, und schon gar nicht Abwechslungen der bestimmten Art, so wie sein ehemaliger Kollege Jochen Schempf, der Frauen wie Briefmarken sammelte. Genau das hatte er dem auch einmal auf den Kopf zugesagt, ganz entgegen seiner Art mit einem kritischen Unterton, im Büro, zu Jochens Heidenheimer Zeit.
Eine Kritik an einem Kollegen, eine Indiskretion vor der versammelten Mannschaft. Aber Jochen hatte es an dem

Tag mit seiner Imagepflege übertrieben und vor der versammelten Mannschaft demonstrativ wegen Rückenschmerzen geklagt, Bauch rausgestreckt und Hände im Kreuz. Er ließ jeden verstehen, dass diese Beschwerden von einer wilden Nacht herrührten.
Für Henning, der dieses Szenario mit Argusaugen beobachtet hatte, war der Vergleich mit dem Briefmarkensammeln natürlich das gefundene Fressen. Er hatte Jochen prompt gefragt, ob er sich der Illusion hingäbe, eines Tages die Blaue Mauritius unter den Frauen zu finden. Woraufhin Jochen konterte, dass er mit einem Gscheidle-Irrtum auch zufrieden wäre, was Henning stutzen ließ und zu der Nachfrage veranlasste, was Jochen wohl für einen gescheiten Irrtum hielt. Marco sah noch in Erinnerung an das Gespräch, wie Jochen die Zähne fletschte, zu lachen anfing und zur Antwort gab, dass es sich bei dem Erwähnten um eine sehr teure Briefmarke handelte. Diese Äußerung hatte wiederum Pia auf den Plan gerufen, die sich einen Vergleich von Traumfrauen mit teuren Briefmarken verbat, da könnte man ja gleich sagen, für viel Geld wären Frauen zu haben. Bernd Meier hatte zu all dem geschwiegen. Sein Kommentar kam am Tag darauf in Form des Resultats einer gründlichen Internet-Recherche: Ein Gscheidle-Irrtum sei eine für die Olympischen Spiele in Moskau gedruckte, aber nie amtliche gewordene Briefmarke, von denen nur ein paar irrtümlicherweise in Umlauf geraten waren.
Marco lachte beim Joggen, als er an diese und andere Szenen im Büro dachte, zu der Zeit, als Jochen noch bei ihnen war. Diese Baggerei und ewige Suche. Sein, Marcos Stil, war das überhaupt nicht. Er hatte genug von Frauen. Nach dieser Geschichte mit Corinnas Mutter, der wilden Doro. Viele Jahre danach hatte er es mit Silvie probiert, die so lange mit ihm spielte, dass ihm die Lust verging, auch wenn sie immer wieder den Versuch unternahm, ihn zurückzuerobern. Anscheinend werden Männer auch erst

interessant, wenn sie nicht mehr wollen. Und er wollte nicht mehr, keine Silvie und keine andere.
Sicher, wenn er schon nicht suchte, hätte er sich öfters mal finden lassen können, für eine Nacht, so war es auch gestern im Domino gewesen. Da war diese Mittvierzigerin, die ihn beim Billardspielen beobachtete und ihm ein Gespräch nach dem anderen reindrückte und dabei immer ihre rotbraune Mähne mit den Händen durchschüttelte. Die sah recht gut aus, kein Thema, aber schließlich war er, Kommissar Marco Fois, in einer Ermittlung. Er wollte und musste diese Ermittlung durchführen, auch wenn diese komplett ergebnislos geblieben war, bisher.
Nur wenige der Gäste kannten den Jungen auf dem Foto vom Sehen, und gesprochen hatte keiner der Anwesenden mit ihm. Ein Dunkelhaariger, mit dem der Plaschek dort öfters gewesen war? Fehlanzeige. Den ganzen Abend war Marco dort, bis weit in die Nacht. Die haben eine Lizenz bis 24 Uhr und diese Lizenz hatte er ausgesessen. Zugeschaut, wie Pit mit Martina den Laden dicht gemacht hatte. Diese Halb- oder Viertel-Sardin wäre eine Option. Sie war bereits vergeben, das wusste Marco auch. Das war ihm egal. All das war irgendwie egal bis auf den Fall, den er lösen musste und bis jetzt nicht lösen konnte. So dachte er und lief weiter in den Sonntagmorgen hinein. Bis die Ruhe gestört wurde, nach genau neuneinhalb Minuten Laufzeit.

Sein Onkel rief ihn auf dem Handy an und bat ihn, nach Fleinheim zu kommen. Bis Marco seine Joggingrunde rückwärts zum Parkplatz lief, losfuhr und das Grundstück seines Onkels erreichte, saß dieser bereits wartend auf der Mauer, die den Einfahrtsweg flankierte und schaute ins Tal.

Marco parkte auf dem kurzen Gras neben dem Boskop, der diesen Herbst keine Äpfel trug. HB drehte den Kopf und stand auf.
„Danke, dass du gekommen bist. Ich hoffe, du hast wegen mir deinen Wandertag nicht unterbrochen."
„Kein Wandertag, ich war joggen."
„Im Lonetal? Und wo genau?"
„Hinter Langenau. Ich bin da gestern bei einer Höhle vorbeigekommen. Ich dachte, es wäre die, die ich von früher in Erinnerung hatte. Fehlanzeige, aber ich habe eine neue Jogging-Route entdeckt."
„Spurensuche in die Vergangenheit, oder was? Weißt du, wie die Höhle heißt?"
„Bocksteinhöhle."
„Neandertaler, das passt."
„Was?"
„Nichts."
„Wenn du jetzt wieder anfängst, HB, dann kannst du dein Dach selber reparieren, o.k.?"
„Ich sprach nur von einem Unterschlupf der Neandertaler."
„Du hast, ‚das passt' gesagt. Wo ist das Loch?"
„Über dem Heizraum."
Marco ging in den Stall und wartete. HB kam nicht nach. Er stand neben dem Tor und sprach mit seinem Nachbarn. HB und Nachbar dirigierten Worte in die Luft. Im Takt zwischen Allegro und Vivace. Das konnte dauern. So suchte Marco das Loch alleine. Er bahnte sich einen Weg durch das Gerümpel, das seit seinem letzten Besuch Junge gekriegt hatte. Die zerfledderten Heugestelle waren bekannt, die Schubkarren auch, bei einem fehlte das Vorderrad, und würde beim nächsten Mal immer noch fehlen, sicher. Neu hinzugekommen waren zwei Rasenmäher, ein Kohleofen aus Gusseisen und ein Fuhrpark aus Fahrrädern verschiedener Größe und verschiedenen Alters, die unmöglich alle HB gehören konnten, aber überall in HBs Stall den Weg

versperrten. Zwischen allem Krempel lag und stand Baldingers Allerlei: Kanister, Kannen, Kübel.
Marco stand da und schüttelte den Kopf. Dann verankerte er die Holzleiter, die zu der Empore über dem Heizraum führte und kletterte hinauf. Oben sah es aus wie immer: Da standen die Waage mit den Eisengewichten, der Schlitten am Balken des Dachstuhls, die Skier, die sich Marco als Jugendlicher einmal ausgeliehen hatte. Und Skistöcke aus Holz, um deren Spitze ein Kreis aus Weidengeflecht hing, der mit Lederstreifen vernagelt war.
„Marco?“, fragte HBs Stimme von unten.
Marco ging zum Rand der Empore, HB stand im Stall vor dem Tor, sein Körper stand im Licht, sein Gesicht lag im Schatten. Er zeigte auf einen Strahl, der wie ein Laser von der Spitze des Scheunendachs aus auf den Boden brach.
„Da, Licht heißt Loch“, sagte er,
„Aber da gehe ich nicht hoch“, sagte Marco, „und schon gar nicht mit dem Ding hier.“
Er zeigte auf eine Holzleiter mit gebogenen Sprossen.
„Nicht nötig, wichtig ist die Dachplatte zum Wohnhaus, da hinten bei dem Loch. Die ist runtergerutscht, schieb sie einfach wieder rein und gut ist es.“
Marco nickte, schloss das Loch im Dach und kletterte die Leiter hinunter. Er folgte seinem Onkel ins Wohnhaus und landete mit ihm im Wohnzimmer. Auf dem Tisch standen zwei Sulzen.
„Setz dich und iss! Das sind Tellersulzen von der Trude nebenan, die schmecken wie bei deiner Oma, Gott hab sie selig“, sagte HB, der schon am Tisch saß, schnitt, schaufelte und kaute. Marco, der keinen Hunger hatte, stand am Fenster und schaute ins Tal.
„Hättest du in all den Jahren da draußen in der Welt je gedacht, dass du wieder zurückkommst? In das Haus, in dem du aufgewachsen bist? Zum Sulzen essen. 30 Jahre weg und unterwegs und dann wieder hier?“, fragte er.

„Was heißt, draußen in der Welt? Ist das hier keine Welt?"
„HB, du weißt, was ich meine. Du hast dich die ganze Zeit gedreht und bist wieder an den Ausgangspunkt zurück."
„Ist das jetzt ein Rückschritt, oder was? Das ist doch alles egal, Hauptsache ich bin drin in meinem Leben, Hauptsache, mein Leben und ich, wir sind eins. Das zählt."
HB beschäftigte sich weiter mit der Sulz. Das Messer kratzte in seinem Teller und Marco spürte einen Anflug von Ärger. HB schmatzte ins Schweigen hinein, dann sagte er:
„Ich verstehe deine Frage aber auch nicht, Marco. Das hat doch nichts oder wenig mit dem ‚Wo' zu tun. Wir sind da zu Hause, wo wir uns wohlfühlen, wo wir Freunde haben, wo wir uns wiedererkennen im Spiegel der Landschaft. Wo wir unserem Ich begegnen. Dort sind wir zu Hause. Denn wir sind in unserem Leben zuhause."
Er zog tief Luft ein, streckte sich und kaute weiter. Dann legte HB das Besteck in den Teller und stand auf.
„Und ich wusste, es war mein Ding. Ich wusste, ich konnte bleiben in Gesellschaft all derer, die vor Jahrtausenden bereits hier lebten und ihre Zeugnisse hinterließen. In einer großen Landschaft, die sich klein gibt und klein wirkt und unentdeckt ist, nicht fähig, ihr Gesicht denen zu zeigen, die ihren Geist nicht erfassen können."
„Hm", sagte Marco.
„Hier lebt der Mythos, Marco. Neandertaler, Eiszeitjäger, Kelten, Römer. Alle waren sie da."
„Und alle sind sie wieder weg", sagte Marco, aber HB hatte ihn nicht gehört.
„Wenn ich jünger wäre und mehr Geld hätte, würde ich in meiner Wiese buddeln, buddeln lassen. Ich möchte nicht wissen, was da alles rauskommt."
„Ich denke, du musst erst einmal buddeln, um deine Quelle in den Griff zu kriegen", sagte Marco.
„Meine Quelle? Ach was! Das Problem war der letzte Winter, da taute zu viel Schnee auf einmal."

„Du hattest ganz nett Wasser im Stall."
HB drehte sich um. Er schaute Marco an. Mit seinem Blick sprühte er Zorn. Das Klacken seiner Schritte wiederholte den Zorn.
„Ich spreche vom Leben und du redest von Wasser", sagte er und drehte sich im Türrahmen um. Der Teller in seiner Hand wackelte wie ein Wurfgeschoss, das unbedingt losfliegen wollte.
„Hängt auch miteinander zusammen, oder?", fragte Marco.
Das Klacken verschwand in der Küche. Marco folgte seinem Onkel. Der stand in der Küchentüre und schaute auf die Wiese, die so groß war, dass man nicht erfassen konnte, worauf HB den Blick richtete. Dann drehte der den Kopf nach links.
„Warum reden Leute miteinander, wenn sie sich nichts zu sagen haben?"
„Du brauchst gar nicht so zu schreien, ich bin da. Außerdem haben wir uns was zu sagen."
HB zuckte mit der Schulter und ging in den Garten hinaus. Er ging zum Kirschlorbeer, den Marcos Vater aus Italien mitgebracht und eingepflanzt hatte und begutachtete das Wachstum der Dutzend Setzlinge. Einen nach dem anderen. Dann kam er zurück.
„Ich weiß schon, warum dein Vater sauer ist", sagte HB.
„Mein Vater?"
„Ja, Giovanni Maria Fois, der Mann meiner Schwester. Du hast dich entscheiden müssen und hast dich entschieden. Für den Beruf, die Nationalität, das Land. Aber du bist nicht glücklich mit dieser Wahl, und das weiß dein Vater. Deswegen kann er die Wahl auch nicht akzeptieren."
„Mag sein."
„Kannst du es akzeptieren?"
„Was? Meine Wahl?", fragte Marco.
„Nicht glücklich zu sein, mein Lieber."
„Na hör mal, kann ich was dafür, dass Sibi starb? Dass

Doro mir Hörner aufsetzte und ich ihre Tochter Corinna nicht mehr sehen durfte? Und Silvie anfangs nur mit mir spielte? Dumm gelaufen, aber nicht meine Schuld."
„Du hättest dir wieder eine Frau suchen können. Was heißt suchen, dich finden lassen von irgendeinem Augenpaar bei all den Blicken, die sich an deinen schwarzen Haaren und blauen Augen festsaugen."
„Sie sind nicht blau, sie sind grün und grau, je nach Lichteinfall."
„Ich sage ja, du hast einen Knick in der Optik."
„Hör mal HB, wenn du mal Masern, Mumps und Röteln hinter dir hast, dann willst du dir nicht mal mehr einen Schnupfen einfangen."
„Hoi, welch Metapher. Das heißt, wenn eine Frau einmal niest, haust du gleich ab?"
„Kann sein."
HB klopfte als Antwort mit dem rechten Zeigefinger an seine rechte Schläfe.
„Ganz zu schweigen von der Arbeit, glaubst du, der Job hellt meine Stimmung auf?", fragte Marco.
„Dann such dir doch einen anderen."
Marco fasste sich an die Stirn und schüttelte den Kopf. Er ging ins Haus zurück, HB folgte ihm.
„Wir laufen wieder weg, immer, wenn es unangenehm ist, laufen wir weg", sagte er.
„Mir ist nur kalt."
„Stimmt. Mir auch. Dann legen wir mal Holz in den Ofen."
Sie gingen ins Wohnzimmer. HB bereitete das Feuer vor, Marco schaute ihm zu, wie er die Funken zum Knistern brachte. Dann pochte HB mit dem Schürhaken auf den Holzboden.
„Mensch Marco, sei verdammt noch mal glücklich oder zufrieden mit dem, was du tust und bist. Wenn nicht, dann tu was anderes, oder besser: Ändere Dinge, die du ändern kannst und akzeptiere das, was du nicht ändern kannst. Der

Spruch ist nicht von mir, aber er ist verdammt gut. Und so einfach."
„Was ist daran einfach?"
„Nichts daran ist einfach. Nur der Spruch ist einfach. In der Tat bedeutet der Spruch Arbeit, nichts als Arbeit. Stück für Stück ein bisschen Glück."
Die Flammen loderten auf. HB hielt seine Hand vor das Feuer, drehte sie und schaute auf den Boden.
„Siehst du. Kein Rauch ohne Feuer und kein Schatten ohne Licht. Manchmal mag es reichen, den Fuß nach rechts zu stellen und du kommst aus dem Schatten ins Licht. Manchmal sind die Hindernisse so groß, die Hindernisse, die den Schatten werfen, dass man weit laufen muss, um ans Licht zu kommen. Aber man muss den Fuß versetzen oder laufen, man muss es selber tun."
„Ich kann auch warten, bis der Sonnenstand sich ändert, dann verschwindet der Schatten von selbst."
„Wenn er von selbst verschwindet, ist es auch recht, aber dann musst du dich mit Sonnenständen auskennen. Dann hast du auch was getan, du hast dich über Sonnenstände informiert."
HB erhob sich vom Feuer. Der unregelmäßige Takt seiner Schritte klackte auf Marco zu. Er blieb vor ihm stehen und umarmte ihn, löste die Umarmung, sah ihn an.
„Tu es. Lebe dein Leben."
Marco nickte, stieg in seinen Wagen und fuhr ab. Er fuhr in den Rest seines Sonntags hinein.

Tassen und Löffel klirrten in hohen Tönen, es waren die einzigen Töne im Raum. Es war Donnerstagmorgen und sie saßen alle bei der Arbeitsbesprechung mit Frühstück

im Präsidium. Resignation hatte sich breit gemacht elf Tage nach jenem Sonntagmorgen, an dem sie den Jungen im See gefunden hatten. Henning starrte in eine leere Kaffeetasse, Bernd auf einen Haufen Unterlagen auf dem Besprechungstisch und Marco auf den Herbstmorgen hinter den frisch geputzten Fensterscheiben. Es gab nichts mehr zu ermitteln. So schien es, aber da gab es eine Wahrheit, und der waren sie einfach noch nicht auf die Spur gekommen, sie beschränkten sich auf den Austausch der letzten Erkenntnisse, die gar keine waren.
Bernd Meier hatte an der Uni nichts mehr rausgebracht, bis auf die Information, dass Andi in der Mensa immer den Eintopf gegessen hatte, weil der günstiger war. Und dass freitags dieses Eintopfgericht auf jeden Fall zu empfehlen wäre, da gäbe es nämlich Reisbrei mit Zucker und Zimt. Sonst wäre Eintopf halt Eintopf.
Henning wiederum hatte mitzuteilen, dass der Pümpel-Stöpsel in Andis Wohnung aufgetaucht und wieder in den Händen der Nachbarin war. Marco konnte zwei Namen nennen, die er bei einem weiteren Besuch bei Karin Plaschek mitgeteilt bekommen hatte, zwei engere Freunde aus Andis Schulzeit. Beide Männer hatten sich dann darüber gewundert, dass sie als engere Freunde bezeichnet wurden, schon während der Schulzeit hätten sie sich nicht als solche betrachtet, und seit dem Abitur hätten sie überhaupt keinen Kontakt mehr zu Andi gehabt.
„Aber von seinem Tod haben sie bereits gewusst“, schloss Marco seine Worte.
Henning, der seine Arme auf der Fensterbank mit weit gespreizten Fingern abstützte, schüttelte den Kopf und schaute durch die Scheibe irgendwohin in den Herbst hinaus. Dann fing er zu lachen an und rief: „Da, ich habe den Täter.“
„Was?“, riefen Marco und Bernd und gingen zu ihm.
„Der Lasterfahrer da unten. Seht ihr, was auf dem Laster

steht? I am your nightmare, ich bin dein Alptraum. Er ist unser Alptraum, also ist er unser Täter. Haha. Der Lasterfahrer ist es, wir haben ihn."
„Witzig", sagte Bernd Meier. „Dann kommst du als Täter nämlich auch infrage, Henning, our nightmare."
„Wenn ihr mal damit aufhört, kommen wir weiter", sagte Marco.
„Nein", antwortete Bernd. „Selbst, wenn wir damit aufhören, kommen wir nicht weiter."
„Eben", sagte Henning, „vielleicht kommen wir weiter, wenn wir nicht damit aufhören. Spürt ihr es nicht, wir haben die Energie noch, und wir sind ein gutes Team."
„Ein verdammt gutes", sagte Marco, und stand auf. Er musste sich beeilen und nach Hause gehen, um dort ein bisschen aufzuräumen. Denn er erwartete Besuch, hohen Besuch sogar.

Corinna strich mit beiden Händen über den weichen Stoff des kleinen Sofas, auf dem sie saß. Ein gezacktes Muster in Türkis und Rosa mit schwarzen Armlehnen.
„Nett hast du es hier. Klein und gemütlich und irgendwie auch italienisch. Das Sofa hier auch, oder? Und der Überwurf über deinem Bett, das Blumenmuster sieht italienisch aus, keine Ahnung, warum."
„Corinna, ist dir noch was zu Andi Plaschek eingefallen?", fragte Marco, der sich nicht für seine Möbel interessierte, die Einrichtung war Sache seiner Mutter, die ihn gerne mit den Stücken versorgte, die bei ihr hinausflogen.
„Nein", gab Corinna als Antwort.
„Mich wundert halt, dass nie eine Freundin erwähnt wurde. Er sah doch gut aus. Hatte er nie eine?"

„Was weiß denn ich. Ich will es auch nicht wissen."
„Corinna, wir sind in einer Ermittlung, und du kannst mir vielleicht helfen."
„Ich bin auch in einer Ermittlung, und du kannst mir auch helfen."
„Ich versuche es, nachher", sagte Marco.
„Gut, also Andi Plaschek war zwar immer in Gruppen drin und an Gruppen dran, aber im Prinzip war er ein Einzelgänger und er hatte auch kein großes Interesse an Frauen. Ich glaube, der hat auch mit Gefühlen gegeizt, und da bringt dich dein gutes Aussehen auch nicht weiter."
„Du willst sagen, ihr habt nie was von einer Freundin mitbekommen?"
„Doch, er hatte mal was mit einer Freundin von einer Freundin von mir, aber das lief nicht lang."
„Warum nicht?"
„Weiß ich nicht. Aber ich glaube, die hat da ihren jetzigen Freund kennengelernt und mit dem ist sie happy."
„Hm. Und sonst gab es keine Gerüchte?"
„Was?"
„Vielleicht stand Andi eher auf Männer?"
Corinna schüttelte den Kopf.
„Könnte doch sein?", fragte Marco.
„Nee, nicht der Typ."
„Was macht dich so sicher?"
„Lieber Marco, es gibt da ein paar Nähkästchen, aus denen ich nicht plaudern möchte, aber Andi hatte sicher nichts mit Männern, klar?"
„Gut."
„Bin ich jetzt dran?"
„Versuchen wir es, aber bedenke, ich habe auch ein paar Nähkästchen."
„Gut. Also, ich habe nie verstanden, warum es so plötzlich kam", sagte Corinna.
„Was?"

„Dass du weg warst. Es war ein normaler Sonntag. Wir hatten einen Ausflug gemacht, zum Brezgenmarkt mit den Steinheimern, kommen zurück, wir essen zu Abend, alles wie immer und am Montag bist du weg. Und du bleibst weg. Warum?“
Marco schwieg und schaute auf den Boden.
„Warum, Marco? Ich will keine Entschuldigung, ich will nur wissen warum. Von deiner Seite, einen Teil weiß ich von Bärbel.“
„Bärbel?“
„Ja, die Bärbel, namentlich ehemals beste Freundin meiner Mutter. Ich weiß, dass sie versucht hat, dir und mir zu helfen, aber Mama war dagegen. Ich weiß, dass sie deswegen auch gestritten haben, Mama und Bärbel. Dann kam diese Geldgeschichte und seit der Zeit sprechen sie nicht mehr miteinander.“
„Geldgeschichte?“
„Marco, tu doch nicht so, du weißt doch mehr als ich, schließlich bist du auch betroffen, soviel habe ich nämlich rausgehört.“
„Hat Bärbel davon gesprochen?“
„Nein, aber sie hat sich ein bisschen verplappert. Du, der Freund, und Bärbel, die Busenfreundin, beide bürgten für einen Kredit, damit Mama einen Kosmetiksalon aufmachen konnte. Der nicht lief, wie wir alle wissen. Mama war pleite, und wer zahlte den Kredit zurück? Die Bürgen. So. Wie viel war es denn, Marco?“
„Pupi, das ist eines der Nähkästchen, das zu bleibt.“
„Nähkästchen? Von wegen. Da hältst du einen ganzen Klodeckel geschlossen. Nett von dir. Mich zu schonen und mir nicht zu sagen, wie viel unter dem Deckel liegt. Dabei bin ich alt genug und ich habe einiges kapiert, auch über meine Mutter. Ich weiß, wie meine Mutter ist.“
„Dann brauchst du ja nicht mehr zu fragen. Ich will nicht mit dir über deine Mutter reden.“

„Gut, und ich will nur wissen, warum es so plötzlich kam nach diesem Palmsonntag."
„Es war ein Palmsonntag?"
„Ja, es war ein Palmsonntag. Frage: Was war da, an diesem Palmsonntag?"
„Mein Gott, Corinna, glaubst du, das weiß ich noch so genau? Wir haben halt einen Ausflug gemacht. Da war so ein Markt südlich von Heidenheim. Ein Lehrerehepaar, Freunde von Doro waren auch dabei. Als wir zurückkamen, und du im Bett warst, gab es Streit. Doro hat behauptet, ich hätte die Lehrerfrau angebaggert. In Wahrheit hat sie aber mit einem Typen, den sie auf dem Markt kennengelernt hatte, die Adressen ausgetauscht."
Corinna lachte auf. Es war ein spitzes Auflachen wie ein Stich mit einer Nadel. Marco rieb sich den Hals und schwieg.
„Deswegen warst du dann weg?", fragte sie.
„Ich sagte doch, wir hatten gestritten."
„Wegen der Lehrerfrau?"
„Quatsch."
„Hm. Du hast nicht einmal Tschüss gesagt zu mir. Hast du dir überhaupt Gedanken darüber gemacht, was das für mich bedeutete?"
Marco konnte und wollte nichts dazu sagen und hoffte, sie könnte das in seinem Blick lesen. Sie konnte es nicht. Oder wollte es nicht. Ihr Blick rieb sich an ihm und lud Wut in den Bernstein ihrer Augen.
„Auch recht. Und wie war es mit Anne?"
„Was für eine Anne?"
„Anne, die Lehrersfrau, selber Lehrerin, übrigens."
„Verstehe ich nicht. Die habe ich damals gesehen und dann nie wieder."
„So? Hör zu: Es war Palmsonntag, Brezgenmarkt an der Hungerbrunnenquelle bei Altheim auf der Alb. Die beiden Lehrer hießen Ludger und Anne. Soweit klar?"

„Wenn du meinst, gutes Gedächtnis für eine Elfjährige."
„Kein gutes Gedächtnis, Wiederholung der Ereignisse. Mama war danach mit Ludger zusammen. Nichts mit Typ vom Adressentausch, wie du dachtest. Laut Mama hattest du etwas mit Anne. Und zwar bevor Mama etwas mit Ludger hatte. Laut Mama, wie gesagt."
Corinna sah ihn an und schnappte mit den Augen nach einer Reaktion auf ihre Worte. Marco senkte den Blick und versuchte die Wut aus seinem Bauch weg zu atmen. Dann schüttelte er den Kopf. Corinna ging nicht auf diese Geste ein:
„Nachdem ihm vom bösen Kommissar die Frau ausgespannt worden war, hat sich der liebe Ludger dann fünf Jahre lang mit Mama getröstet. Für mich hat sich der Hungerbrunnen fünf Jahre lang wiederholt. Als Karstquelle. Fließt sie oder fließt sie nicht, das war die jährliche Frage des Erdkundelehrers und Hobby-Geologen. Meine Mutter und ich in Wanderschuhen in Trockentälern mit Wacholderheiden. Dazwischen gab es Felsen, Steinbrüche und Höhlen. Es war furchtbar!"
Sie verschränkte die Arme und sah ihn an. Ihr Blick spannte jetzt zwischen Ärger und Neugier. Marco malte mit dem Zeigefinger einen Kreis in die Luft.
„Apropos Höhlen: Ich war am Samstag auch bei Höhlen, im Lonetal. Zuerst der Bockstein, dann nach einem Kilometer noch eine. Die war abgeschlossen. Betreten verboten! Unübersehbar."
„Danke für den Hinweis", sagte Corinna und stand auf. „Das ist der Hohle Stein, da haben sie den Löwenmenschen gefunden, Mammutelfenbein, 30 cm groß, 30 000 Jahre alt. Älteste Mensch-Tier-Darstellung der Welt. In Fragmenten. Und man weiß nicht, wie man ihn einschätzen soll."
„Danke für den Hinweis", antwortete Marco.
Corinna hatte Zorn in den Augen, sie war schwarz vor Wut, wie die Italiener in dem Fall sagen würden, er senkte den Blick, um möglichst wenig davon mitzubekommen.

„Gut, Marco, wenn du nicht reden willst, dann erzähl ich dir was über die Alb, die Geologie der Schwäbischen Alb, Nationaler Geopark seit 2002. Unesco-Geopark seit 2004. So. Ein Brandungsriff aus dem Miozän? Sagt dir das was?"
Marco seufzte und schüttelte den Kopf.
„Dachte ich mir. Das ist ein fossiles Kliff mit Bohrmuschel-Löchern, schlappe 18 Millionen Jahre alt. Da siehst du die Meeresbrandung vor dir, und falls du sie nicht siehst, sagt dir ein nettes schwarzes Schild, dass du sie siehst. Nicht jeder hat Fantasie."
Marco nickte, stand auf und ging in die Küche.
„Manche haben Durst. Du auch?"
„Ist in Heldenfingen bei Gerstetten", rief sie ihm in die Küche hinterher. Marco schenkte sich Wasser aus dem Hahn ein. Ihre Stimme übertönte sogar das starke Brausen aus dem Hahn.
„Das Miozän gehört zur Erdneuzeit. Drei davor und drei dahinter. Zeitalter, meine ich. Sehr beruhigend, wenn man sie aufzählt. Besser als auf zehn zählen. Achtung, Vorführung."
Marco schaute ins Wohnzimmer. Corinna saß jetzt auf dem Sofa und streckte ihren Oberkörper durch. Sie schaute ihn an, dann schloss sie die Augen.
„Paleozän, Eozän, Oligozän, Miozän, Pliozän, Pleistozän, Holozän."
Sie machte die Augen wieder auf, atmete tief durch und lächelte.
„Ach, es wirkt wie immer. Bei 60 Millionen Jahren relativiert sich alles."
„Werde es mir merken", sagte Marco.
Sie zog die Augenbrauen hoch und stand auf. „Jetzt könnte ich auch etwas trinken", sagte sie.
„Sprudel ist aus, aber im Kühlschrank müsste noch ein Apfelsaft stehen", antwortete er.
„Oh, armes Deutschland, hier drin liegen nur verhungerte Mäuse."

„Erzähl mir nichts, die pennen nach einer Fressorgie in meiner Speisekammer."
„Du hast eine Speisekammer?"
Marco machte eine Türe auf.
„Voilà!"
„Das ist ja irre."
„Hast du Hunger? Pesto, Tomaten-Konserve mit Basilikum, Pfirsiche in Wein eingelegt. Alles von meiner Mutter, Salami vom Markt in Turin, originalverpackter Schafskäse aus Sardinien..."
„Nein. Ich muss gleich gehen."
Das Telefon klingelte. Marco griff zum Hörer und sah, wie Corinna an den Überresten der Apfelsaftflasche roch, die sie in der Hand hatte.
„Fois."
„Alles klar?", fragte Jochen Schempf.
„Ja, ja."
Corinna schüttelte den Kopf und kippte den Saft in die Spüle.
„Bist du noch dran?"
„Ja."
„Hei, was ist los?"
„Corinna kippt meinen letzten Bestand an Apfelsaft in die Spüle. In drei Monaten hinüber und das bei 60 Millionen Jahren."
„Spinnst du? Du meinst die Corinna, die Pupi?"
„Ja, und wir hatten es gerade nur von der Erdneuzeit und sie kippt meinen Apfelsaft weg."
„Sie wird schon wissen, was sie tut. Bei dir verkommt einiges."
Marco versparte sich einen Kommentar, wie auch bei all den anderen Anspielungen, die von Jochen kamen, und beobachtete Corinna.
„Ich trink lieber schnödes Leitungswasser. Wasser ist ewig", sagte die, ließ den Wasserhahn laufen und griff sich

ein Glas von der Spüle. Sie stellte sich dann ans Fenster und schaute auf die Uhr, „außerdem muss ich gehen."

Das war Grund genug, um das Gespräch mit Jochen zu beenden, was auch gleich unter einem Austausch von Grüßen erfolgte. Marco würde seinen Freund und ehemaligen Kollegen gleich zurückrufen, das war auch klar.

„Es ist schon nach acht, deswegen", sagte Corinna in Form einer Entschuldigung und kramte in ihrer Tasche.

„Mist, wo ist das Handy?"

„Keine Panik, du findest es, außerdem gibt's hier Telefon."

„Klar, Telefone gab es bei dir immer", sagte sie und leerte den Inhalt ihrer Tasche auf den Küchentisch, „habe ich es doch gewusst, es ist da."

Zwischen einer Bäckertüte, Lippenstift, Deo und einem Geldbeutel lag ein Schlüsselbund, der Anhänger war eine kleine glänzende Banane.

„Ach was, den hast du noch?", fragte Marco und angelte ihn sich vom Küchentisch.

„Du erinnerst dich?"

„Logo, den hat dir Tim geschenkt, Timothy aus Ohio, der Freund von Doros Onkel. Der war damals für drei Wochen in Europa und kam auch bei uns durch."

„Den Namen weiß ich nicht mehr, aber er war Amerikaner, und bei dem Besuch sah er mich, das Kind und organisierte mal schnell ein Mitbringsel. Spontan aus seinem Rucksack. Den hat er von seinem eigenen Schlüsselbund abgenommen und mir geschenkt, einfach so."

„Ja, die Geste war klasse. Aber trotzdem war das Geschenk nicht gerade was für ein Mädchen mit zehn Jahren."

Corinna sah ihm kurz in die Augen, dann räumte sie ihre Tasche ein.

„Was du noch alles weißt", sagte sie.

„Na hör mal, dass die Banane ein Klappmesser enthält, habe schließlich ich als Erster rausgefunden, auch wenn du kurz danach selber draufkamst. Mir fuhr es öfter kalt den

Rücken runter, wenn ich gesehen habe, wie du damit an einem Apfel rumhantiertest oder versucht hast, eine Nuss zu spalten."
„Echt? Geschnitten habe ich mich nie", sagte sie und stopfte die Sachen in ihre Tasche.
„Klar, du warst ein vorsichtiges Mädchen und deswegen habe ich nichts gesagt."
„Vorsichtig bin ich heute noch."
„Denk ich mir."
„Kann ich jetzt die Schlüssel haben?", fragte sie, als sie alle anderen Sachen wieder verstaut hatte.
„Bitte. Funktioniert das Messer eigentlich noch?"
„Aber sicher." Corinna ließ den Schlüsselbund in ihrer Tasche verschwinden.
„Ich hab es mir oft für die Pilze ausgeborgt, wenn wir im Wald waren. Die Steinpilze hast immer du gefunden", sagte Marco.
„Nichts für ungut, Marco, ich gehe jetzt", sagte sie, zog ihren Mantel an und strich den Kragen glatt.
„Bist du sauer?"
„Ja, aber nicht wegen heute Abend."
„Corinna, es tut mir leid, dass alles so lief, dass alles so gelaufen ist, und dass wir uns verloren haben. Aber ich hatte dich nie vergessen."
Sie nickte, riss die Tür auf und warf einen Kuss in seine Richtung. Dann war sie weg und rannte das Treppenhaus hinunter. Er wartete, bis er ihre Schritte nicht mehr hörte, machte die Tür zu und griff sich das Telefon. Jochen wartete bestimmt auf seinen Rückruf. Aber merkwürdigerweise klingelten alle Telefone des Herrn Jochen Schempf durch, und keiner ging ran. So setzte sich Marco aufs Sofa und stellte mit der Fernbedienung den Fernseher an. Für den Abend wollte er sich nur noch mit irgendeiner Sendung berieseln lassen. Nichts mehr und nichts weniger.

Marco saß im Präsidium und es war der erste Anruf, den er an dem Tag tätigte, nachdem er am Vorabend vergeblich versucht hatte, seinen ehemaligen Kollegen zu erreichen.
„Guten Morgen", sagte Jochen Schempf am anderen Ende der Leitung.
„Sorry, habe kurz nach unserem Telefonat Besuch bekommen. Deswegen ging ich nicht ran", kam auch gleich als Erklärung, „und, ist sie hübsch?"
„Wer?"
„Corinna."
„Ich denke, du hältst dich an dein Alter."
„An unser Alter, aber natürlich. Ich stehe nicht auf Frauen, die meine Tochter sein könnten, doch ein bisschen Neugierde darfst du deinem lieben Jochen zugestehen. Außerdem freue ich mich für dich, du hast Vergangenheit wiedergefunden, die Zukunft in sich hat."
„Endlich mal ein kluger Spruch, der hoffentlich passt."
„Liegt an dir. Also, der Grund für meinen gestrigen Anruf ist: morgen gibt es ein Konzert in der Jazz-Mühle und vorher gibt es wie immer Gaumenschmaus im Restaurant Jochen. Ist das gut für einen Samstagabend? Du kannst auch ein Gericht bestellen, es darf nur kein Knoblauch drin sein. Kommt nicht so gut bei den Frauen. Bin ganz Ohr, Sie wünschen, wir kochen."
„Bin fast wunschlos glücklich."
Marco hörte Jochen schallend lachen.
„Glaub ich dir nicht, aber da reden wir mal morgen drüber, also, 19 Uhr bei mir?"
Marco bedankte sich, versprach, dass er Jochens Ex-Kollegen in Heidenheim grüßen würde, legte auf und schaute Pia hinterher, die ihm die Post gebracht hatte. Unter den Briefen lag ein weißer Umschlag ohne Briefmarke. Und in einer Handschrift, die ihm in ihren Anfängen vertraut war, stand geschrieben „Für Marco Fois von Corinna". Marco riss den Umschlag auf. Drinnen lagen der Schlüsselanhän-

ger mit der Banane und eine Karte, auf der stand: „Das ist jetzt deiner. Ich will das so. Pupi! PS: Wenn du noch in die Pilze gehst, würde ich gerne mal mitkommen."
Marco lächelte, öffnete die Banane, strich mit dem Finger über die Messerklinge, klappte die Banane wieder zu und steckte sie in die rechte Tasche seiner Lederjacke. Sie verschwand in dem Loch der Innentasche, das auch schon mal seinen Briefkastenschlüssel verschluckt hatte. Er hatte Loch und Schlüssel erst entdeckt, als er schon längst einen anderen Briefkasten hatte. Denn er hatte damals nur den einen Schlüssel, deshalb konnte er ihn nicht nachmachen lassen. Marco stand auf und befühlte den Innenteil seines Jackensaums. Da war er, er spürte ihn, den kleinen Bananenanhänger.
„Auch recht, so kannst du nicht verloren gehen", sagte er zu sich und blickte zu Henning, der das Büro betrat.
„Du weißt, ich habe heute Mittag frei", sagte er nach einem kurzen Gruß, „deswegen wünsche ich dir gleich jetzt mal ein schönes Wochenende."
„Ein schönes Wochenende? Danke, Henning. Weißt du was, ich würde Samstag und Sonntag durcharbeiten, wenn ich den Fall lösen könnte."
„Ich auch, Marco. Wir dürften eigentlich kein Wochenende haben, aber wir wissen im Moment nicht, wo wir ansetzen sollen."
Marco klimperte mit dem Saum seiner Lederjacke und schaute aus dem Fenster.
„Das ist ein Wetter zum Fliegen, Henning, oder?"
„Wenn es morgen noch so ist, schon."
„Logisch", sagte Marco zur Fensterscheibe.
„Aber auf der Alb geht viel", sagte Henning zur Tür.
„Na dann", sagte Marco und drehte sich um.
„Du musst mal mit, du kannst da oben echt abschalten. Irre Landschaft, irre Thermik. Wenn ich nicht schon hier leben würde, ich käme allein wegen der Segelfliegerei hierher. Wir werden in ganz Deutschland um die Alb beneidet."

„Um die Alb beneidet?“
„Ja. Also dann“, sagte Henning und ging zur Tür, „und wenn du nicht weiterkommst und nicht abschalten kannst, dann hätte ich noch was für dich. Zum Nachdenken.“
„Und?“
„Die Sache mit der Färberpflanze. Bernd Meier hat schon Recht. Es muss etwas zu bedeuten haben. Glaubst du, mein Sohn hätte sich an einem Samstagnachmittag bei sonnigem und warmem Herbstwetter freiwillig mit irgendetwas von seinem Studium beschäftigt? Nie. Und dann auch noch mit einem Stoff, der an der Uni gar kein Thema war.“
„Ich weiß, Henning. Krapp, Alizarin, Synthese. Irgendwas hat das mit Andis Tod zu tun.“
Henning nickte.
„Es ist eine Spur.“
Marco schaute zu, wie Henning die Tür wieder zumachte, blieb sitzen und drehte sich im Stuhl. Spuren haben eine Richtung, führen irgendwohin, man muss ihnen nur folgen. Falsch, manchmal kann man eine Spur verlieren, weil sie durch einen Fluss führt, oder weil es draufregnete oder sonst etwas. Was für Gedanken. Es war auch für Marco Zeit, Schluss zu machen. Er griff sich sein Handy und verließ das Präsidium.

Marco legte das Besteck auf seinem Teller zusammen und lehnte sich in seinen Stuhl zurück.
„Es geht doch nichts über die gute schwäbische Küche, oder?“, fragte Jochen.
„In dem Fall schon.“
„Vor allem, wenn das Rezept von deiner Mutter ist.“
„Von Lore?“

„Hast du das nicht erkannt, das schmeckt man doch."
„Wann hab ich bei meiner Mutter saure Linsen gegessen? Linsen mit Essig? Mein Vater hätte sich scheiden lassen."
Jochen lachte als Antwort und warf seine Papierserviette auf den Teller vor sich.
„Und wann hat sie dir das Rezept gegeben?", fragte Marco.
„Das letzte Mal, als sie da war. Im März, da war ich dabei, eine Frankfurterin anzubaggern, die auf schwäbische Spezialitäten stand. Deine Mutter war so freundlich mir ein paar Tipps zu geben. Und ich sage dir, gerade das Rezept hat gefunkt. Sauer macht lustig. Vielleicht waren die Würste in den Linsen auch sehr suggestiv? Wie sagt man hier so schön: eine heiße Rote, Bockwurst."
Jochen schnalzte dabei das B der Bockwurst in die Lippen hinein und lachte. Marco seufzte und trug seinen Teller zum Abwasch, Jochen kam ihm hinterher.
„Wenn es weniger rustikal sein soll, empfehle ich dir die Variante Pesto-Nudeln gefolgt von Kalbsbraten in Weißweinsauce mit Knoblauch und Rosmarin, Rezepte ebenfalls nach Lore. Alles mit einem leckeren italienischen Salat, um die Figur zu schonen, versteht sich. Ein guter Rotwein, möglichst noch ein Gläschen extra nach dem Essen, die Abfolge funktioniert immer."
„Warum bleibst du eigentlich nicht bei einer Frau?"
Jochen schwieg und ließ Spülwasser einlaufen. „Vielleicht, weil ich die eine Frau nicht finden kann?"
„Kann ich dir helfen?"
„Was? Du? Gerade du?"
„Abtrocknen zum Beispiel."
Jochen fing zu lachen an.
„Das Zeug trocknet von selbst. Aber du kannst schon mal nachschauen, ob der Mirto kühl genug ist."
Marco öffnete das Gefrierfach des Kühlschranks und überprüfte die Flasche mit dem Myrten-Likör, die er mitgebracht hatte.

„Geht so, wo sind die Gläser?“, fragte Marco seinen Freund.
„Hier, schenk dir schon mal ein.“
„Ich warte auf dich“, sagte Marco und ging auf die Terrasse. Die Luft war für die Jahreszeit recht warm, doch draußen war es dunkel, die Nacht hing über dem Viertel mit den kleinen Nebenstraßen, an deren Bordstein überall Autos parkten. Das einzige Licht kam von einer Straßenlaterne und einem Fenster im Nebengebäude, das bläulich schimmerte. Es war auf, und Marco hörte die Stimmen deutscher Synchronsprecher im Fernsehen. Stimmen, die man gut kannte und die immer wieder zu jemand anderem gehörten. Im Hintergrund schlief die Alb wie ein dunkles schwarzes Tier, das nicht wusste, dass es schlief und wann es wieder aufwachen würde. Höhen und Kuppen verzahnten sich mit der Nacht. Irgendwann tauchte Jochen neben Marco auf und reichte ihm ein kleines Glas, das durch den kalten Likör, den es in sich trug, undurchsichtig geworden war.
„An was denkst du?“, fragte er.
„An die Alb. Die Alb in der Nacht. Du weißt nicht, wo die Alb endet und wo die Nacht beginnt. Schwarz, schwarz. Ich sehe nur schwarz.“
„Prost, genau das solltest du nicht. Zum Wohl auf diese Beeren, zum Wohl auf das Meer, an dem sie wachsen, zum Wohl auf Sardinien. Und auf Lore.“
Sie drehten ihre Gläser in der Hand, schwiegen und beobachteten ein junges Pärchen, das zwei Hunde spazieren führte. Der Hund, den der Mann an der Leine hatte, fing an, an einer Hecke herumzuschnüffeln. Er knurrte und bellte. Die Frau ging mit ihrem Hund weiter. Der Mann zog seinen Hund an der Leine und sagte „Ist gut jetzt. Ist gut jetzt.“ Er holte die Frau wieder ein, das Pärchen sagte etwas zueinander und lachte.
„Ein Pointer und ein Schäferhund-Mischling“, sagte Jochen.

„So sollte es mir auch einmal gehen, jemand zerrt mich von einer Spur weg und sagt: Ist gut jetzt, ist gut jetzt!"
„Was? Willst du leben wie ein Hund?"
„Nein, aber es wäre verdammt gut, jemand anderen für dich machen zu lassen, Verantwortung abzugeben und weggezerrt zu werden von diesen Gedanken und Spuren. Ich will verdammt noch mal wissen, wer den Jungen umgebracht hat. Wenn ich nicht weiterkomme, will ich mal abschalten können wie Henning und nicht im Kreis rumdenken, warum der Andi sich mit diesem roten Farbstoff beschäftigt hat. Ich sehe rot, ich sehe schwarz und ich sehe gar nichts mehr."
Jochen legte seine Hand auf Marcos Schulter. „Das tu ich jetzt Marco, ich zerre dich für heute Abend weg von deinen Gedanken und Spuren. Jetzt gibt's superguten Jazz, in Ordnung?"

Die Jazz-Mühle lag am Ortsrand im untersten Stock einer leer stehenden Fabrik. Ein Schriftzug, der an die 50er-Jahre erinnerte, wies in bröckeligem Braun auf eine ‚Möbelfabrik Mayer' hin, darunter leuchtete in Neon-Weiß und in den Windungen einer Schreibschrift der Name ‚Jazz-Mühle'.
Die beiden Polizisten parkten vor dem Haus auf einem der letzten freien Parkplätze und gingen in das Lokal, das gut besucht war. Eine Kugel aus einem Spiegelmosaik warf Lichtpunkte an die Decke und über die Wände. Leise Jazz-Musik rieselte aus Boxen, die sich im Raum versteckten. An der Theke stand eine Frau hinter einem leeren Tablett und schaute auf den Rücken des Barmanns, der eine italienische Espressomaschine bediente. Schließlich stellte er

ihr drei Espressotassen aufs Tablett und nickte den beiden Männern einen Gruß zu. Die Bedienung griff sich das Tablett und verschwand.
Jochen schaute ihr hinterher. Sie trug einen kurzen Rock, den sie auch tragen konnte und zu tragen wusste, zwei Tatsachen, die Jochens Aufmerksamkeit ins Endlose ziehen konnten.
Marco legte ihm daher eine Hand auf die Schulter und steuerte ihn zu einem der letzten leeren Tische in Sichtweite der Bühne. Jochen schüttelte die Hand ab und grinste, dann nahmen sie Platz und bestellten ihre Getränke.
Gerade als sie ihren Kaffee tranken, setzte sich eine Frau an die Theke und sagte etwas zum Barmann. Ihr honigblondes halblanges Haar war zu einem dicken Zopf zusammengebunden. Sie blätterte in Papieren, die vor ihr lagen, und gab mit dem linken Fuß einen Rhythmus vor. Der Fuß steckte in einer Stiefelette mit hohem Absatz, die auch aus der Entfernung sehr italienisch und sehr teuer aussah. Dann stand die Frau auf und griff sich ein Glas von der Theke.
„Da ist sie!“, sagte Jochen.
„Wer?“
„Die Frau, wegen der wir hier sind.“
„Wir sind wegen einer Frau hier? Ich dachte, wegen Jazz?“
Marco schüttelte den Kopf und pfiff Luft durch die Zähne. Jochen lachte.
„Sagen wir besser, wir sind durch sie hier. Durch sie habe ich nämlich von dem Konzert erfahren“, antwortete er und fingerte aus seiner Hemdtasche ein zerknittertes Papier.
„Voilà! Monsieur, das Programm der Woche, siehe Samstag, André Wagner aus Hagenau. Die Sibylle hat mir das Programm mit einer Übersetzung abgegeben und da dachte ich, das wäre was für uns.“
„Hm.“
„Ich wollte auch ein bisschen Resonanz zeigen. Schließlich hat sie das Konzert mitorganisiert.“

Marco schaute auf den Prospekt und legte ihn dann auf den Tisch. Jochen ließ ihn dort liegen. Die Frau saß immer noch am Tresen. Als sie sich umschaute und in die Richtung der Polizisten sah, winkte Jochen ihr kurz zu. Sie winkte mit einer Handbewegung zurück und nickte. Dann schaute sie zu Marco. Ihr Blick fiel in seine Augen und blieb dort hängen, als suchte sie, ihn zu erkennen. Marco starrte sie an, und seine und ihre Blicke entzündeten Lächeln, in den Augen, auf den Lippen, in der Haut, wie bei einem Tennis-Match, bei dem der Ball immer schneller hin und her flog. Als Jochens Kopf wie bei einem Zuschauer auf der Tribüne hin und her ging, senkte Sibylle den Blick.
Marco lehnte sich in seinen Stuhl, schloss die Augen und spürte seinen regelmäßigen warmen Atem. Er genoss diesen Atem und diesen Puls. Dann machte er die Augen auf und sah Jochen an. Der nahm seine Kaffeetasse und führte sie zum Mund, die Tasse war leer.
„Hast du noch? Ich bestell mir jetzt ein Wasser."
„Im Moment brauch ich nichts", sagte Marco.
Jochen lachte, stand auf und ging zur Bar. Sibylle stand wieder neben dem Tresen und sprach mit einem Mann, dann schaute sie auf ihre Armbanduhr. Jochen nickte ihr zu, sie nickte zurück und sprach weiter, beim Sprechen drehte sie den Kopf und schaute wieder zu Marco. Er lächelte und hielt den Blick. Jochen kehrte mit zwei Gläsern Wasser zurück.
„Zum Kaffee immer Wasser, wie in Italien", sagte er und stellte die Gläser ab.
Marco nickte.
„Wenn du willst, mache ich dich bekannt", sagte Jochen.
„Wann geht der französische Jazz los?", gab Marco als Antwort.
„Du hast noch Zeit."
„Jochen, ich hab dich nach dem Jazz gefragt."
„Und ich hab die Frage beantwortet." Jochen lehnte sich zu Marco und flüsterte ihm zu:

„Ist eine tolle Frau", dann lehnte er sich wieder an den Tisch, „sie ist aber genauso verkapselt wie du."
Marco sah an den Tresen, Sibylle war verschwunden. „Was heißt das?", fragte er.
„Alles und nichts, je nachdem, was du hören willst."
„Hör auf damit und sprich."
„Also ich, ich kenne sie nur als Übersetzerin und Organisatorin von Jazz-Konzerten, ja? Aber es gibt eine Geschichte um diese Frau, es ist die Geschichte dieser Frau. Sie tut mir leid."
„Warum?"
„Sie glaubt, dass ihr Mann ermordet wurde und der Fall liegt ad acta, als Suizid. Die Ermittlungen wurden noch bei Kurt Bender, meinem Vorgänger abgeschlossen. Für Bender war der Selbstmord glasklar."
„Was ist passiert?"
Jochen wollte antworten, da hörten sie neben sich Münzen klimpern, die auf den Boden fielen. Ein Mann fing an, die Münzen einzusammeln. Es waren viele, und die meisten lagen unter Marcos Stuhl. Marco bückte sich und sammelte die Münzen unter sich ein. Er erhob sich und reichte sie dem Mann. „Wenn man zusammenhilft, geht's immer schneller", sagte er.
Der Mann gab keine Antwort, steckte die Münzen in die Tasche, erhob sich aus der Hocke, sammelte noch eine letzte Münze auf, nickte und ging.
„Nicht mal danke, so ein Stoffel", sagte Jochen.
Marco zuckte mit der Schulter.
„Vielleicht hatte der Angst, dass ich ihm was klaue."
„Das ist das, was mich an den Leuten heute so nervt, es fehlt der normale höfliche Umgangston."
„Gut, erzähl weiter. Was ist passiert?"
„Der Mann von Sibylle hat sich im Mai umgebracht. Er hat sich erhängt, und sie hat ihn gefunden. Mitten in der Nacht, als sie von einem Konzert nach Hause kam. Er hing in der

Scheune des Bauernhofs, den sie sanieren wollten. So ein Hof auf der Alb, allein in weiter Flur."

Marco schaute Jochen an und schüttelte den Kopf. „Übel so was."

„Ja. Und sie hat es einfach nicht gefressen."

„Warum war für deinen Vorgänger der Fall so klar und für die Frau nicht?"

„Erstens ließen sich die Obduktionsbefunde mit einem suizidalen Erhängungsvorgang in Einklang bringen, zweitens gab es einen Abschiedsbrief."

„Mit grafologischem Gutachten natürlich."

„Natürlich. Drittens die Biografie des Toten. Drei Punkte, die das Bild vom klassischen Selbstmord abrundeten. Nur war Sibylle weder mit Punkt zwei noch mit Punkt drei einverstanden. Aber sie hatte nichts in der Hand, oder besser, hat nach wie vor nichts in der Hand, denn sie kam auch zu mir. Ich denke, sie kann einfach nicht damit leben. Sie müsste sich eine persönliche Niederlage eingestehen, deswegen war es für sie Mord."

„Was ist mit dem Abschiedsbrief und der Biografie?"

„Also, fangen wir mit der Biografie an: Die Geschichte von Thomas Heimann, Jahrgang 1964, ist die klassische Geschichte von Aufstieg und Fall. Der hat irgendwann in den 90ern eine Werbeagentur gegründet. Die lief, und wie die lief. Werbeagentur im großen Stil und auch Heimann wurde zum Mann im großen Stil. Flotter Wagen, flotte Freunde und vor allem: flotte Frauen. Seiner Frau hat es dann irgendwann mal gereicht."

„So eine Geschichte kennst du doch, oder?", fragte Marco und schaute zur Bühne. Der Elsässer fing zu spielen an. Sie mussten ein bisschen lauter reden, um sich zu verständigen.

„So eine Geschichte kenne ich nicht, Gott sei Dank. Meine Frau lief mir nach fünf Jahren Ehe davon, und es gab kein Geld zu verteilen. Dem Heimann seine lief ihm nach 25 Jahren davon. Das war genau die Zeit, in der er die Agentur aufgebaut und Geld gescheffelt hat. Die Frau und die drei Kinder haben sich ganz nett was von dem Kuchen abgeschnitten. Verstehst du? Wie ich hörte, haben einige Leute ordentlich gefeixt, als sein Toscana-Palazzo in Stadtrandlage zum Verkauf stand. Die Herrschaften, die vorher mit Nasen spitz vor Neid schiefe Blicke in das Grundstück geworfen hatten, oder auf die Garage, in der allein für Heimann zwei Schlitten standen. Für jede Wetterlage einer."

„Verstehe", sagte Marco.

„Aber das war nicht alles, denn zu guter Letzt hat ihm irgendein ehemaliger Mitarbeiter den besten Kunden ausgespannt."

„So was ist eine Sauerei, oder?"

„Schon. Er hat den Kunden aber auch nicht mehr gut bedient, oder was weiß ich. Jedenfalls hat man dem Cowboy sein Pferd geklaut, und der Ackergaul war ihm schon vorher davongelaufen. Das war alles Pech, aber dann hatte er Glück, denn dann kam sie", sagte Jochen und nickte in Richtung Tresen. Marco folgte dem Blick, Sibylle war weg.

„Sie war die Härteste von dem kleinen Kreis, der ihm noch die Stange hielt. Hat alles für ihn getan", sagte Jochen.

„Omnia vincit amor, Liebe besiegt alles."

„Ich hatte auch mal Latein, der Spruch gilt aber nicht immer."

„Ich weiß."

„Wenn du so willst, hat sie den Karren aus dem Dreck gezogen. Sie hat ihn bei sich wohnen lassen, da oben auf dem Hof, sie hat ihm einen Kredit gegeben, sie baute ihn auf, sie sprach ihm zu und so weiter. Geheiratet haben sie dann auch."

Marco hielt sein Kinn in der linken Hand und dachte nach. Jochen klopfte mit dem Programm-Prospekt auf den Tisch.

„Das zum Punkt Biografie. Im Prinzip war der Typ fertig, finanziell und persönlich. Für alle. Nur nicht für Sibylle. Er sei gut drauf gewesen, er hatte beruflich einen Neustart

gewagt und die Agentur wieder aufzubauen versucht, er wollte ihren Bauernhof sanieren und so weiter. So dachte sie. Gefunden hat man den Heimann jedenfalls mit einem Pegelstand von 1,4 Promille. Ein normaler Pegelstand, wie es hieß, oder wie die Leute so reden."
„Und der Abschiedsbrief?"
„Ja, genau. Der war laut Sibylle gefälscht. Aber wir hatten ein grafologisches Gutachten, die Schrift vom Brief war identisch mit den anderen Handschriftproben im Haus."
„Welches Argument hatte sie?"
„Der Grundtenor und vor allem ein Kosewort auf Französisch. Ich habe es mir gemerkt, man weiß ja nie, wofür man das gebrauchen kann. ‚Ma biche', mein Liebling. Und dazu Varianten. Eine ganz persönliche, ‚Bille-biche' mit der Abkürzung ihres Vornamens. Gängig war aber ‚Bibiche'. Und jetzt pass auf: Heimann hat das immer nur verwendet, wenn er supergut, fast albern drauf war. Sonst hat er ‚Chérie' verwendet, wenn es um etwas Ernstes ging, oder wenn er traurig war, wie die Praline Mon Cheri, aber mit dem Buchstaben E am Ende. In dem Abschiedsbrief steht ‚Bibiche', was laut Witwe von der Logik her überhaupt nicht passt. Sie hat mir die Bude eingerannt, aber ich krieg doch wegen einem Kosenamen die alte Akte nicht auf, wenn alles nur auf Selbstmord hinweist. Da muss sie mehr bringen. Immerhin bringt sie supergute Übersetzungen, viel bessere als die Dame davor."
Marco dachte nach und schwieg. Er schaute auf den Münzensammler, der an der Theke stand und in ihre Richtung starrte. Jochen folgte Marcos Blick. Der Münzensammler wandte seine Aufmerksamkeit der Bühne zu, aber er konnte sie immer noch beobachten. Ob er sie noch beobachten wollte, wusste Marco nicht.
„Immer noch der?", fragte Jochen und sprach zu seinem Wasserglas. „Man könnte meinen, der denkt echt, wir hätten ihm ein paar Cents geklaut."

„Wie viele Leute in unserem Alter haben eigentlich den Biss?"
„Was?"
„Na, wie der da, ein Pferdegebiss. Der Junge im See hatte nämlich kurz vor seinem Tod an zwei oder drei Abenden in seiner Lieblingskneipe mit einem Mann mit Pferdegebiss geredet, der Mann ist nie mehr aufgetaucht."
„Ist er verdächtig?"
„Nicht unbedingt, aber er ist interessant. Vielleicht weiß er was."
„Vielleicht ist er es, er hier?"
„Quatsch, wie denn, außerdem sah der nach der Beschreibung der Wirtin anders aus, keine schwarzen Haare wie der Herr Münzensammler."
„Ach was, alles gefärbt, sieht man doch."
Marco schaute zur Theke, Jochen sah ihm hinterher. Der Münzenaufsammler war weg. Und Sibylle auch.

Das Telefon riss ihn aus dem Traum, nachdem es ewig lang geklingelt hatte und ihn aus einer Realität holte, die gar keine war: Sex mit einer Frau, deren rotbraune Mähne ihren Rücken hinunterwallte, fast bis auf den letzten Teil ihrer Rückansicht, mit der sie auf seiner Körpermitte saß. Sie hatte schneeweiße und heiße Haut und ließ sich von keinem Telefonklingeln der Welt stören. Marco wusste nicht, ob es die Frau aus dem Domino war, sie war dann auch weg, und weil er das nicht glauben konnte, oder wollte, tastete er sein Bett ab. Da war niemand, Leere und Stille: nicht nur der Traum, auch das Klingeln hatte aufgehört. Er stand auf und schaute auf das Display seines Telefons: Jochens Festnetznummer, privat. Was will denn der schon um die Zeit? Der Funkwecker zeigte gerade mal 9.20 Uhr, früher Sonntagmorgen. Marco setzte sich Kaffee auf, trank ihn und rief zurück.

„Morgen Jochen, du hast vorher angerufen."

„Ich habe dich doch nicht geweckt, oder?"

„Doch, aber egal."

„Sorry, für mich ist es jetzt halt immer noch 10.30 Uhr."

„Was? Ach so, Winterzeit."

„Richtig, eine Stunde geschenkt, als Trost für die kalte Jahreszeit."

„Ich spür nichts von geschenkter Zeit."

„Bist du etwa allein?"

„Ja."

„Nicht zu fassen."

„Sag mir bloß nicht, dass du angerufen hast, um das jetzt abzuchecken."

„Nein, nur für den Fall, dass Sibylle bei dir gewesen wäre, da hättest du sie nämlich gleich etwas fragen können, mir fiel nämlich noch etwas ein."

„Und was?"

„Also, heute Morgen beim Joggen ist mir was in den Kopf gekommen. Und zwar, du kannst dich doch daran erinnern, dass dem Heimann der Hauptkunde geklaut wurde, der Kunde, mit dem er so richtig verdient hat, weißt du noch?"

„Ja."

„Und der Kunde hat denselben Namen wie der Farbstoff, von dem du mir gestern erzählt hast. Krapp. Der Heimann ist mit den Joghurts groß geworden. Reich geworden."

„Joghurts? Warum Joghurts? Ich verstehe nur Bahnhof. Enthalten die einen Farbstoff?"

„Was weiß denn ich, ob die einen Farbstoff enthalten. Sag mal kennst du die Krapp-Joghurts nicht? Die Dinger mit dem rot-schwarzen Design, ‚Schnapp dir den Krapp'?"

„Ich esse keine Joghurts."

„Ach so, meine Ex-Frau hat das Zeug verschlungen, mir kommt es heute noch zu den Ohren raus, wenn ich dran denke. Krapp."
„Ein Farbstoff und ein Joghurt?"
„Mensch, Marco. So oft gibt es den Namen nicht, und er kommt bei deinem ungelösten Fall vor und bei meinem, auch wenn der gelöst ist. Fand ich ganz interessant. Wenn du nichts anderes zu tun hast, kannst du ja mal darüber nachdenken. Oder du nimmst es als Aufhänger, der Sibylle einen Besuch abzustatten. Besser über Joghurts reden als gar nicht, oder?"
„Danke für den Hinweis. Ich trink jetzt erst mal einen zweiten Kaffee."
„Hei, schönen Sonntag noch."
Bevor Marco etwas sagen konnte, hatte Jochen schon aufgelegt. Er stand auf und versuchte seinen Ärger mit dem Kaffee runterzuspülen. Das ging nur schluckweise. Der spinnt, der Jochen, dachte er, der wollte nur wissen, was ich so treibe. Ob ich alleine bin. Und das Thema Krapp als Vorwand. Ein Farbstoff und ein Joghurt. Und zwei Tote. Und Matsch im Hirn. Er setzte sich auf sein Sofa, stellte die Kaffeetasse auf den Beistelltisch und schaute auf die Farben auf dem Boden, die Farben des Teppichs aus Sardinien. Marco schloss die Augen.
Bilder tauchten auf, die blaue Mauer der Berge, die sich in den Horizont verloren. Felsen und Täler. Wind fegte durch uralte Steineichen und er hörte die Lieder der Hirten. Er roch den Duft des Holzfeuers und bittersüßen Honig auf den Seadas. Weicher Käse, der aus warmen Teigtaschen lief. Er spürte den Boden unter seinen Füßen. Den Boden aus Stein vor einem alten Herd. Orune im sardischen Hochland. Er bückte sich und ertastete die Wolle des Webteppichs, der vor ihm lag. Bunt wie die Tracht der Nonna. Zia Maria nannten sie alle im Dorf. Die Mutter seines Vaters. Sie hatte ihn oft mitgenommen, am frühen Morgen. Sie

gingen auf verschlungenen Wegen in abgelegene Täler. Er hörte Quellen, die er nicht sah. Er sah über ihnen an einem Hang die Mauern des heiligen Brunnens aus der Vorzeit. Weiße und purpurfarbene Blüten kräuselten ihren Duft in die Luft. Nonna gab ihm den Schilfkorb, wenn sie anfing, Pflanzen zu schneiden. Sie erklärte ihm Herkunft und Bedeutung in einer Sprache, die er immer ganz erfasste, aber nie richtig verstand. Ihr Rock an Festtagen war Mohnrot mit blumenbunter Bordüre. In Farben, wie sie nur die Natur zustande brachte. Nonna schnitt Pflanzen, Heilpflanzen und Färberpflanzen. Sie färbte und sie webte. Der Teppich war von ihr. Marco malte mit dem Finger eine rote Raute auf der dünnen Wollmatte nach. Die Farbe war in all den Jahren nicht verblasst. Welche Pflanze färbte Garn so rot? Hat Nonna auch Krapp benutzt? Sie hat mir beim Pflücken immer Namen genannt, aber mir fällt kein Begriff mehr ein.

Er trank den Kaffee aus, ging zum Bücherregal und griff sich das italienische Wörterbuch. Buchstabe K und Krapp. „Robbia" sagte ihm nichts. Italienisch ist auch nicht Sardisch und ich habe kein sardisches Wörterbuch. Ich habe überhaupt nichts von Sardinien, außer Erinnerungen und einen bunten Teppich. Ich habe nichts von meinem Leben, nichts als tote Sonntage. Tote Wochen mit ungelösten Fällen. Und einen Freund, der am Sonntagmorgen abcheckt, ob ich mal wieder alleine bin. Mister Ich-kann-Kosenamen-auf-Französisch. Soll er doch mal sein eigenes Leben in den Griff kriegen. Liebling auf Französisch. Jawohl. Soll mich doch in Ruhe lassen mit seinem Scheiß. Marco spürte eine Wut, die er nicht haben wollte, und er spürte auch, dass Jochen für diese Wut nichts konnte.

Er stand auf und stellte das Wörterbuch ins Regal zurück, neben seinen Kollegen für Französisch. Der Kollege war alt und stammte aus Marcos Schulzeit und sah neu aus wie von heute. Marco griff sich das französische Wörterbuch

und drehte es in der Hand. Dich gibt es also auch noch? Und wie hieß noch dieses Wort für Liebling auf Französisch, dass sich Freund Jochen so gut gemerkt hatte?
Marco suchte den Buchstaben L wie Liebling. Er fand „chéri“ und ein paar andere Wörter, die ihm nichts sagten, der Begriff von Jochen war nicht dabei. Marco dachte nach und hielt das Wörterbuch in der Hand. Sein Blick fiel auf den Teppich und seine Gedanken fielen in die Worte von Jochen. Krapp. Den Namen Krapp gibt es auch beim Fall von Sibylle. Marco suchte in dem Wörterbuch, das er noch in der Hand hielt nach dem Buchstaben K wie Krapp.
Er fand ein Wort: „Garance“.
Er nahm das Buch mit zum Fenster und legte es offen aufs Fensterbrett. Mit den Fingern klopfte er einen Takt neben die Seiten. Verdammt, das habe ich schon einmal gehört oder gesehen. Und zwar direkt beim Fall Plaschek. Ich weiß nur nicht mehr, wo und wann.
Marco nahm einen Stift und schrieb „Garance“ auf ein Blatt Papier. Hat der Meier das erwähnt? Nein, Bernd sprach von Holland und Henning hat ihn verbessert: Niederlande. Marco schaute auf die Uhr und griff sich das Telefon, rief Bernd Meier an. Nein, der hatte den französischen Begriff sicher nicht erwähnt, der war bei seiner Recherche in Deutschland geblieben. Zur Probe nannte Marco noch das französische Wort, Fehlanzeige. Er bedankte sich und wünschte Bernd Meier noch einen schönen Sonntag. Dann stellte er das Telefon in den Akku zurück und machte den Computer an.
Das Internet gab eine Menge zu „Garance“ her. Nur dass Marco diese Menge nicht verstand, es gelang ihm lediglich, ein paar Wörter unter Fotos mit einer Pflanze zu entziffern. Ich brauche jemanden für Französisch. Dann geh doch zu Sibylle, hätte Jochen gesagt. Klar, Kommissar aus Heidenheim ruft Übersetzerin im Raum Göppingen am Sonntagmorgen an. Wir haben uns gestern gesehen und ich hörte,

Sie sind Dolmetscherin und so weiter, hätte da ein Anliegen, darf ich mal kurz vorbeikommen? Er schüttelte den Kopf über seine Gedanken, und über die Unruhe in ihm, die fast ein Schmerz war. Besser über Joghurts reden, als gar nicht reden, oder? Aber es gab eine viel einfachere Lösung für das Problem der Sprache.

Die Stimme, die er hören wollte, sagte: „Du?"
„Wie geht es euch?"
„Wie geht es dir? Ich habe erst heute Morgen gesagt, dass ich dich mal wieder hören muss. Ich hätte dich gegen Mittag angerufen. Dein Vater wollte gleich nach dem Aufstehen ans Meer."
„Seid ihr schon in Sardinien?"
„Wie denn, immer noch Ligurien, der Umbau zieht sich hin. Und zwar so, dass dein Vater die Geduld verliert und meint, dann hätte er ja gleich was auf Sardinien kaufen können."
„Vielleicht hat er recht?"
„Ja, vielleicht hat er recht, aber ich bleibe auf dem Kontinent. Wenn es deinen Vater packt, kann er ja immer noch nach Genua gehen und Schiffe anschauen, die nach Sardinien fahren, oder?"
„Hört sich nicht nach einem friedlichen Sonntagmorgen an."
„Es hört sich wie jeden Morgen an, jeden Abend und jede Nacht."
„Hm. Wie ist das Wetter?"
„Soll ich dich neidisch machen?"
„Nein, wir haben hier einen tollen Herbst. Wettertechnisch gesehen. Bei der Arbeit holpert's, ich hänge in einem Fall,

und ich habe eine Frage an dich und an deine Französisch-Kenntnisse."
„Die nach vier Semestern vor über 40 Jahren eingeschlafen sind, danke für deine Einstellung zu den Fähigkeiten deiner Mutter."
„Ich kämpfe gerade mit einem französischen Text über eine Färberpflanze, und da wäre es nicht schlecht, wenn du mal drauf schauen könntest."
„Glaube ich nicht."
„Was?"
„Dass du kämpfst, du lässt es nämlich gleich bleiben, weil du weißt, dass du kein Wort verstehst. Bei deinem Einsatz in der Schule."
„Richtig. Habt ihr Internet in der Nachbarschaft?"
„Nein, und Joe wird sich davor hüten, so etwas bei uns zu installieren. So wie er heute sich immer noch weigert, ein Handy mit sich rumzutragen."
„Das wissen wir. Und wie kommst du jetzt an meinen Text?"
„Du schickst ihn per Fax in meine Lieblings-Espresso-Bar. Greif dir gleich mal einen Stift. Ich diktiere dir die Nummer. Wenn ich den Text gelesen habe, rufe ich dich zurück."
„Im Büro, ich bin dann im Büro."
Vor dem Auflegen bedauerte sie noch, dass er am Sonntag arbeiten musste, mit einem Ton, der zu verstehen gab, dass es ihr ähnlich ging, und dass sie auch gerne bedauert werden wollte. Marco tat ihr den Gefallen und fragte, wie viele Stunden Küche sie schon hinter sich hatte, verweigerte jedoch die Frage nach dem Ergebnis dieser Arbeit. Egal, was es war, er wusste, er hätte es verdammt gern gegessen.

Marco wartete an seinem Schreibtisch auf den Anruf. Er hatte den französischen Text vor sich und Zeit, die nicht vergehen wollte. Dazu Gedanken, die im Ligurischen Meer baden gingen. Er stand auf und sah aus dem Fenster. Er sah

Autos fahren und hörte seinen Atem und dann den Klingelton seines Telefons. Er nahm ab.
„Hallo Marco, ich habe das Fax bei einem Cappuccino gleich hier überflogen. Also, in dem Text geht es um eine Färberpflanze, „Garance", die Stoffe rot färbt. Den Farbstoff enthalten die Wurzeln der Pflanze... ihn kannten bereits die Römer... Mitte des 19. Jahrhunderts war Hauptanbaugebiet auch Frankreich, vor allem Vaucluse mit der Hälfte der Weltproduktion... soweit ich weiß, gehört das zur Provence. Hä. Das heißt, die Franzosen hatten da unten auch mal was anderes als die ewigen Lavendelfelder... im Jahre 1869..."
„Stopp, Stopp. Halt. Sag das noch mal."
„Was?"
„Das mit den Lavendelfeldern."
„Ja: Die Franzosen hatten da auch mal was anderes als die ewigen Lavendelfelder."
„Das ist es", sagte Marco und dankte seiner Mutter, die gleich verstand, dass er keine Zeit mehr hatte, auf Fragen zu antworten und mit einem Kuss durchs Telefon aus der Leitung verschwand. Er legte auch auf und dachte an das Bild in seinem Kopf. Ein riesiges Lavendelfeld in imaginärem Wind. Ein Original mit der Signatur des Künstlers. Er knallte die Türe seines Büros zu, rannte die Treppe zum Parkplatz hinunter, lief zu seinem Wagen und fuhr los.

Sie machte beim ersten Klingeln auf und blieb in der Tür stehen.
„Ach, Sie sind es. Gibt es etwas Neues?"
„Das werden wir sehen, darf ich reinkommen?"
„Ja, bitte."
Karin Plaschek wies ihm den Weg ins Wohnzimmer, folgte

ihm, setzte sich in einen der Rattansessel und schaute zu Marco, der neben dem Sofa auf das Bild zeigte und auf die Signatur des Künstlers.
„Wer ist Bruno de la Garance?", fragte er und rollte das R mit der Zunge.
„Bruno de la Garance", sie betonte dabei das Ü und das kehlige R in der französischen Aussprache, „ist ein Maler aus der Provence."
„Woher haben Sie das Bild?"
„Wollen Sie mir jetzt sagen, dass ein Ölbild etwas mit Ihren Ermittlungen zu tun hat?"
„Genau das. ‚Garance' heißt auf Deutsch Krapp, und Krapp ist eine alte Färberpflanze für dic Farbe Rot. Der Farbstoff dieser Pflanze wird aus den Wurzeln gewonnen und heißt Alizarin. So. Bei unserem letzten Gespräch vor ein paar Tagen habe ich Sie gefragt, ob und wie Sie sich erklären können, dass sich Ihr Sohn kurz vor seinem Tod noch mit einem Thema der Chemie befasst hat. Frau Plaschek, Sie erinnern sich?"
Karin Plaschek schaute ihn an und verschränkte die Arme, sie schwieg.
„Ich habe sogar den Farbstoff erwähnt, Alizarin. Jetzt frage ich Sie noch einmal: Woher haben Sie das Bild?"
„Aus der Provence."
Sie schenkte sich auf dem Wohnzimmertisch ein Glas Wasser ein, ohne ihm eines anzubieten. Sie trank selbst auch nicht davon.
„Hat es Ihnen der Künstler selber verkauft?"
„Ja, können Sie mir bitte sagen, was diese Art und dieser Ton der Fragen sollen?"
„Frau Plaschek, wer ist dieser Bruno de la Garance?" Marco betonte diesmal das Ü und blieb bei seinem gerollten R.
„Bruno ist der Inhaber eines Hotels und das Hotel heißt ‚La Garance'.
„Das Hotel liegt in der Provence?"

Er wartete auf keine Antwort, zog das Fax, das er an seine Mutter geschickt hatte, aus der Jackentasche, faltete es auseinander und suchte ein Wort.
„Oder besser in einem Teil der Provence. Hier, von der Logik her liegt das Hotel in Vaucluse", sagte er und seine Zunge stolperte.
„Im Vaucluse, ja", sagte sie und klopfte ihre verschränkten Arme auf den Bauch. Sie hatte eine Frage in den Augen und biss die Frage in die Lippen hinein.
„Ich glaube nicht an Zufälle dieser Art, Frau Plaschek. Mit wem waren Sie im Hotel mit dem Namen ‚Garance'?"
Sie sprang auf.
„Hören Sie mal, Herr Kommissar. Ich bin die Mutter des Opfers und Sie verhören mich wie eine Schuldige."
„Ich verhöre Sie nicht wie eine Schuldige. Ich stelle Fragen. Aber vielleicht fühlen Sie sich schuldig? Vielleicht haben Sie mir etwas verschwiegen, was Sie mir hätten sagen sollen?"
Sie ging zum Fenster, schaute in den Himmel, dann drehte sie sich wieder um und schwieg.
„Frau Plaschek, bitte, ich brauche Informationen, sonst komme ich nicht weiter. Sie waren mit einem Mann dort, nicht wahr?"
Sie nickte.
„Ja, ich war mit meinem Freund dort."
„Menschenskind, und warum haben Sie mir nicht erzählt, dass Sie einen Freund haben?"
„Es geht hier um Diskretion. Unsere Beziehung ist noch nicht offiziell. Karlheinz hat nichts mit dem Tod von Andi zu tun. Er hätte Andi nie etwas getan, er hat ihn geliebt, wie einen eigenen Sohn geliebt. Oder besser: noch mehr."
„Verdammt noch mal, wer was womit zu tun hat sollten Sie nicht selbst entscheiden, sondern der Polizei überlassen. Wie heißt der Mann und wo wohnt er?"
„Er heißt Karlheinz Berger und wohnt in Geislingen."
„Ich brauche seine Adresse und Telefonnummern."

Karin Plaschek ging in die Küche, blieb dort kurz und kam mit einem Stück Papier zurück. Sie reichte es Marco.
„Hier. Aber Sie erreichen ihn jetzt nicht. Er fährt gerade aus der Steiermark zurück. Im Ausland hat er sein Handy aus und macht es nur einmal am Tag an."
„Gut, Sie haben meine Karte noch. Bestellen Sie ihm, dass ich ihn im Präsidium erwarte. Morgen, Montag, zehn Uhr."
Er verabschiedete sich, rannte das Treppenhaus zur Eingangstür hinunter, blieb vor dem Haus stehen. Zog frische Luft ein und atmete Ärger aus. Da kam viel Ärger raus. Schließlich griff er sich das Handy. Jochens Nummern klingelten beide durch.
Marco setzte sich in seinen Wagen, drehte den Zündschlüssel und kehrte auf der Wendeplatte um. Vor ihm lagen die Anfänge des Waldes und im Wald lag der See, in dem man den Jungen gefunden hatte. Hinter dem Wald lag die Gelegenheit, den Sonntag zu retten: Ein Haus in einer Straße an einem Hang. Außerdem hatte er eine Frage zum Fall, das auch noch.

Sein Onkel HB erwartete ihn schon auf dem Hof vor seinem Haus. Marco blieb im Wagen sitzen und erklärte HB seine Frage.
„Wenn du willst, dass mir etwas zu Farben einfällt, brauche ich Inspiration", sagte HB und klopfte mit der Hand auf das Dach von Marcos Wagen. Marco nickte und schaute auf ein Motorrad und Fahrer, die auf HBs Grundstück und an ihnen vorbei Richtung Stall fuhren.
„Was ist denn das?", fragte er.
„Nachbars Sohn. Der stellt seine Maschine jetzt in der schlechten Jahreszeit bei mir ein."

„Aber nicht, dass du in Versuchung kommst, selber da drauf zu steigen."
„Meinst du, mein zweites Bein könnte auch noch durch einen Unfall kaputtgehen? So viel Pech habe nicht einmal ich. Fährt sich übrigens gut, das Teil."
Marco schüttelte nur den Kopf. Sein Onkel rief dem Jungen im Stall etwas zu, riss die Wagentür auf und krachte dann auf den Beifahrersitz.
„Wohin fahren wir?", fragte Marco.
HB winkte ein Zeichen für geradeaus.
Sie fuhren über die Dischinger Landstraße und über den Härtsfeldsee ins Egautal. Die Herbstsonne brach die Farben der Natur in Pastell. Ein Filter aus verhangenem Licht. Erde, Felsen und Himmel mit Weiß durchmischt. Sie fuhren an Feldern vorbei, die nach saftigem Gras aussahen und frisches Korn versprachen. Die Saat war aufgegangen.
Vor Neresheim wies HB zu einem Parkplatz, dessen Kies sich in einen Weg zu einer Wacholderweide verlängerte. Sie hielten an und stiegen aus. Marco machte seine Lederjacke zu, atmete durch und legte den Kopf in den Nacken. Der Himmel über ihm war hellblau und hatte am Horizont ein Pastellblau, das sich im Dunst versteckte.
„Komm, über die Wiese, da oben ist ein Weg", sagte HB und klopfte Marco auf die Schulter.
Sie gingen an Wacholdern vorbei, die sich Büsche nannten und die Größe von Bäumen hatten. Über abgefressenes Gras, durch das sich die Rennbahnen von Wühlmäusen schlängelten. HB setzte sich auf eine Bank am Höhenweg und schaute auf den Boden. Marco folgte seinem Blick. In der Nähe von HBs Schuhen schlängelte sich eine Blindschleiche. Sie schimmerte in der Farbe der Erde.
„Wieder mal etwas, was nicht ist, wonach es aussieht. Kriecht wie eine Schlange und ist keine, ist nicht einmal ein aufgeblähter Regenwurm."
Marco lachte.

„Geht doch noch das Lachen", sagte HB und lächelte.
Marco passte auf, wohin er trat und setzte sich neben seinen Onkel. Der griff in seine Tasche und öffnete die Hand.
„Da, Wacholderbeeren. Wacholder wirkt gegen Hexen und die Pest."
„Dann behalt sie", sagte Marco und lachte wieder.
HB steckte die Beeren in seine Jackentasche zurück und zeigte mit der Hand in die Luft.
„Du fragst mich nach den Farben? Dann frage nach dem Licht. Ohne Licht keine Farben.
Bei Nacht sind alle Katzen schwarz. Schwarz ist keine Farbe und Weiß ist auch keine Farbe, und doch ist Weiß die Summe aller Farben und Schwarz auch. Je nachdem, wie du drauf schaust, oder wie du es definierst. Sieh mal dahinten, Felder grün, Himmel blau, nein, zartgrün, zartblau. Sind das zwei Farben oder eine? Es gibt Sprachen, die unterscheiden nicht."
„Gut. Weißt du was über Färberpflanzen?"
„Ja, ich esse eine. Rote Rüben, bekannt auch unter Rote Beete."
„Die meine ich nicht."
„Aber die färbt, und wie. Wenn du es nicht weißt, erschrickst du."
„Ich brauch was zu Rot."
„Sag ich doch."
Marco seufzte und stand auf.
„Hast du schon einmal was von Krapp gehört?"
HB blieb sitzen und schüttelte den Kopf.
„Warum willst du das wissen?"
„Ermittlungen."
HB schaute in die Ferne.
„Ich mag dieses Licht", sagte er. „Es zeigt dir, was ist und was kommt. Hier um dich, die Sinfonie der Farben und dahinten am Horizont das Grau des Winters, der kommen wird."

„Der Tag des ehrlichen Lichts, wenigstens etwas, ein Lichtblick an diesem Tag“, sagte Marco. Sie gingen zum Wagen zurück, um dahin zu fahren, wo sie hergekommen waren.

Am Abend ging Jochen endlich an den Apparat, mit der Bemerkung er hätte gesehen, dass Marco mehrfach versucht hatte, ihn telefonisch zu erreichen und er hätte demnächst auch zurückgerufen. Was nicht unbedingt der Wahrheit entsprechen musste, in dem Moment aber egal war. Marco schilderte, wie er über das französische Wort für Krapp und die Erinnerung an ein Bild herausgefunden hatte, dass die Mutter des Ermordeten einen Geliebten hat, der bisher unerwähnt geblieben war.

Erster Kommentar dazu war Gelächter und der Hinweis, dass die französische Sprache offensichtlich zu größeren Inspirationen führen könnte. Was Marco überhörte, das Gelächter würde Jochen ohnehin gleich abstellen:

„Dieser Geliebte wohnt übrigens im Kreis Göppingen, bei dir.“

„Hä?“

„In Geislingen, nämlich, Geislingen an der Steige.“

„Was ist denn das?“

„Kann ein Zufall sein, Jochen, muss kein Zufall sein.“

„Das ist ein Ding. Also pass mal auf, ich recherchiere heute Abend beim Joghurt-Krapp weiter. Das gebe ich mir. Mein Motorradbruder Robert hat eine Freundin, die arbeitet in Göppingen in einer Werbeagentur. Ich habe mich heute Abend bei den beiden eingeladen. Da zieh ich mir ein bisschen Tratsch aus der Werbebranche rein. Sollte das zu neuen Erkenntnissen führen, ruf ich dich natürlich an. Oder besser, ich rufe dich auf jeden Fall an. Vielleicht krieg

ich auch ein paar private Sachen raus, etwa, dass die Sibylle hoffnungslos einsam ist und ein Faible für Italiener hat?"
Er konnte es nicht lassen, er konnte es einfach nicht lassen.

Marco wollte gerade ins Bett gehen, als das Telefon klingelte. Er hob ab und hörte die Stimme einer Frau, die es gab, und die doch nicht existierte:
„Guten Tag, hier spricht die deutsche Telekom. Sie haben eine neue Nachricht empfangen am 29. Oktober um 22.34 Uhr. Zum Abfragen Ihrer Nachricht drücken Sie die Eins."
Nach der Eins sprach ein Mann, den Marco nicht kannte:
„Hallo Petra, hier spricht Heiko, die Verbindung war vorher so schlecht, dass ich es jetzt noch einmal so versuchen möchte, also, gute Nacht und vielleicht bis morgen."
Marco stellte das Telefon in den Akku zurück. Wenn ich mir die Nummer gemerkt hätte, würde ich dann Heiko jetzt anrufen? Um ihm zu sagen, dass seine Mitteilung seit einem Tag auf einem Band rumschwirrt, um dann bei mir zu landen. Vielleicht hat er es auch geschafft, sie zu treffen. Was Sibylle wohl machte? Das Telefon klingelte in seine Gedanken hinein.
„Ich habe gesagt, ich rufe nochmals an", tönte Jochen als Begrüßung.
„Und?"
„Alte und neue Erkenntnisse. Also, die Gabi war bestens informiert und ich hörte mir nochmals die Geschichte mit dem Kunden-Klau an. Und dass der Verlust des Kunden Krapp den Heimann in den Selbstmord getrieben hat. So sieht es die Branche, und Gabi hat mich zugetextet mit ihren Ideen darüber, wie sie sich an so einem Kunden-Klauer rächen würde. Dass ich bei der Polizei bin, hat die bei ihren Äußerungen gar nicht gejuckt. Aber, jetzt pass auf, jetzt kommt das Neue: Die Gabi hat eine Freundin, Busenfreundin Brigitte, und die arbeitet in der alten Agentur von Heimann."

„Ach, die Agentur gibt es noch?“, fragte Marco.
„Die gibt es wieder, wenn du so willst. Die Brigitte als Sekretärin und Kontakterin und der Produktioner führen die Agentur unter dem alten Namen weiter, Neuanfang. Der Name Heimann war gut in der Region eingeführt. Diese Brigitte haben wir angerufen und gefragt, ob ich über Lautsprecher mithören dürfte. Das war für sie in Ordnung. Jetzt pass auf, Brigitte war ziemlich erstaunt über das Interesse an dem Fall, der bekanntlich von der Polizei ad acta gelegt worden war. Denn ungefähr vor einem Monat hat sich auch Sibylle bei Brigitte über den Kunden Krapp und die Werbekampagne erkundigt.“
„Und, warum?“
„Das weiß die Brigitte auch nicht mehr, sie hat dem Ganzen keine Bedeutung zugemessen. Es war bekannt, dass Sibylle an einen Mord glaubte und dass das fast zu einer Obsession geworden war. Laut Brigitte jagte Sibylle immer irgendwelchen Mordtheorien hinterher und sah überall Komplotte gegen ihren Mann, und in dem Fall galt halt ihr Interesse dem Kunden Krapp. Brigitte selber ist übrigens vom Selbstmord Heimanns überzeugt.“
„Und was machst du jetzt?“
„Ich schicke meinen lieben Freund Marco zu Sibylle, damit er nachhakt, warum sie wegen Krapp nachgefragt hat. Am besten gleich.“
„Klar, um die Uhrzeit.“
„Spaß beiseite, ich statte ihr demnächst mal einen Besuch ab. Akte Heimann zu oder auf, egal. Ich bin jetzt neugierig, privat neugierig. Obwohl da irgendwas nicht logisch ist. Irgend so ein Mitarbeiter klaut dem Heimann den Kunden Krapp. Warum sollte er den Heimann dann auch noch umbringen? Logischer wäre, dass der Heimann den Kunden-Klauer umbringt, oder?“
Marco gab ihm recht, dann schwiegen sie eine Weile in den Apparat hinein, jeder seine Gedanken verfolgend, wünsch-

ten sich schließlich einen schönen Abend. Marco war wieder allein, ohne Stimmen in der Nacht. Es war Zeit, schlafen zu gehen.

Es war ein kühler Montagmorgen Ende Oktober. Frühnebel bedeckte die Felder auf der Hochebene der Alb. Kälte puderte Raureif auf die Ackerfurchen und Silberkristalle aus Eis blitzten in der Erde. Gegen neun Uhr fuhr die Frau, die den ganzen Abend und die halbe Nacht vergeblich gewartet hatte, mit ihrem Kind zu dem einsamen Hof auf der Hochfläche. Sie wollte wissen, was los war. Warum ihre Schwester nicht geantwortet hatte und nicht antwortete, obwohl sie miteinander verabredet waren.

„Wir sind da", sagte sie und stieg aus dem Wagen. Sie schaute sich um. Im Hintergrund stand das Haus. Ein einsamer Hof in einsamer Landschaft. Die Frau drehte sich zum Wagen um, schaute zu dem Kind, das in seinem Sitz zappelte.

„Bille", sagte der kleine Junge und zeigte mit dem Finger auf das Haus.

„Ja. Du baggerst der Bille jetzt mal die Steine auf die Seite. Mama ist gleich zurück. Gut?

Sie setzte den Jungen mit dem Spielzeugbagger auf dem Kies der Hofeinfahrt ab, woraufhin er zufrieden den Anweisungen folgte, baggerte und vor sich hin brummte wie ein Motor. Die Frau ging zur Haustür und drückte auf die Klingel. Ein langer Ton ertönte durch das Haus und ins Leere hinein. Sie zog einen Schlüssel aus der Tasche, steckte ihn in das Schloss und drehte ihn herum. Sie öffnete die Tür, blieb aber im Türrahmen stehen und rief. Keine Antwort kam, es herrschte Stille, ja, es schien wie Totenstille.

Leise zu hören war lediglich der Junge draußen, der zufrieden mit seinem Bagger spielte. Die Frau machte eine Runde durch das Haus. Im Büro hing ein Fax im Gerät, der Anrufbeantworter blinkte. In der Küche fand sie eine Tasse Kaffee auf dem Tisch, halb voll, der Kaffee hatte einen schwarzen Rand in die Tasse gezogen. Die Frau stellte sich in die Eingangstüre und schaute auf den Hof. Sie rief den Jungen, der immer noch spielte. Er stand auf und kam zu ihr. Er hielt etwas in der Hand, doch es war nicht der Bagger. Er wirkte irgendwie stolz, als er „Bille" sagte und zeigte, was er gefunden hatte.
„Oh Gott, Joshi, was hast du da?", fragte seine Mutter nur.

Der Mann saß in dem Besuchersessel. Er nahm im Sitzen den ganzen Raum ein, schnaubte und beklagte sich darüber, dass er vorgeladen war:
„Ich weiß nicht, was es mit der Aufklärung des Mordes an Karins Sohn zu tun hat, dass ich mit der Mutter zusammen bin."
„Die Tatsache, Herr Berger, dass verschwiegen wurde, dass Sie mit der Mutter zusammen sind."
„Hab ich deswegen dann den Sohn umgebracht? Erstens, das sage ich gleich, ich habe ein Alibi, und zweitens werde ich mich über die Art der Behandlung meiner Freundin und auch über meine Vorladung bei Ihrem Vorgesetzten beschweren."
„Bitte, hier ist ein Telefon." Marco griff seinen Hörer.
Karlheinz Berger sah zur Seite, atmete tief ein und tief aus, wobei die Dimension seines Bauches diese Bewegungen unterstrich, dann schaute er Marco von unten nach oben an, wie jemand, der über den Rand seiner Brille zu schauen suchte, einer Brille, die er in dem Fall gar nicht trug.

„Lassen wir das, bringen wir es gleich hinter uns, je weniger Zeit wir mit dem Ganzen verplempern, desto mehr Zeit haben Sie, den richtigen Täter zu suchen."
„Gut. Seit wann sind Sie mit Frau Plaschek zusammen?"
„Fünf bis sechs Jahre."
„Und Andi kannten Sie?"
„Logisch."
„Und wie war er?"
„Haben Sie das bis jetzt noch nicht in Erfahrung gebracht?"
„Ich will wissen, wie er für Sie war."
„Wie ein eigener Sohn."
„Was verstehen Sie darunter?"
„So wie man sich einen Sohn wünscht."
Marco trommelte mit den Fingern auf den Tisch. Er hatte nicht die geringste Lust auf solch eine Art des Gesprächs. Schlagabtausch. Pingpong mit King Kong. Als ihm dieses Bild in den Kopf schoss, musste er sich ein Lächeln verkneifen, und dieses verkniffene Lächeln ließ den Anflug von Wut verfliegen, Wut, die er bereits deutlich spürte. Er musste ruhig bleiben.
„Es kann uns nur weiterbringen, wenn Sie mitarbeiten, Herr Berger. Wenn Sie schon sagen, dass Andreas für Sie wie ein Sohn war, dann sag ich Ihnen, dass jeder Vater mithilft, dass so ein Verbrechen aufgeklärt wird."
Berger wechselte die Beinstellung, schlug die Hände mit einem Klatschen zusammen und ließ sie auf seinen Schoß fallen. Danach war Ruhe im Raum.
„Möchten Sie einen Kaffee?", fragte Marco.
Berger sah auf und ein Anflug von Verwunderung blitzte in seinem Blick auf, er nickte.
„Milch? Zucker?", fragte Marco.
„Beides, danke."
Marco ging zur Tür hinaus zum Kaffeeautomaten, vor dem Henning auf einen Cappuccino wartete, der in einen Plastikbecher floss.

„Und?“, fragte der und wies mit dem Kinn in Richtung der offenen Bürotür.
„Starker Kaffee, der hier einläuft“, antwortete Marco und schüttelte den Kopf, dann drückte er auf den Knopf für das Getränk seiner Wahl, „aber Hauptsache, er läuft.“
Henning verstand, lächelte und ging in sein Büro zurück.
Berger griff sich den Becher und dankte. Er trank, schien dabei in Ruhe nachzudenken und als er mit dem Kaffee fertig war, fing er an:
„Wie wünscht man sich einen Sohn? So wie Andreas eben. Nett, entgegenkommend, immer gut drauf, gut in der Schule und im Studium, freut sich, wenn er dich sieht. Sogar zu meinem Geburtstag hat er immer angerufen. So ein Glück hatte ich mit meinem eigenen nicht.“
Marco sah auf, versuchte, seine Überraschung zu verbergen.
„Sie haben einen Sohn?“
„Ich habe einen Sohn und ich habe eine Ehefrau. Offiziell. Den einen habe ich seit Jahren nicht mehr gesehen, und die andere würde ich seit Jahren nicht mehr sehen, wenn ich nicht müsste. Aber rausschmeißen kann ich sie auch nicht, nach vierzig Jahren. Wo soll die denn hin?“
„Hm. Weiß Ihre Frau von Karin Plaschek?“
„Falls sie den Rest Ihrer Gehirnzellen nicht kaputtgesoffen hat, könnte sie eine vage Ahnung haben, ist mir aber egal.“
„Warum dann diese Heimlichkeiten um Ihre Beziehung mit Frau Plaschek?“
„Weiß ich auch nicht, das geht eher von Karin aus, vielleicht hat sie Angst um meinen Ruf, um ihren Ruf, was weiß ich.“
„Und Ihre Frau hat ein Alkoholproblem?“
„Ja hat sie, aber ich verstehe nicht, was das Alkoholproblem meiner Frau mit Ihren Ermittlungen zu tun hat.“
„Ich ermittle Ihr Umfeld, Herr Berger, und ob der Täter aus Ihrem Umfeld kommen könnte.“

Berger fing zu lachen an.
„Da sind Sie bei Renate an der richtigen Adresse, die weiß schon zur Mittagszeit nicht mehr, wie sie heißt."
„Und Ihr Sohn, wo lebt der?"
„Weiß ich nicht. Der ist seit Jahren verschollen. Ich glaube, er ist nicht mehr im Lande, irgendjemand hat mal von Italien gesprochen. Über drei Ecken kam mir das zu Ohren, aber ob es stimmt?"
Berger schüttelte den Kopf.
„Ihre Frau hat auch keinen Kontakt zu ihm?", fragte Marco.
„Wenn Sie Kontakt hat, sagt sie es mir nicht, oder wahrscheinlicher, sie erinnert sich einfach nicht."
„Wann haben Sie das letzte Mal von ihm gehört?"
„Als ich die Unterstützung für sein Studium stoppte."
„Aha. Darf ich wissen, warum?"
„Der hat Medizin abgebrochen. Seine Version. Ich habe dann brav den nächsten Studiengang finanziert, Germanistik und Geografie. Bis ich den wahren Grund von einem Studienkollegen per Zufall gehört habe, dass Martin zwangsexmatrikuliert worden war, er ist aus der Medizin rausgeflogen."
„Wie geht das?"
„Ja, es kommt nicht so gut, wenn man einer Leiche ein Ohr abschneidet und es an den Allerwertesten näht."
Berger sah auf und wartete auf eine Reaktion. Marco zeigte keine. Berger sprach weiter.
„Ja, ich habe Martin zur Rede gestellt und dann hat er es zugegeben. Da war ich sauer. Hätte es auch sagen können. Ich habe dann die Zahlungen eingestellt, aber er war sowieso fast fertig mit dem anderen Studium. Konnte ja auch jobben gehen, oder?"
„Wie lange ist das jetzt her?"
„Dreizehn Jahre."
„Aber Ihre Frau könnte ihn gesehen haben?"

„Kann sein. Gehen Sie einfach hin und fragen Sie sie. Am besten gleich am Morgen. Dann kriegen Sie am ehesten noch was Vernünftiges aus ihr raus."
Er nannte die Adresse in Geislingen. Lachte, als Marco ihn danach fragte, wo er am Samstag, dem 15. Oktober zwischen 19 und 21 Uhr war. Tennis spielen, im Doppel, kam als Antwort und ein Blatt Papier, das er Marco überreichte. Mit den drei Namen und Adressen seiner Tennispartner. Dann fragte er, ob er endlich gehen könne, was Marco bejahte. Als die Tür hinter Berger zuging, atmete der Kommissar erleichtert durch.

Marco hatte seine Kollegen über das Gespräch mit Karlheinz Berger informiert. Sie saßen im Besprechungszimmer und diskutierten über die Möglichkeiten eines Tatmotivs, das mit der Aussage aufgetaucht war. Wenn dieser Sohn, Martin Berger, etwas von dem Verhältnis seines Vaters und der Existenz eines Ersatz-Sohnes in Person des Andi Plaschek mitbekommen hatte, könnte das für ihn eine Bedrohung gewesen sein. Ein Mann wie Berger Senior sei der Typ, der Sympathien und Abneigungen in einem Testament festlegt, betonte Marco.
„Nur, wie finden wir den Sohn?", fragte Bernd.
Eine Frage, die Henning mit einem Blick quittierte, in dem ein Anflug von Spott lag. Er schien sich eine Bemerkung zu verkneifen, oder eher: die Bemerkung, die berühmte Antwort mit dem Hinweis aufs Internet. Immerhin hielt er die Klappe. Marco ergriff das Wort und sagte, was er vorhatte. Er wollte als nächsten Schritt zu Mutter Berger gehen. Sein Handy klingelte in dem Moment, als Pia das Besprechungszimmer verließ.

„Die Handy-Nummer von Jochen Schempf“, sagte er zu Henning und Bernd.

Letzterer hörte nicht zu. Er folgte Pia und seinen eigenen Gedanken den Raum hinaus, machte die Tür hinter sich zu.

Marco signalisierte Henning, er sollte bleiben und hob den Hörer ab:

„Hallo Jochen, ich wollte dich auch anrufen, wegen Berger. Der war vorhin da.“

„Marco, es ist jetzt unser Fall. Die Sibylle ist weg.“

„Was? Was heißt das, sie ist weg?“

„Ich habe eine Vermisstenanzeige auf meinem Tisch liegen. Erstattet von Sabine Schneider, der Schwester von Sibylle. Wir sind jetzt gerade hier zusammen auf dem Hof, die Sache sieht nicht gut aus.“

„Warte mal, ich stelle auf Lautsprecher, dann kann Henning mithören. Er weiß, worum es geht. Also, was ist passiert?“

„Frag mal eher, was nicht passiert ist. Die Sibylle hätte gestern um 19 Uhr zu ihrer Schwester nach Stuttgart kommen sollen. Babysitten bei ihrem kleinen Neffen. Im Anschluss hätte sie einen Termin heute Morgen in Stuttgart gehabt, Dolmetschen, gleich um 8 Uhr. Nichts. Sie ist weder bei der Schwester noch in der Firma erschienen. Sie ist sonst immer sehr zuverlässig. Die Schwester hat dann das Kind ins Auto gepackt und ist hierher gefahren. Das Haus war leer und der Bub hat auf dem Hof das Armband seiner Tante gefunden. Das Verlobungsgeschenk von Heimann. Das hat sie höchstens in der Nacht abgelegt.“

„Verdammt.“

„Sag ich ja.“

„Und ihr Handy?“, fragte Marco.

„Klingelte durch, lag hier in der Wohnung. Wir überprüfen jetzt alle Anrufe, Festnetz, Fax, Handy, Computer, alles, was geht. Noch was: die Schwester ist sauer, und wie. Sie gibt uns die Schuld an dem Verschwinden von Sibylle.

Die Polizei hätte geschlafen, und deswegen musste Sibylle alleine recherchieren. Offensichtlich war sie hinter einer heißen Spur her, die so heiß war, dass sie möglicherweise gefährlich wurde."
„Welche heiße Spur?"
„Weiß die Schwester auch nicht, aber sie hatte das Gefühl, dass Sibylle es ihr in Stuttgart sagen wollte und nicht am Telefon, dass sie es ihr gestern sagen wollte."
„Was hast du jetzt vor?"
„Ich lasse meine Leute hier und gehe gleich zu Brigitte in die alte Heimann-Agentur, hake bei dem Gespräch von gestern nach. Krapp-Joghurts, eine andere Spur habe ich nicht."
„Ich möchte mitkommen, Jochen. Wir haben auch keine andere Spur als Krapp."
Jochen war einverstanden, er ließ sich noch kurz über das Gespräch mit Berger informieren, nannte die Adresse ihres Treffpunkts im Gewerbegebiet von Boll bei Göppingen und legte auf. Marco zog seine Jacke an, Henning nickte ihm zu: „Alles klar, ich gebe den anderen Bescheid."

Die Adresse der Werbeagentur führte zu einem Bürobau aus den 80er-Jahren mit einem großen Kundenparkplatz auf der Rückseite. Es war Mittagszeit. Jochen Schempf wartete dort bereits, grüßte, und sie gingen auf das Haus mit der Nummer sieben zu.
„Wartest du schon lange?", fragte Marco.
„Zwei Minuten."
„Bist du sicher, dass es hier ist?"
„Ja, warum?"
„Das ist ein Reifenhändler."
„Oben müssen Büros sein."

„Mein Gott, was für eine Geschichte", sagte Marco, weil ihm kein anderer Kommentar einfiel.
„Ja. Am Sonntag wurde um 16.45 Uhr aus ihrem Faxgerät noch ein Fax an eine Anwaltskanzlei geschickt, eine Übersetzung. Der Anwalt saß in seinem Büro und wollte noch etwas geklärt haben und hat gegen halb sieben Uhr versucht, Sibylle telefonisch zu erreichen. Sie ging weder ans Telefon noch an ihr Handy, beide Apparate klingelten durch. Dann hat er die Anfrage per Fax gemacht. Keine Reaktion, und das Fax lag noch im Gerät."
„Dann verschwand sie genau dazwischen", sagte Marco.
„Ja, dazwischen ist was passiert. Komm."
Die beiden Männer gingen zum Bürohaus, einem zweigeschossigen Flachbau, der sich dem Licht öffnete. Die Fenster im Erdgeschoss waren groß wie Gutshoftore und hatten rot lackierte Sprossen. Glasfenster mit Rahmen im selben Rot flankierten den flachen First. Dazwischen lag ein braunes Gebälk, das ein vorspringendes Dach stützte und eine weitere Fensterreihe zierte.
Vor der Eingangstür standen zwei Frauen. Sie rauchten und sprachen miteinander. Die Größere der beiden war schlank und hatte weißblonde Haare, die in schwarzen Spitzen auf ihren Schultern endeten. Die andere hatte lange Haare in einem Rotton, der jeden Anspruch auf Natürlichkeit verneinte, und für ihre Jugend erhebliches Übergewicht. Ihr Gesicht war blass und blasiert und gab zum Ausdruck, dass sie sich schön fühlte. Sie war aber nur jung und sah durch die beiden Männer hindurch, die zum Eingang kamen und Klingelschilder studierten. Als hielt sie sie für zwei alte Ochsen, die zu lesen versuchten. Dann drehte sie sich, bückte sich und machte in einer Blumenschale voller Sand ihre Zigarette aus. Ihr langes Haar öffnete den Blick auf einen Spalt ihres bloßen Rückens und das schwarze Ende einer knapp bemessenen Unterhose in Übergröße. Jochen stellte sich neben die Rothaarige und warf den Blick auf

das, was ihm gezeigt wurde. Er schüttelte den Kopf und konzentrierte sich auf die Klingelknöpfe.
„Da steht nichts von Werbung, aber es muss hier sein."
„Komm, wir fragen mal", sagte Marco.
„Ach was, die gehören doch zu den Reifen", antwortete Jochen und machte die Tür auf, „oder kennst du nicht das berühmte Werbemännchen von der Reifenmarke aus dem Herzen der Auvergne?"
Marco schielte nach den Frauen, sie zeigten keine Reaktion. Die Tür krachte zu. Er folgte Jochens Lachen im Haus, wobei er sich wunderte, wie Jochen beim Ernst der Lage noch so lachen konnte.
Eine Treppe, die mit schwarzen Gumminoppen belegt war, führte zu den Büros im Obergeschoss. Die Schritte quietschten auf den Stufen. Der Geruch von Gummi im Erdgeschoss wandelte sich nach oben hin in den Duft von Parfüm. Im ersten Obergeschoss standen sie schließlich vor zwei Türen. Jochen schaute auf die Türschilder und nickte.
„Wir sind richtig, das hat mir Brigitte erzählt. Die haben nämlich einen großen Teil ihrer Agenturräume abgegeben. An ein Marktforschungsinstitut, das sich mit Düften und Kosmetik und so beschäftigt. Rechts Institut, links HWD, wie unten auf der Klingelleiste, Heimann Werbung Design."
„Den Heimann könnten sie doch rausstreichen", sagte Marco und atmete den Duft ein, eine teure Mischung von Irgendwas. Jochen klingelte. Die Tür summte auf, und sie traten ein. Der Eingangsraum bestand aus einem riesigen Schreibtisch. Eine Frau saß dort und schaute von ihrem Computer auf. Sie war in den Vierzigern, und in ihren Augen blitzten Herzlichkeit und Neugier.
„Ich bin Jochen Schempf, wir haben gestern miteinander telefoniert. Das ist Marco Fois von der Kripo Heidenheim."
„Oh."

Sie stand auf, ging um ihren Schreibtisch herum und reichte ihnen die Hand.
„Aber es war doch alles geschwätzt?"
„Ich habe noch ein paar Fragen zu dem Thema von gestern."
„Wenn es bitte schnell geht. Ich habe echt nicht viel Zeit, wir haben nachher eine Präsentation und überhaupt..."
Sie zeigte auf ihren Schreibtisch. Dort bedrohte eine Phalanx aus Papieren, Heften und Disketten eine Tasse Kaffee und eine angebissene Brezel.
„Wir machen es kurz, Sibylle Heimann wird vermisst."
„Was?"
Die Agenturmitarbeiterin Brigitte plumpste auf den Besucherstuhl vor ihrem Schreibtisch und starrte Jochen an.
„Das gibt es doch gar nicht, gestern haben wir doch erst noch von ihr gesprochen. Ist was passiert?" Ihre Stimme war höher geworden.
„Das wissen wir leider noch nicht. Sie hätte gestern bei ihrer Schwester in Stuttgart babysitten und am nächsten Morgen dolmetschen sollen. Sie kam nicht. Sie ist nicht in ihrem Haus, und im Hof dort wurde ihr Armband gefunden."
„Oh Gott, das Verlobungsgeschenk von Thomas."
„Die Schwester meint, dass Sibylle auf eigene Faust hinter einer heißen Spur her war."
„Heißt es, dass es doch ein Mord war, bei Thomas? Und Sibylle ist vielleicht in den Händen von Verbrechern?"
„Das wissen wir nicht. Wir suchen nur die Spur, der Sibylle folgte. Finden wir die Spur, dann finden wir auch Sibylle, möglicherweise. Die letzte Spur, von der wir wissen, heißt Krapp."
Sie stülpte die Lippen, verschränkte die Arme und sprang dann auf.
„Ich hole den Stefan, der ist Produktioner und war seit Anfang an dabei, so wie ich."

Beim Gehen zeigte sie auf eine Kaffeemaschine und eine halb volle Glaskanne, neben der ein rotes Lämpchen brannte.
„Bedienen Sie sich, wenn Sie wollen, Tassen, Milch und Zucker stehen daneben."
Sie dankten und schenkten sich Kaffee ein. Brigitte kam mit einem hochgewachsenen Mann zurück. Er war schlank und hatte den rötlichen Teint der Flachsblonden.
„Stefan Henneberg, ich mach hier die Produktion." Er sprach mit einer dialektalen Einfärbung, die nicht aus der Gegend war.
„Sie haben ja gerade gehört, dass Sibylle Heimann vermisst gemeldet wurde."
„Ja, das ist furchtbar, ich stehe natürlich komplett zu Ihrer Verfügung", sagte Stefan Henneberg und seine Stimme zog sich in eine Melodie.
„Sie kennen Frau Heimann gut?"
„Ganz gut, denke ich mal, sie war oft hier, außerdem sind wir zwei Freiburger im Exil, da gibt es Gemeinsamkeiten."
„Herr Henneberg, unser letzter Anhaltspunkt ist der Kunde Krapp", sagte Jochen und schaute zu Brigitte. Sie nickte und sagte zu ihrem Kollegen:
„Die Sibylle kam vor etwa einem Monat zu mir und hat mich nach Krapp gefragt, aber ich weiß nicht mehr genau, warum. Das war damals um den Dreh Wiedereröffnung Schuhhaus Röder, du weißt ..."
„... Prospekte und Einladungen ohne Ende", erklärte sie den Kommissaren und seufzte in Richtung Henneberg. Der ging zur Kaffeemaschine und nahm sich einen Becher mit dem Schriftzug „Stefan", goss sich Kaffee und Milch ein und ließ den Löffel in der Tasse klimpern, lange klimpern.
„Also mich hat sie direkt nach der Farbe gefragt", sagte er.
„Was für eine Farbe?", fragte Marco.
„Ja, die Farbe von Krapp, und die Farbe von Krapp ist Krapp, im Logo steckt Krapprot."

„Was?“, fragten Marco und Jochen gleichzeitig.
Henneberg sah sie nacheinander an und stellte seine Tasse neben der Kaffeemaschine ab.
„Ja, es gibt auch Krapplack, noch nie gehört?“
„Hätte ich eigentlich wissen müssen“, sagte Brigitte.
„Nein, das hättest du nicht wissen müssen, das ist Sache der Produktion“, antwortete er und fragte die Kommissare: „Kennen Sie die Krapp-Joghurts überhaupt?“
„Zur Genüge!“, antwortete Jochen.
„Also gut, dann wissen Sie, wovon wir reden. Der Name Krapp ist Rot auf schwarzem Grund, auf diesem schwarzen Streifen, an den die roten Ecken grenzen, die für die Position der Finger stehen, mit denen ein Rechtshänder sich den Joghurt greift, ja? Es heißt in der Kampagne ja auch ‚Schnapp dir den Krapp‘. Der Rest vom Deckel ist Weiß, links oben ist dann die jeweilige Obstsorte aufgedruckt. Da kommt dann neben Schwarz, Weiß und Rot noch die Farbe der Frucht rein. Schrift, Name vom Obst, Haltbarkeit in Schwarz, alles klar?“
Sie nickten.
„Ja, und das Rot im Schriftzug und in den Ecken ist Krapprot, ein schönes Rot, ein warmes Rot, ein Rotton aus der Natur. Es ist nämlich nichts Anderes als das Rot aus den Wurzeln der uralten Färberpflanze Krapp. Die haben schon die alten Ägypter verwendet, oder die Römer. Auch die französischen Soldaten liefen damit herum, die roten Hosen.“
„Kenne nur tote Hosen“, sagte Jochen und schaute dabei in Marcos Körpermitte. Der überhörte die Anspielung, für die jetzt sicher nicht der Moment war.
„Und dieses Rot stammt vom Farbstoff Alizarin in den Wurzeln der Pflanze. 1869 gelang zwei deutschen Chemikern die Synthese von Alizarin, das war dann das Aus für die Krapp-Bauern“, erklärte Marco Fois.
„Nicht schlecht“, sagte Henneberg, in seinen Augen lag Staunen.

„Krapp war offensichtlich schon für mehrere Leute das Aus“, sagte Brigitte.
„Ja, wir kennen die Geschichte, Kunden-Klau ist eine üble Sache“, sagte Jochen.
„Ideen-Klau auch“, sagte Henneberg.
„Warum Ideen-Klau?“, fragte Brigitte.
„Weil mir das gerade in den Kopf kam.“
„Hier gab es noch nie Ideen-Klau.“
„Du kannst es auch Plagiat nennen, das Phänomen gibt es öfter.“
„Moment, eines nach dem anderen“, sagte Jochen.
„Sie sagten, Sibylle habe Sie nach der Farbe gefragt, das heißt, sie wollte wissen, welches Rot beim Schriftzug von Krapp-Joghurt verwendet wurde?“
„Nein, sie wollte wissen, ob es sich bei dem Rot auf dem Joghurt um das Krapprot handelte. Sie wollte eine Bestätigung, und die konnte ich ihr geben.“
Marco sah Jochen an, der genau so erstaunt zu sein schien wie er.
„Warum wollte sie das wissen?“, fragte Brigitte ihren Kollegen. Stefan blies Luft durch die Lippen. Er griff sich seine Kaffeetasse, trank einen Schluck, behielt die Tasse in der rechten Hand. Er klopfte mit ihr in regelmäßigen Abständen in die linke Hand, drei Mal lang, drei Mal kurz und wiederholte die Bewegung. Dabei schaute er aus dem Fenster. Plötzlich drehte er sich zu Brigitte um.
„Wir hatten doch einmal einen Franzosen bei uns, in den späten 90ern.“
„Einen Franzosen?“
„Ja, Brigitte, vielleicht hatte er auch nur einen französischen Namen, er sprach perfekt Deutsch.“
„Stimmt, jetzt kommt es mir wieder, wie hieß denn der?“
„Das war zu der Zeit, als Thomas den Kunden Krapp kontaktierte, und wir arbeiteten an der Präsentation erster Entwürfe für die Krapp-Kampagne.“

„Richtig, damals war der bei uns, aber nicht lange, da gab es doch Zoff, oder? Irgendwie hat der überhaupt nicht zu uns gepasst."
„Der ging, aber seine Entwürfe blieben."
„Was willst du damit sagen?", fragte Brigitte.
„Nichts, nur dass das Rot von ihm ist, Heimann arbeitete damals an einer blauen Tonalität."
„Und weil Thomas das Rot übernommen hat, hat er deiner Meinung nach dem Franzosen eine Idee geklaut? Bei der Farbe Rot in der Werbung! Lächerlich."
„Ich spreche ja nicht aus unserer Sicht, Brigitte. Der Franzose hat Krapprot verwendet in Assoziation mit dem Namen Krapp, und er hat mir auch lang und breit erklärt, warum, sodass ich dummer Produktioner noch was Neues über Farben lernen durfte."
„Könnte dieser Franzose auf die Idee gekommen sein, Heimann habe ihm eine Idee gestohlen, nur weil er seinen Rot-Ton verwendete?", fragte Jochen.
„Wenn er anmaßend genug war, schon. Und das war der. Sonst nicht. Rot in der Werbung ist kein Ideen-Klau. Aber der hatte, glaube ich, auch die Idee für den Slogan, oder zumindest für die beiden roten Eckpunkte auf dem Deckel, aber was soll's?"
„Also ist es doch Ideen-Klau?", fragte Jochen.
Henneberg schüttelte den Kopf und zog die Lippen nach oben.
„Ja und Nein. Nennen wir es Orientierung an einer Idee oder Weiterentwicklung derselben. Selbst wenn das Rot und der Slogan von dem Franzosen sind, mein Gott, zum Erfolg eines Kunden, und letzten Endes auch zum Erfolg der Agentur gehört werbetechnisch viel mehr. Die richtigen Medien, Zielgruppe, Platzierung, Reichweite, optimale Kundenbetreuung, und all das war Heimann. Heimann hat Krapp geholfen, groß zu werden über Jahre hinweg und nicht eine schwarz-rote Farbkombination auf einem Joghurtdeckel."

„Der Franzose könnte das ganz anders sehen“, sagte Marco.
„Ich sagte ja, wenn er anmaßend genug ist schon. Oder wenn er dumm genug ist. Oder beides zusammen.“
„Überlegen Sie, vielleicht kommen Sie auf den Namen?“
Brigitte schaute Henneberg an, Henneberg drehte seine leere Tasse, beide schüttelten den Kopf.
„Können Sie sich an sein Aussehen erinnern?“
„Nein. Eher groß, eher dunkelhaarig. Und du Brigitte?“
„Ich habe gar kein Bild mehr vor mir.“
„Sie hätten es doch bestimmt mitbekommen, wenn er Herrn Heimann Ärger gemacht hätte, wegen Ideen-Klau?“, fragte Jochen.
„Ich weiß von nichts“, antwortete Henneberg.
„Ich auch nicht“, sagte Brigitte und ging zu einem Schrank mit Rollladen. Sie ging in die Hocke und drehte sich dabei Jochen und Marco zu.
„Komisch, er hätte doch mitkriegen müssen, dass seine Idee in den Kühlfächern der Supermärkte rumlag, oder? Ist das nicht der Beweis dafür, dass er kapiert hat, dass die Verwendung von Rot in der Werbung nichts Besonderes ist?“
„Vielleicht“, sagte Jochen.
„Vielleicht ist er nicht mehr im Lande. Lebt in Frankreich oder sonst wo im Ausland“, sagte Henneberg.
„Stefan! Ich habe die Krapp-Joghurts schon in einem französischen Supermarkt gesehen und in Italien gibt's die anscheinend auch. Die expandieren, dass du verrückt werden kannst.“
„Toll. Ich will nichts wissen von einer Expansion von Krapp, ich will nicht verrückt werden. Kann ich mit meiner Arbeit weitermachen?“
„Sag mir erst, wann Thomas den Krapp geworben hat.“
„Im Herbst 1999.“
Sie fingerte an der Halterung des Rollladens herum, zog ihn herunter und studierte mit schrägem Kopf die Rücken

vieler bunter Ordner, dann zischte Luft durch ihre Zähne. „Mist. Das sieht schlecht aus. War eigentlich auch klar, die Aufbewahrungsfrist von zehn Jahren ist schon längst vorbei.“

Henneberg verabschiedete sich mit den Worten, wenn er nicht mehr gebraucht würde, müsse er in seinem Büro weiterarbeiten. Marco und Jochen dankten ihm und wandten sich wieder Brigitte zu, die in der Zwischenzeit wieder auf ihrem Stuhl saß.

„Ich habe regelmäßig hier ausgemistet, aber wenn der Ordner nicht hier ist, heißt das noch lange nicht, dass er entsorgt wurde. Ich habe die alten Unterlagen immer Thomas Heimann vorgelegt. Ein paar Sachen hat er bei sich eingelagert, zuerst in seinem alten Haus, in der Villa und dann auch bei Sibylle.“

„Hm“, sagte Jochen und nickte Marco zu. Brigitte folgte seinem Blick.

„Oh Gott, heißt das, dass die Sibylle in ihrem eigenen Keller auf eine gefährliche Spur in einem alten Ordner gekommen ist? Und sie ist jetzt selber in Gefahr?“

„Das wissen wir nicht. Es muss nicht sein.“

„Das ist einfach furchtbar. Schlimm ist auch, dass ich sie nicht ernst genommen habe. Weil sie all Hennenschiss, äh, sehr oft, hier ankam und immer was zu Heimann wissen wollte. Wir kämpften hier um das Überleben der Agentur, da hatte ich nicht immer den Kopf. Dabei ist Sibylle so eine Liebe und Hilfsbereite, sie war da, wenn ich was von ihr brauchte. Sie nannte mich immer Brischitt, hat Brigitte immer auf Französisch ausgesprochen mit ihrem super Akzent.“

Es hörte sich so an, als ob die Frau gleich losweinen wollte. Marco versuchte, sie zu beruhigen, schob eine Ruhe vor, die er selber gar nicht hatte. Jochen legte ihr seine Karte auf den Tisch und bat sie, sich zu melden, falls ihr noch etwas einfallen würde, ihr oder ihrem Kollegen Henneberg. Als ob eine Frau wie diese das nicht selber wüsste.

Als sie das Bürohaus verließen, waren die beiden jungen Frauen verschwunden. Jochen setzte sich in seinen Wagen und zog sein Handy aus der Jackentasche. Er unterrichtete seine Kollegen über das Gespräch mit Brigitte, und bat sie danach, sich auf Sibylles Hof auf die Suche von Geschäftsunterlagen aus dem Jahr 1999 zu konzentrieren, erklärte ihnen auch warum.
Marco ließ Jochen telefonieren und ging zum Rande des Parkplatzes, schaute zum Bürogebäude und dachte über das nach, was Brigitte gesagt hatte. Versuchte, sich auf deren Worte zu konzentrieren, jedes einzelne, um die Unruhe und Angst in ihm selbst nicht zum Eskalieren zu bringen, um weiterhin handeln und Sibylle helfen zu können. Wäre ich doch gestern nur zu ihr gegangen wegen dieser Frage über das französische Wort. Bin ich aber nicht. Jetzt heißt es, Ruhe zu bewahren und rational nachzudenken. Was hat Brigitte gesagt, über sie, Sibylle, gesagt? Plötzlich war da etwas da, er klopfte sich mit der Handfläche an die Stirn, und wiederholte die Worte, die ihm in den Kopf gekommen waren, Worte, die wichtig sein konnten. Sehr wichtig. Er gab Jochen ein Zeichen und lief in die Agentur zurück.

Sie stießen vor dem Hauseingang zusammen, gerade als Marco wieder die Treppe herunterkam.
„Hast du da oben was vergessen?“, fragte Jochen.
„Nein, aber ich habe jetzt den Namen des damaligen Mitarbeiters.“
„Was? Den Namen?“
„Sprich mal Berger auf Französisch aus.“
„Bersché“, sagte Jochen. Er ließ das„Sch“ vibrieren und zog das „E“ in die Länge.

„Genau, und als ich zu Brigitte da oben Bersché sagte, fiel ihr auch gleich ein Vorname ein: Yves, wie der Modeschöpfer."
„Das ist echt der Hammer, Yves Berger. Wie bist du da drauf gekommen?"
„Eine Idee, die einen Versuch wert war. Dieses ‚Er ist nicht mehr im Lande' habe ich heute zwei Mal gehört, ein Mal von Vater Berger, der glaubt, dass sein Sohn im Ausland lebt, und dann von Henneberg, der sich damit erklärt, dass der Franzose nichts von dem Erfolg von Krapp weiß. Dann kam ich auf die Idee, den Namen von Berger französisch auszusprechen. Oder sagen wir besser, Brigitte hat mich auf die Idee gebracht mit ihrem ‚Brischitt'."
„Super, Marco. Berger auf Französisch. Heißt übrigens Schäfer, auf Deutsch. Wie du siehst, bin ich gerade dabei, mich auf Französisch zu spezialisieren", sagte Jochen und stülpte die Lippen bis zur Anzüglichkeit, wobei er grinste. Marco klopfte ihm das Grinsen von der Schulter ab.
„Hei, das Problem ist nur, der Sohn von Karlheinz Berger heißt Martin und nicht Yves."
„Wäre auch zu schön gewesen, oder?"
„Dabei könnte Yves ein Künstlername sein. Oder würdest du dich in einer Werbeagentur als Martin Berger vorstellen, wenn du dich als exzentrisch und kreativ präsentieren möchtest?"
„Warum nicht? Wenn ich mich präsentiere, wirke ich sowieso schon mal exzentrisch und kreativ, oder? Da brauche ich nicht auch noch einen besonderen Namen."
Marco nickte und griff sich sein Handy aus der Tasche.
„Ich rufe jetzt bei Vater Berger an."
„Und ich bei Conny. Die soll mal beim Einwohnermeldeamt in Geislingen nachhaken. Die ist übrigens genauso ein Schatz wie Pia. Fit und schnell, mit einem gewissen Charme."
Marco verbiss sich einen Kommentar und gab Jochen die Adresse der Bergers. Der griff sofort zu seinem Handy und

lief anschließend mit demselben über den leeren Parkplatz. Er sprach, also hatte er seine Sekretärin erreicht. Vater Berger dagegen war nicht erreichbar. Bei dem klingelte die Nummer durch, endloses Freizeichen, keine Mailbox, nichts. Daher schüttelte Marco den Kopf, als Jochen wieder auf ihn zukam. Sie mussten warten, auf einen neuen Versuch, Vater Berger zu erreichen und auf den Rückruf von Conny. Und sie hatten Hunger, es war in der Zwischenzeit halb zwei Uhr mittags.
Sie überquerten den Parkplatz und die Zufahrtsstraße und näherten sich einer Backstube, aus der es schon von Weitem nach frischem Brot duftete. Auf einer schwarzen Tafel neben der Eingangstreppe mit drei grauen Stufen stand mit weißer Kreide „Heute Wickinger-Wecken".
„Da hat jemand beim Backen an Wickie gedacht", sagte Jochen.
„Nein, beim Schreiben."
Sie traten in die Backstube und wurden von einem Klingeln angekündigt, als sich die Tür hinter ihnen schloss.
„Was ist ein Wikinger-Wecken?", fragte Jochen die Verkäuferin, „hat der Hörner?"
„Nein, Körner. Dreikorn mit Malz", kam als Antwort, jedoch ohne eine Spur von Erstaunen wegen des Sinns oder Unsinns dieser Frage. Marco sah, wie Jochen grinste und in sein Lachen hinein vier Butterbrezeln kaufte, zwei für jeden, wie immer, wenn sie zusammen unterwegs waren. Danach grüßten sie die Verkäuferin und gingen zum Parkplatz zurück, Jochen schloss den Wagen auf, sie setzten sich. Marco startete einen weiteren Versuch, Karlheinz Berger zu erreichen.
„Wieder nichts, der geht nicht ran", sagte er dann, legte sein Handy auf die Ablage über dem Armaturenbrett und griff sich seine Brezeltüte.
„Geduld", antwortete Jochen und kaute schnell einen Bissen hinunter, als sein Handy klingelte, dann nahm er ab.

„Hallo Conny. Danke für deinen Rückruf."
Dann hörte er sich an, was seine Sekretärin zu sagen hatte, schaute dabei zu Marco und rollte mit den Augen.
„Das darf nicht wahr sein. Also pass auf, wir brauchen über den alles, was wir kriegen können, machst du das? Das ganze Programm. Und du informierst die anderen? ... Danke, du bist ein Schatz. Ich selber fahre jetzt mit Marco Fois zur Mutter, den Vater haben wir noch nicht erreicht, aber wir sind dran. Sobald ich mehr weiß, melde ich mich wieder. Tschüss."
„Sprich", sagte Marco.
„An der Adresse in Geislingen wohnen ein Karlheinz Berger, Renate Berger und ein Yves Martin Berger."
„Also doch, ein und dieselbe Person."
„Ja, Marco. Irgendwie hängt das alles zusammen. Dein Junge im See, der Tod von Heimann, die Farbe Krapp, der Farbstoff, von dem du mir erzählt hast ... Hei, was ist, ist dir nicht gut?"
Jochen berührte Marco an der Schulter. Der machte wieder die Augen auf, und versuchte, seiner Angst Herr zu werden.
„Scheiße ist. Ich habe Angst. Sie, sie ist da mittendrin. Wir wissen nicht, wo sie ist und wie es ihr geht."
„Denk nicht dran. Ich will auch nicht dran denken. Du steigst jetzt bei mir ein und wir fahren weiter nach Geislingen, o.k.?"
Marco nickte, öffnete seine Wagentür und stieg bei seinem ehemaligen Kollegen ein. Was sollte er auch sonst tun?
„Hei, komm", sagte Jochen, so kenne ich dich gar nicht: Negative Gedanken und Trübsal."
Marco drehte den Kopf zu Jochen. Danach starrte er wieder aus dem Fenster. Neben ihm knisterte eine Plastiktüte. Jochen hielt ihm seinen Auto-Vorrat von Gummibären unter die Nase. Die Tüte war halb voll und wenig bunt. Irgendjemand hatte alle roten Gummibärchen weggefuttert.

Marco schüttelte den Kopf und schaute auf die Fachwerkhäuser, welche die Hauptstraße des kleinen Dorfes flankierten, durch das sie gerade fuhren. Von rechts bog an einer Kreuzung ein Laster ein, der langsamer fuhr, als erlaubt war. Sie verloren an Geschwindigkeit und Marco spürte, wie in ihm die Nervosität wuchs. Hinten auf dem Laster stand auf einem Schild „Hier arbeiten 300 Pferde und ein Esel." Jochen kaute auf einer Portion Gummibären.
„Wir schaffen das, Marco. Wir verfolgen eine verdammt gute Spur und mein ganzes Team erledigt den Rest, die Fahndung nach Yves Martin Berger läuft, die Bearbeitung der Vermisstenanzeige läuft. Es läuft."
Marco drehte sich zur Fahrerseite.
„Hast du gelesen, was da vorne auf dem Laster steht?"
Jochen schaute auf und las den Spruch auf dem Schild, er lachte los.
„Na prima, und hier drin arbeiten 150 Pferde und zwei Esel."
„Nein, nur einer, ich. Was läuft denn? Der Teil von dir und deinem Team. Ich, ich hab's verpennt. Schlichtweg einfach nicht reagiert."
„Was? Es ist doch nicht deine Schuld, dass keiner weiß, wo sie steckt."
„Wenn ich du gewesen wäre, hätte ich mir von Sibylle den französischen Text übersetzen lassen und nicht meine Mutter angerufen. Hätte sie gestern Nachmittag zu Krapp befragt und nicht HB auf Wacholderheiden über Farben philosophieren lassen. Oder noch besser, ich wäre zwischen Fax Nummer eins und Fax Nummer zwei bei ihr gewesen, hätte verhindern können, was auch immer dort passiert ist."
„Meinst du? Wenn du Jochen Schempf gewesen wärst, dann hätte eine Frau wie Sibylle am Sonntagnachmittag keine Zeit für dich gehabt."
„Warum?"

„Halt so. Ich habe es ausgetestet, Baggerei ist bei mir ein Selbstläufer, und dass ich es auch bei ihr versucht habe, merkte ich erst an ihrer Reaktion. Sibylle war recht genervt, keine Schäkerei, immer geschäftlicher Umgangston. Ich glaube, sie empfindet mich als penetrant."
Marco warf Jochen einen Seitenblick zu, der antwortete mit einem kurzen Blick und schaute wieder auf die Straße.
„Und wenn ich es anders aufgezogen hätte, weniger penetrant, vielleicht wäre ich, als einfühlsamer Schempf, dann gestern bei ihr gewesen zwischen dem ersten und zweiten Fax. Soll ich mir jetzt auch die Schuld geben? Schuld hat nur der, der bei ihr eingedrungen ist, sie entführt hat, oder ich weiß nicht was. Ich will gar nicht darüber nachdenken."
Er schien keine Antwort abzuwarten, griff zu der Tüte mit Gummibären und warf einen Blick hinein, schmiss den Rest auf die Ablage und sagte dann:
„Ich habe vielleicht ein Motiv."
Marco sah auf: „Ein Motiv?"
„Ja. Ich kenne die Ecke von Geislingen, wo die Bergers wohnen: Regerstraße, Musikerviertel. Wer da ein Haus hat, ist entweder gut situiert, wohlhabend oder reich. Und nichts darunter. Wie die Eltern meines Motorradfreundes Wolfgang. Als die tot waren, mussten die drei Kinder verkaufen, sie konnten sich untereinander nicht ausbezahlen. Erlös pro Nase um die 200 000."
„Darf nicht wahr sein, war das eine Villa, oder was?"
„Nein, ein Haus, und es war nicht mal richtig in Schuss, Zweifamilienhaus aus den 30er-Jahren. Das Grundstück war es. Das Haus ist nämlich auf eine alte Obstwiese gebaut worden. Da konnte man mit Grund richtig klotzen, mit Schafmist und Brombeergestrüpp in der Nachbarschaft. Und aus Schafmist und Brombeergestrüpp wurden in den letzten siebzig Jahren Boutiquen, Praxen und Kanzleien. Innenstadt eben. Dazu gehört auch die Regerstraße 23. Schauen wir mal, was uns da erwartet."

Sie hielten vor einem Zebrastreifen. Eine alte Frau überquerte die Straße von rechts. Von der linken Straßenseite kam ein junger Mann in schwarzer Kleidung und zerrissenen Hosen. Vor sich trug er, wie olympisches Feuer, einen Strauß mit etwa zwei Dutzend orangeroter Rosen und raste an der alten Frau vorbei. Die blieb auf der Straße stehen, starrte ihm hinterher und schüttelte den Kopf. Dann ging sie weiter.
„Wo du hinschaust, immer schüttelt einer den Kopf über die anderen", sagte Jochen und fuhr weiter.
Marco schaute dem jungen Mann hinterher, ohne ihn richtig wahrzunehmen.
„Wenn Haus und Grundstück vergleichbar sind mit dem, was du mir erzählt hast, haben wir ein Riesenmotiv."
„Warum?"
„So wie Berger Senior sich heute Morgen angehört hat, gehört ihm das alles alleine. So wie der drauf ist, verfasst der auch ein Testament, um Ehefrau und leiblichen Sohn soweit wie möglich aus dem Erbe auszuschließen."
„Wir dürfen nur nicht vergessen, dass das Motiv nur funktioniert, wenn die Ehefrau oder der leibliche Sohn von diesen Absichten etwas mitbekommen."
„Ja. Und einer von beiden die Verhältnisse korrigiert."

Sie kamen in ein Viertel, in dem die Straßen nach Musikern benannt waren. Die Häuser hatten zwei Stockwerke mit Dächern nach allen vier Seiten. Die waren ziegelrot oder kupferbraun, manche in neuem Glanz und mit neuen Gauben, andere unter schwarzer Patina. Die Regerstraße war wie die anderen Straßen des Viertels breit und zugeparkt. In Nummer fünfzehn befand sich eine Sozietät von drei Rechtsanwälten mit verschiedenen Namen auf einem Schild aus Messing. Vor Nummer siebzehn war ein Parkplatz frei und Nummer neunzehn hatte einen gepflegten Vorgarten mit englischem Rasen und der Kopie von

Michelangelos David im Gartenformat, auch wenn nicht alles kopiert worden war.
Eine alte Frau stützte sich auf ein Wägelchen und schob sich auf einem Marmorweg zum Hauseingang. Dort saßen auf drei Stufen aus poliertem Granit drei fingerhohe Enten aus weißem Stein. Die Frau bückte sich und stellte die beiden unteren Enten zu der oberen und drehte sie mit den Gesichtern zueinander. Sie schien Marcos Blick in ihrem Rücken zu spüren und drehte sich um. Sie war sehr hübsch und gepflegt, hatte eine glatte Haut, blaugraue Haare und offensichtlich Lust auf ein Gespräch, so wie sie schaute. Marco grüßte und ging weiter, Jochen hinterher.
Die Nummer einundzwanzig hatte kein Dach, sondern blankweiße steile Balken, die spitz aufeinander zuliefen. Auf einem der Balken stand ein Mann in einer schwarzen Kluft. Die Hose hatte einen breiten Schlag, Weste und Jacke waren aus schwarzem dickem Stoff mit weißen Knöpfen, darunter leuchtete ein helles Hemd. Der Mann stand auf dem Holzbalken und rauchte, unter ihm lag tiefe, steile Luft.
Das nächste Haus hatte keine Nummer. Wilder Wein rankte über die Vorderfront. Marco suchte die Pfosten links und rechts des Gartentors nach einem Klingelknopf ab. Er fand nur bröckelnden Putz, und aus dem Putz wuchs links und rechts ein Holzspalier, das einen Bogen über dem Eingang bildete. Halb verwelkte Rosen und Rosenblätter raschelten darin im Wind.
„Es muss hier sein, nebenan ist Nummer fünfundzwanzig", sagte Jochen und schaute zum Dach hoch. Marco folgte seinem Blick. Die Dachziegel waren glatt, mehrfarbig und fleckig und erinnerten an den Schuppenpanzer eines Reptils. Über den Dachfirst ragten drei Tannen, dahinter verloren Bäume, die wie Buchen aussahen ihr weinrotes Laub in den leichten Wind. Es waren viele Bäume auf einem riesigen Grundstück.

Von Haus Nummer einundzwanzig her schallte zu Marco und Jochen Gelächter herüber. Der Mann mit der Schlaghose stand jetzt auf ebener Erde und sprach mit einem Kollegen, der einen schwarzen Schlapphut trug. Jochen ging zu den beiden, Marco folgte. Sie grüßten und die Männer sahen auf.
„Ihnen geht die Arbeit wohl auch nicht aus“, sagte Jochen.
„Kann man wohl so sagen.“
„Wir interessieren uns für das Nachbargrundstück“, sagte Jochen und zog seinen Polizeiausweis hervor, „das da, ist es groß? Von hier aus kann man nicht so viel erkennen.“
„Sehr groß“, sagte der Mann mit der Schlaghose, „aber steigen Sie hoch, dann sehen Sie es selbst.“
Der Akzent des Mannes kam aus Hamburg. Jochen sah zum Dachstuhl hoch und lachte.
„Nein, danke, keine Zeit, ein anderes Mal.“
Die Männer in der Kluft lachten ebenfalls.
„Wie groß ist es ungefähr?“, fragte Jochen dann.
„Zwanzig bis dreißig Ar? Und Bäume wie in einem Park. Aber bei denen ist der Gärtner getürmt, sage ich Ihnen. Wissen Sie warum? Es hat in seine Schlafkammer reingeregnet.“
Die Männer lachten laut über ihren eigenen Witz.
„Mal im Ernst“, sagte der Mann mit dem Schlapphut. Sein Dialekt war aus der Gegend, „das Haus ist wie die anderen hier, doch das Grundstück ist riesig und es ist alles nicht sehr gerichtet da drüben.“
„Verlottert!“, sagte sein Kollege.
Marco und Jochen nickten, bedankten sich und gingen zu Nummer dreiundzwanzig zurück. Jochen öffnete das Gartentor. Ein Quietschen begleitete sie bei ihrem Tritt durch das Rosenspalier. Sie gingen den Weg zum Haus, es waren Natursteine, die zum Stolpern einluden. Ein messingfarbener Klingelknopf neben der Haustüre schellte eine Melodie durchs Haus, doch nichts rührte sich. Jochen hob seinen

Zeigefinger zu einem zweiten Angriff auf die Messingglocke, da ging die Tür einen Spalt auf. Der Spalt wurde breiter, schließlich war die Türe halb auf und gab den Blick frei auf eine Diele, die wie eine Höhle wirkte für die magere kleine Frau, die sich darin versteckte.
„Guten Tag, Frau Berger, ich bin der Herr Schempf von der Polizei Göppingen", sagte Jochen und zeigte seinen Ausweis.
Der Herr Schempf von der Polizei, das hörte sich danach an, als wollte Jochen ganz freundlich die Aufmerksamkeit einer alten Frau gewinnen. Doch die Frau hier war eine Generation jünger, um als alt bezeichnet zu werden, Marco schätzte sie auf Mitte fünfzig. Die Frau schaute auf Jochen und seinen Ausweis, dann ging die Tür ganz auf.
„Das hier ist Herr Fois, mein Kollege aus Heidenheim", sagte Jochen dann.
Sie stand und schwieg und strich sich durch ihre Haare, die wie eine rotbraune Glocke ihren Kopf bedeckten. Der Haaransatz war grau wie ihre Haut.
„Können wir hereinkommen?", fragte er dann.
Sie nickte und trat zur Seite. Dann schloss sie hinter den beiden die Tür, drehte sich um und ging voraus. Ihre Bewegungen waren langsam, aber sicher, sie schwankte nicht und verströmte auch keinen Geruch von Alkohol. Sie folgten ihr durch die dunkle Diele in ein helleres Wohnzimmer. Schwaden eines Dufts aus der Dose durchzogen den Raum, es war etwas wie Blumenwiese oder Meeresbrise, vermischt mit abgestandener Luft. Die Möbel aus den 60er-Jahren waren gepflegter als der Vorgarten, aber nicht gepflegt genug für Möbel dieser Art in solch einem Haus.
Frau Berger stellte sich vor ein einzelnes Sofa und wies ihnen mit ihrem Blick und der rechten Hand einen Platz auf der Couch. Marco und Jochen setzten sich und sahen sich um: Auf einem dunklen Tisch, der Platz für acht Personen bot, lag Staub und wo kein Staub lag, standen Joghurtbe-

cher. Die Becher standen einzeln, manche stapelten sich zu Türmen. Sie waren alle von der Molkerei Krapp. Frau Berger setzte sich ihnen gegenüber und kauerte wie ein Kind, das Schimpfe erwartete.
„Sie sind Frau Renate Berger?“, fragte Jochen und betonte den Vornamen. Sie nickte und hielt den Blick auf dem Boden.
„Und Sie haben einen Sohn, den Yves Martin?“
Sie nickte und schaute auf, in ihrem Blick lag eine Mischung aus Neugier und Stolz.
„Frau Berger, wissen Sie, wo sich Ihr Sohn Yves Martin gerade aufhält?“
Renate Berger schüttelte den Kopf und hielt den Blick. In ihre Augen schlich sich eine Frage, die sie nicht stellte. Zugleich war auch zu spüren, dass sie etwas zu verbergen suchte, dass sie log.
„Ihr Mann sagte, dass Martin möglicherweise in Italien lebt.“
Sie nickte und zuckte mit den Schultern, was ihrem Nicken zu widersprechen schien.
„Und wo könnte Ihr Sohn in Italien leben?“
Sie schüttelte den Kopf und sah wieder auf den Boden.
„Er arbeitet in Italien?“, fragte Marco.
Kaum erkennbar kam ein Nicken als Antwort.
„Es ist nicht so leicht für einen Ausländer, in Italien Arbeit zu finden. Wissen Sie, was Ihr Sohn dort macht?“
„Er ist Designer“, sagte sie und Marco war erstaunt über den schönen, tiefen Klang ihrer Stimme, er widerstand gleichzeitig der Versuchung, Jochen einen Blick zuzuwerfen.
„Das ist gut. Kam er auch immer wieder einmal auf Besuch hierher?“
„Ja.“ Sie sah auf.
„Wann war er das letzte Mal da?“
Die Frau zuckte mit den Schultern und schien wieder jegliche Form der Kooperation zu verweigern.
„Sagt Ihnen der Name Plaschek etwas?“, fragte Jochen.

Renate Bergers Kopf schnellte hoch und ihr Blick schnitt durch die Luft, dann senkte sie die Augen.
„Was sagt Ihnen der Name?"
Sie griff sich mit den Armen um den Oberkörper, schien sich selber halten zu wollen und schwieg.
„Frau Berger, was sagt Ihnen der Name?"
„Das da!", sie zeigte zu einem Hirschgeweih an der Wand über einer rustikalen Anrichte in dunklem Holz.
„Das wurde mir auf dem Kopf zu schwer, da hab ich's einfach abgesägt und da aufgehängt."
Renate Berger fing zu kichern an. „Ich hab mich davon befreit, hab's einfach abgesägt. Abgesägt und aufgehängt, es war auf dem Kopf zu schwer. All diese Hörner."
Ihr Oberkörper bog sich auf der Couch vor Lachen, aber sie hielt sich, als hätte sie Schmerzen im Bauch.
„Frau Berger", sagte Marco, „wussten Sie schon lange von dem Verhältnis von Frau Plaschek zu Ihrem Mann?"
Sie nickte, ohne aufzusehen.
„Aber nicht über Ihren Mann, Sie haben es selber herausgekriegt, nicht wahr?"
Das Kichern war verebbt. Renate Berger atmete tief durch und hob den Kopf.
„Ich habe eine Rechnung gefunden. Von unserem Hotel. Jahrelang waren wir dort im Sommer. Familienurlaub in Südfrankreich. Ich liebe Frankreich, Yves auch und Karlheinz war immer so gelangweilt. Aber vor zwei Jahren, da sehe ich diese Rechnung ‚chambre à deux lits', ein Doppelzimmer. Sie lag ausgerechnet in meinem Reiseführer über die Provence, über den Karlheinz sich immer lustig gemacht hat. Das war ihm zu viel Kunst und Kultur. Jedenfalls war Karlheinz offiziell in der Steiermark beim Wandern und mein Reiseführer war weg. Als er vom Wandern zurückkam, war mein Reiseführer wieder da. Aber die dumme Renate merkt nichts, denkt der Karlheinz, weil er über Renate nichts weiß und nichts wissen will."

Sie stampfte mit dem Fuß auf den Boden.
„Dann lässt er auch noch die Rechnungen drin liegen, weil er denkt, ich sei zu blöd. Kaum schlage ich das Buch auf, fliegt die Rechnung raus. Aber er, er war zu blöd, nicht ich, denn da stand, „chambre à deux lits", das hat ihn verraten, aber das wusste er ja nicht, er kann kein Wort Französisch."
„Warum denken Sie, dass er mit Frau Plaschek da war?"
„In der Rechnung lag eine Quittung. 300 Euro für ein Bild, 50 auf 70. Verkauft an Karin Plaschek. Er ist teuer geworden, der Bruno. Ich habe auch Bilder von ihm, Lavendelfelder in Öl, aber meine waren günstiger und sind größer."
„Wusste Ihr Sohn von der Beziehung Ihres Mannes zu Frau Plaschek?"
Sie schaute auf.
„Warum mein Sohn? Warum fragen Sie immer nach meinem Sohn?"
„Wir brauchen ihn als Zeugen", antwortete Jochen.
„Als Zeugen?"
„Ja, wir ermitteln das Umfeld in einem Mordfall und da kann Ihr Sohn uns vielleicht weiterhelfen?"
„Was für ein Mordfall?"
„Der Sohn von Karin Plaschek, Andreas Plaschek ist tot."
Renate Berger saß wie erstarrt auf dem Sofa und schaute wieder auf den Boden.
„Frau Berger?", fragte Jochen.
Sie hob den Blick. In ihren Augen funkelte Empörung. Sie sprang vom Sofa auf, suchte einen Moment nach dem Gleichgewicht, stellte sich vor Jochen und machte sich dabei so groß, wie es ihr möglich war.
„Wofür halten Sie mich eigentlich?", fragte sie und presste jedes Wort durch ihre Zähne. Jochen sah Marco an und hielt den Mund.
„Die Herren Kommissare, oder was? Sie suchen einen Zeugen? Den werden Sie hier nicht finden, und das wissen Sie

auch, denn Sie suchen einen Mörder. Kommen hierher und fragen mich nach meinem Sohn. Sie wollen mich für dumm verkaufen. Weil der alte Berger mich für dumm verkauft hat, verblödet, er hat richtig die Werbetrommel gerührt für den armen Ehemann, der mit dieser schrecklichen Frau leben muss, nicht wahr? Was war es denn diesmal? Tablettensucht oder Alkoholismus?"

Sie setzte sich wieder und hob den Kopf wie eine alternde Diva, die, seit Jahren in ihren Qualitäten von einem jungen Publikum verkannt, endlich mal wieder die Möglichkeiten eines Auftritts sah.

„Warum der Bedauernswerte mit dieser Frau leben musste? Weil eine Trennung sehr teuer wird, deswegen. Das hat er Ihnen bestimmt nicht erzählt?"

Marco und Jochen schüttelten den Kopf und warteten darauf, dass sie weitersprach.

„Dachte ich mir, wie immer. Aber es ist so: die Mutter von Karlheinz hat kurz nach unserer Heirat das Haus auf ihn überschrieben. Gepflegt habe ich sie dann, als sie alt war. Sechs Jahre und sieben Monate lang. Aber das ist ein anderes Kapitel. Jedenfalls gehören meinem Mann seit 38 Jahren Haus und Grund, 2318 Quadratmeter Bauland. Mir gehört die Hälfte an der Wertsteigerung in den letzten 38 Jahren. Nach der Logik der Zugewinngemeinschaft."

Sie verschränkte die Arme und kostete den Triumph aus, der ihre Worte begleitete.

„Und was gehört Ihrem Sohn?", fragte Jochen.

„Der wird das hier mal erben."

„Sind Sie sicher?"

„Wer denn sonst?"

Die Frage stand im Raum und malte ein riesiges Fragezeichen in die Luft, das größer wurde, anwuchs, vor allem, weil weder Jochen noch Marco sie beantworten konnten oder wollten. Sie schauten nur auf die kleine Frau auf dem Sofa, die sie anstarrte, einen nach dem anderen, mit einem

Blick, der ihre Gedanken verriet, die sich irgendwo zwischen Fassungslosigkeit und Panik einpendelten.
„Wer sonst?“, murmelte sie und zuckte zusammen, als eine Tür ins Schloss fiel und schwere Schritte sich dem Wohnzimmer näherten.

Karlheinz Berger stand im Raum, sah auf die anwesenden Personen und grinste.
„Und, Renate, hast du Besuch, oder was?“
Sie antwortete nicht und strich mit dem Fuß über den Boden.
„Renate!“
Der Fuß hielt inne.
„Karlheinz, die Herren sind von der Polizei.“
„Guten Tag“, sagte Berger, nickte Marco zu und schaute auf Jochen, der sich kurz vorstellte, mit Dienstgrad und Zuständigkeitsbereich, was Berger gar nicht interessierte, er schien gar nicht hinzuhören, sah nur auf seine Frau:
„Und, Renate, hat dir die Polizei gesagt, was sie hier will?“
„Herr Berger, die Polizei hat Ihnen bereits gesagt, was sie hier will“, sagte Marco, woraufhin ihm Renate Berger einen erstaunten Blick zuwarf.
„Und, sind Sie weitergekommen, konnte sie Ihnen denn in irgendeiner Form behilflich sein?“
Karlheinz Berger wies auf seine Frau. Er machte eine Armbewegung, als wollte er seine Hand wegwerfen. Renate sah zu der Essgruppe, hinter der in der Wand eine geschlossene Durchreiche war. Die Tür zu dem Raum dahinter war aber auf. Marco sah von seinem Platz aus die Seite eines großen Kühlschranks glänzen. Renate erhob sich und ging in Richtung Küche.

„Hast du ihnen gesagt, wo er steckt, dein Sohn?", rief ihr Berger hinterher.
Renate blieb kurz stehen. Dann verschwand sie durch die offene Tür.
„Renate, verdammt noch mal, wir reden mit dir, und du haust einfach ab."
Als Antwort ging die Kühlschranktür auf und wieder zu und Marco lauschte, ob er das Glucksen einer Flüssigkeit hörte. Nichts Vergleichbares kam. Renate Berger tauchte auch gleich wieder im Türrahmen auf. Entweder war sie schnell oder sie hatte es sich anders überlegt, oder aber die Aussage ihres Mannes über sie war falsch gewesen.
„Warum suchen Sie meinen Sohn?", fragte sie und schaute die Polizisten mit einem Blick an, der eine klare Antwort einforderte.
„Genau, deinen Sohn", sagte Berger.
Sie überhörte den Kommentar ihres Mannes und wartete auf eine Reaktion vonseiten der Polizisten.
„Wo ist Ihr Sohn?", fragte Jochen.
Renate Berger schüttelte den Kopf und signalisierte mit dem Kinn, den Händen, ihrem ganzen Körper, dass von ihrer Seite keine Mitarbeit mehr zu erwarten war.
„Letztes Jahr im Februar war er da, oder was?", sagte Berger und schaute seiner Frau hinterher, die sich aufs Sofa setzte und die Augen schloss.
„Da hat er nämlich ein Erbe angetreten." Seine Stimme war lauter geworden. Die Augen von Renate Berger gingen auf, ihr Mann trat vor sie und blickte sie an.
„Jawohl, ein Erbe und das weiß meine Frau auch, denn wenn es meine Frau nicht gewusst hätte, hätte es mein Sohn ja auch nicht erfahren, und er hat es erfahren, denn er hat sein Erbe angetreten. Mitnehmen was geht, bei dem Rest ist er wahrscheinlich nicht mehr so sicher."
Den Rest beschrieb Berger mit einer Handbewegung um sich herum.

„Wenn er nicht baldmöglichst etwas tut und auch mal zu mir kommt, wird das bei dem Rest auch passieren, das kannst du ihm ausrichten, liebe Renate.“

Renate Berger schaute ihren Mann an, in ihren Augen lag eine Mischung aus Hass und Wut, die Berger mit einem Lachen quittierte.

„Ich sehe, die Botschaft ist angekommen, also zurück zum Erbe: auf die Idee, dass er für das Ding Grundsteuer zahlen muss, bist du nicht gekommen, oder was?“, fragte Berger, „das ist nämlich einer der Bereiche in der Stadtverwaltung, die in meiner Verantwortung sind“, sagte er zu den Polizisten.

„Um welches Erbe handelt es sich, Herr Berger?“, fragte Jochen.

„Es geht um ein Gartenhaus. Das von Luise Koch, unserer ehemaligen Mieterin. Frau Koch hat seit den 70er-Jahren bei uns im Haus oben gewohnt. Zuerst mit ihrem Mann, aber der starb schon ziemlich früh. Vorher hatten sie in dem Gartenhaus gewohnt, zwanzig Jahre nach dem Krieg. Direkt ein Gartenhaus ist es eigentlich auch nicht, eher ein richtiges Haus, es wurde irgendwann mal hochgezogen mitten im Ackerland, als es noch nicht die strengen Bauvorschriften gab. Über 60 Quadratmeter auf zwei Stockwerken mit Stromanschluss. Wenn es abgerissen wird, darf es nicht nachgebaut werden. Erweitert werden darf es auch nicht, denn dann gibt’s Ärger. Wir hatten erst so einen Fall bei uns in der Gemeinde, da wurde ein Vorbau um 63 Zentimeter verlängert, das war ein Hickhack.“

„Warum hat gerade Yves Martin das Haus geerbt?“

„Frau Koch hat Yves geliebt“, sagte Renate.

„Frau Koch hatte sonst keine Erben“, sagte Berger, „sie war nämlich kinderlos und Martin hat ihr früher oft im Garten geholfen, er hat auch Geld dafür bekommen, da sagte er nie nein.“

„Kann es sein, dass Ihr Sohn in dem Haus wohnt?“

„Kann alles sein, aber warum sollte er? Oder, Renate, warum sollte er?"
„Haben Sie einen Schlüssel zu dem Haus?", fragte Jochen Schempf.
Renate Berger schüttelte den Kopf.
„Bist du sicher?", fragte Berger seine Frau.
Sie zuckte mit den Schultern.
„Warum sollten wir einen Schlüssel haben?"
„Weil wir früher mal einen hatten", sagte Berger.
Berger ging in den Flur zu einem Schlüsselkasten, in dem Schlüssel sämtlicher Größen hingen.
„Ist mir klar, dass du dich bei dem Chaos nicht auskennst. Keiner ist beschriftet."
Berger fingerte an den Schlüsseln herum, griff sich den einen und den anderen und schaute ihn genauer an. Die Schlüssel klingelten in seiner Hand.
„Da bitte, das ist er." Berger legte einen großen Schlüssel vor die Polizisten auf den Tisch. Der Schlüssel hing über eine verrostete Kette an einem abgewetzten Lederbeutel.
„Können wir den haben und die passende Adresse dazu?", fragte Jochen.
„Sicher, ist aber recht schwer zu finden, den Weg muss ich Ihnen zeigen."
„Danke", Jochen griff sich den Schlüssel, „und wer hat die Grundsteuer bezahlt, oder besser, von welchem Konto aus?"
„Yves Martin Berger, Bareinzahlung bei der Post, schlau, was?"
Jochen schwieg für einen Moment und sah zu Renate Berger, die auf den Boden schaute.
„Wir brauchen auch ein Foto von Ihrem Sohn, oder besser zwei, eines von vor zehn Jahren und eines von heute."
„Ein Aktuelles werden wir wohl nicht haben, oder Renate? Hat er dich mit Fotos versorgt? Und ein älteres? Vielleicht von meinem Fünfzigsten? Nein, da war er nicht dabei, da

hat er nicht einmal angerufen, damals. Renate, du hast doch Fotos im Geldbeutel."
„Die sind sehr alt."
„Und? Zeig einfach her."
Renate Berger ging in den Flur und kam mit einem Portemonnaie zurück. Sie öffnete es und kramte in der Seitentasche, ihre Hand zitterte.
„Karlheinz, die Herren ermitteln in einem Mordfall."
„Weiß ich, Renate."
„Du verstehst nicht."
„Ich verstehe sehr wohl und Martin braucht nur aufzutauchen und klarzustellen, dass er mit der ganzen Sache nichts zu tun hat, oder?"
Sie klappte den Geldbeutel zu und gab ihn Berger in die Hand. Der griff sich Fotos aus der Seitentasche und legte sie auf den Tisch, schaute sie durch.
„Da bitte, da haben wir doch eines, Martin mit Anfang zwanzig, das ist rund fünfzehn Jahre her."
Berger gab das Foto Jochen, der es sich ansah und an Marco weiterreichte. Es war ein farbiges Passbild und zeigte einen jungen Mann, der mit steifem Mund ein Lächeln versuchte. Die Augen lächelten nicht mit und wirkten hinter der Brille klein, es war ein altmodisches Brillengestell. Marco gab Jochen das Foto zurück, der steckte es ein und versicherte dabei den Bergers, es so bald wie möglich zurückzugeben.
„Noch eine Frage", sagte er dann. „Hat sich denn Ihr Sohn jemals darüber geäußert, dass man ihm eine Werbeidee gestohlen hat?"
Berger schaute auf.
„Eine Werbeidee gestohlen?"
„Ja", sagte Jochen und griff sich einen leeren Joghurtbecher vom Esstisch.
„Der Deckel für diesen Joghurt hier geht möglicherweise auf einen Entwurf Ihres Sohnes zurück aus der Zeit, als Yves

Martin für die Werbeagentur Heimann gearbeitet hat. Heimann hat den Entwurf an die Molkerei Krapp verkauft."
„Das ist ein Ding", sagte Karlheinz Berger.
Renate Berger schaute ihren Mann und die Polizisten an und sagte nichts.
„Dann hat Martin dafür auch kein Geld gesehen?", fragte Karlheinz Berger.
„Eher nicht", antwortete Jochen.
Renate Berger ging zum Esszimmertisch, sah sich all die leeren Joghurtbecher an, sammelte sie ein und verließ den Raum in Richtung Küche.
„Frau Berger, Ihnen ist nichts bekannt?", fragte Marco. Sie hielt inne, drehte sich um.
„Mir ist nie etwas bekannt. Auf Wiedersehen."
Marco und Jochen erwiderten ihren Gruß und verließen mit ihrem Mann das Haus.

Sie folgten dem Wagen Bergers, der aus der Regerstraße in eine größere Hauptstraße abbog.
„Und, was meinst du?", fragte Jochen.
„Dass ich den Mann auf dem Foto schon einmal gesehen habe."
„Ja, dachte ich auch. Aber dann fielen mir zwei Personen aus meinem Umfeld ein, die eine Ähnlichkeit mit ihm haben, Typ Standardgesicht."
„Wie sieht bitte ein Standardgesicht aus?"
„Ach Marco, du weißt doch, was ich meine."
„Ja, aber ich habe trotzdem das Gefühl, ich hätte ihn schon mal gesehen."
„Ist dir aufgefallen, dass Berger ein ganz nettes Tempo drauf hat?"

Marco sah auf den Tacho. Die Geschwindigkeit war sehr sportlich für eine Begleitung von Polizisten, eine Idee schneller, als zulässig war.
„Stimmt", sagte er, und Jochen zuckte als Antwort auf diesen Kommentar mit der Schulter, setzte sich besser zurecht, als sei er startklar für ein Wettrennen. Das Tempo blieb gleich.
Sie fuhren durch Wohngebiete, ein Neubaugebiet an einem Feld, dann kam das Feld und ein Kiesweg, der über mehrere und kurvige Meter zu einem einzelnen Haus führte. Sie parkten hinter Berger ein und schauten es sich genauer an. Unten war es aus Steinquadern gebaut, der Giebel war holzverkleidet, das Haus war zweistöckig, es war massig für ein Gartenhaus mitten im Ackerland.
„Sie haben ja den Schlüssel", sagte Berger. „Ich schaue mich mal wieder hier um. Wenn Sie Fragen haben, bin ich ganz in Ihrer Nähe."
Jochen nickte und machte die Tür auf, die in eine Küche aus den 60er-Jahren führte, mit einer Spüle, einem Herd und vor allem einem Kühlschrank, wie ihn Marco von seiner deutschen Oma her noch kannte.
„Was für Zeiten, als wir Schwaben noch wussten, was Frauen wünschen", sagte Jochen und nickte zu den Elektrogeräten hin, während er seine Finger in die dünne Haut von Handschuhen schob.
„Was?"
„Vergiss es, das war was aus der Werbung in meiner Jugend, da warst du in Italien."
„Ich war auch hier", antwortete Marco und folgte Jochen in den Raum hinter der Küche. Der Raum war schmal wie eine Toilette. Er enthielt ein Waschbecken und ein Einbauregal aus Holz mit einer türgroßen Aussparung, die ins Wohnzimmer führte oder in den Aufenthaltsraum oder Schlafraum, jedenfalls ins einzige Zimmer im Haus. In der linken Ecke stand dort eine Eckbank mit Tisch und Stüh-

len, Platz für sechs Personen. Gegenüber befand sich ein Sofa mit einem dunkelrosa Überzug und drei Sitzflächen, von denen zwei aufgrund einer vorstehenden Sofafeder nicht mehr als solche benutzt werden konnten. Überall im Haus roch es nach Feuchtigkeit und Moder. Jochen stellte sich vor einen ockerbraunen Schrank mit einer Vitrine aus geriffeltem Glas, über das er mit dem Finger fuhr.
„Bisschen alt, aber als Behausung möglich, all das hier", sagte er.
„Hast du ein Klo gesehen?", fragte Marco.
„Da draußen halt, fällt doch bei dem Schafmist gar nicht auf, oder?"
„Im Prinzip müsste so ein Haus eine Sickergrube haben."
„Mit der fangen wir jetzt aber nicht an, oder?"
„Nein, ich mache mich mal an die Küche."
„Wir müssen nachhaken, auf wen der Strom läuft und wie er bezahlt wird."
„Ja, Jochen, Wasser und Strom und Plumpsklos und Stöpsel."
„Hä?"
„Nur so."
Jochen suchte die Schalter und drehte das Licht an. Damit sie ein bisschen klarer sehen konnten, zumindest was die Lichtverhältnisse anbetraf.
„Und?", fragte Jochen und trat in die Küche.
„Haarscharf verfehlt, nicht lange her, dass er hier war, oder dass jemand hier war. Dieser jemand ernährt sich wie ich, italienisch", sagte Marco und machte die Kühlschranktür auf: Eine Tüte Milch, eine Tüte Kaffee, Salami, Parmesan, Antipasti in Gläsern.
„Vollmilch, noch vier Tage haltbar, eine offene Espresso-Tüte im Kühlschrank."
„Und sonst?"
„Alte Gläser, altes Geschirr, ein paar Langzeitvorräte, nichts von Bedeutung. Und drüben?"

„Da weht der Geist der alten Frau, der das einmal gehört hat, Bücher, Möbel, Einrichtung, alles. Die Schubladen und Regale habe ich noch nicht ganz durch. Ach ja, eines ist anders, neuer, oder moderner, das Bild an der rechten Wand hinter der Tür."

Marco schaute sich an, was Jochen meinte: es sah aus wie das Kolosseum in Schwarz-Weiß, es war aber nicht das Kolosseum, es sah ihm nur täuschend ähnlich, eine Radierung oder so etwas in einem silberfarbenen Rahmen unter der „Il colosseo" stand.

„Ein Hinweis auf den Wohnort von Yves Martin Berger? Rom?", fragte Jochen.

Marco schüttelte den Kopf.

„Nein, das ist nicht das Kolosseum. Das Kolosseum hat ein viertes Geschoss, das anders aussieht als die unteren drei, und das hier hat nur drei gleichmäßige Geschosse. Oder Kreise, Ringe?"

„Aha, wieder was gelernt."

„Wenn du mich fragst, sieht es auch nicht einmal nach Architektur aus, eher nach Arbeit, irgendetwas aus der Industrie. Aber du hast recht, es lässt zunächst an das Kolosseum denken, und es ist ein Kunstwerk, das ist schon eigenartig."

Sie suchten weiter, wussten selbst nicht richtig wonach, obwohl das jemand wie Jochen nie zugeben würde. Sie durchwühlten Schubladen, suchten Geheimfächer, fanden nichts außer ein paar vergilbten Kreuzworträtseln, in die Buchstaben gemalt waren, die an die Sütterlinschrift erinnerten.

Schließlich stellte sich Marco ans Fenster und schaute in die Dämmerung. Die Kontur eines Mannes näherte sich aus der Ferne auf dem Feldweg dem Haus, entfernte sich, die Bewegung war nicht klar erkennbar. Es war sicher Vater Berger da draußen.

Jochen schien mit der Arbeit fertig, ihm waren offensichtlich die Ideen ausgegangen, wo man noch ansetzen konnte. Marco ging es auch nicht anders, und sie waren sich einig,

dass das Gartenhaus kein Unterschlupf war, kein Versteck, sondern eine Bleibe, ein Aufenthaltsort.
Marco dachte nach, wo er nachhaken könnte und strich mit dem Finger über die Tischdecke aus orangefarbenen und braunen Karos, die so sehr nach den 70er-Jahren aussah, und, abgewetzt wie sie war, sicherlich auch aus der Zeit stammte. An manchen Stellen bröckelte die Beschichtung ab.
Er hielt inne, dann zog er den Teil der Decke, der den Tisch hinunter hing auf die Tischplatte und pfiff durch die Zähne, als eine Schublade sichtbar wurde. Wie blöd muss man eigentlich sein, wenn man da nicht gleich draufkommt, dachte er und rief Jochen zu sich. Er zog die Schublade hin und her, die klemmte und sich erst nach einigen Versuchen öffnen ließ. Zusammen schauten sie auf den Inhalt:
Gelbe Gartenhandschuhe aus leichtem Stoff, braune Untersetzer aus zusammengenähten Bastringen, eine volle Schachtel Zigaretten einer deutschen Marke, aus der Zeit als eine Packung noch vier DM kostete und eine Zündholzschachtel. Ganz hinten in der Schublade lag ein Stück Papier, ein Merkzettel in Rosa, oder besser in Pink, in sattem knalligem Pink mit einer Schrift, die nicht vergilbt war, Marco griff sich den Zettel und las vor:
„Butter, 2 Milch, 2 Himbeertöpfchen, 1 Salat, Cocktailtomaten, Holzkohle und Anzünder, Fleisch: Schweinebauch oder Nackensteaks, 1 Scheibe Hähnchenfleisch. Also, wenn du mich fragst, ist das ein Einkaufszettel für einen Grillabend."
Jochen schien in die Höhe zu hüpfen und schnappte sich das Stück Papier, las es durch, schüttelte den Kopf, las wieder.
„Verdammt noch mal Marco, das ist der Einkaufszettel vom Heimann, dem Mann von der Sibylle."
„Was?"
Jochen schaute nochmals auf den Zettel und setzte sich auf die Kante der Eckbank. Er nickte und sein ganzer Körper schien zu vibrieren.

„Ja, das ist die Einkaufsliste von Thomas Heimann, und dieser Zettel liegt bei uns in den Akten samt grafologischem Gutachten. Blauer Kuli auf pinkfarbenem Papier und diese Schrift. Jetzt liegt das Ding hier. Ich glaub ich spinne."
„Bist du sicher, dass es dieselbe Liste ist?"
„Ich schwör's dir. Ich habe den Zettel heute Morgen erst noch in der Hand gehabt, samt Akte Heimann. Knallrosa Papier, Grillen und Himbeertöpfchen. Ich habe mich heute Morgen erst wieder geärgert. Dieses Zeug, Fruchtjoghurt mit einem Schuss Sahne. Das war in meiner Ehe der krönende Abschluss eines Grillabends zu zweit. Nix Schweinebauch nach Schweinebauch. Ab, gute Nacht, alleine. Pff."
Jochen legte den Zettel auf den Tisch und tippte eine Nummer auf seinem Handy ein.
„Hei Conny. Ich brauche etwas von meinem Schreibtisch, Akte Heimann ... siehst du es? ... Ja, genau, da liegt gleich am Anfang ein knallrosa Zettel drin ... ja, richtig, kannst du mal vorlesen, was draufsteht?"
Jochen lauschte, nickte, lächelte, dankte seiner Sekretärin und klappte sein Handy wieder zusammen.
„Wie ich sagte, dieselbe Reihenfolge wie hier, den Zettel gibt es also zwei Mal."
„Als Original und als Kopie", sagte Marco.
„Und was meinst du, was haben wir hier? Das Original oder die Kopie?"
Marco dachte nach und drehte seinen Kopf zum Fenster. Vater Berger stand jetzt im Garten und hantierte an einer Wasserpumpe. Die Bewegungen der Pumpe sahen nach Quietschen aus, doch im Gartenhaus hörte man nichts. Marco schaute auf Vater Berger und drehte sich um.
„Da hat euch jemand verdammt gelinkt, oder sagen wir besser, deinen Vorgänger, der den Selbstmord Heimanns untersucht hat", sagte er und klopfte mit zwei Fingern einen Takt auf die Fensterbank.

„Ich denke, derjenige, der uns gelinkt hat, heißt Yves Martin Berger, wetten?“, sagte Jochen.
„Ich glaube nur nicht, dass er den Grafologen gelinkt hat“, antwortete Marco.
„Hm?“
„Der Zettel hier, das ist das Original, den hat der Thomas Heimann geschrieben. Bei euch liegt die Kopie, die der Täter angefertigt hat.“
„Eben, so und nicht anders.“
„Ja, er hat andere offen rumliegende Schriftproben im Haus auch kopiert und ausgetauscht.
Dann ist die Schrift wirklich identisch, was der Grafologe bestätigen konnte. Also: alle Schriftproben stammten nicht von Heimann, sondern vom Täter, der sich irgendwie Zugang zum Bauernhof verschafft hat. Nicht einmal Sibylle hat erkannt, dass es nicht die Originalschrift ihres Mannes war. Stutzig wurde sie nur wegen diesem Wort, dieses falsch eingesetzte Kosewort.“
„Ja, das erklärt es, nur so“, antwortete Jochen und ging zur Tür, „komm, wir greifen uns mal Vater Berger.“

Karlheinz Berger lehnte an einem Bretterzaun, der nach dem Gewicht, das er trug, stabiler war, als er aussah. Der Zaun bestand aus zwei parallel laufenden Brettern, die morsch und bemoost waren und den Garten mehr symbolisch als wirklich von den Feldern ringsherum abgrenzten. Er umzäunte am hinteren Teil des Grundstücks eine Gruppe aus drei Bäumen mit lederartigen Blättern, die sich in ihrer Spitze zu kleinen Krallen bogen. Sie waren unterschiedlich groß und wirkten wie eine Familie von Zimmerpflanzen, die aus dem warmen Wohnzimmer vertrieben worden war. Davor lagen mehrere Häufen aus tiefbrauner Erde, die einmal Blumenbeete gewesen sein mochten, und jetzt wie lange Maulwurfshäufen aussahen oder auch wie ein kleiner Friedhof. Berger erhob sich und kam ihnen entgegen. Er folgte Marcos Blick zu den Erdhäufen und lachte auf.

„Nicht da, sondern hinter dem Haus, da liegt der eigentlich Hund begraben."

„Wie bitte?", fragte Jochen.

„Hermann, gestorben 2001."

„Wer ist bitte Hermann?", fragte Jochen.

„Ein Pudelmischling, ich bin gerade vorhin an seinem Grab vorbeigekommen. Mit Grabstein, 1987 bis 2001. Ist ganz nett alt geworden für einen Hund. Das Loch habe ich damals für Frau Koch ausgegraben, Martin war da schon lange weg, auswärts."

Jochen nickte und zog den pinkfarbenen Zettel aus seiner Jackentasche.

„Herr Berger, haben Sie diese Schrift schon einmal gesehen?"

„Nein."

„Wissen Sie, ob Ihr Sohn Schriften kopieren konnte?"

Berger schaute zuerst auf Jochen, dann auf Marco, dann schüttelte er den Kopf.

„Wie kommen Sie denn darauf?"

„Ermittlungen."

„Sie meinen Schriften fälschen, oder was? Und wenn ich Ja sage, dann ist er für Sie ein Mörder?"

„Wir sprachen vom Kopieren, und wenn Sie Nein sagen und Ihr Sohn kann doch Schriften nachmachen, dann kriegen wir das sowieso raus, braucht dann nur länger", antwortete Jochen.

Berger seufzte.

„Mein Gott, da kommt alles raus. Ja, das war der Grund für unser Zerwürfnis, Martin hat mal einen Scheck von mir ge-

fälscht, es war nicht viel Geld, aber das war der berühmte letzte Tropfen, der Vaters Fass zum Überlaufen brachte."
Die beiden Polizisten schwiegen, Berger sah sie an.
„Was hat das alles mit Ihren Ermittlungen zu tun?"
„Wir haben den dringenden Verdacht, dass Ihr Sohn in einen Fall hier im Göppinger Raum verwickelt ist", antwortete Marco.
„Göppingen? Wie verwickelt und welcher Fall?"
„Ein Selbstmord, der gar keiner war und ein gefälschter Abschiedsbrief."
„Den mein Sohn geschrieben haben soll, oder was?"
„Wir verfolgen jede Spur, Herr Berger."
„Wer war der Selbstmörder?"
„Der ehemalige Chef Ihres Sohns, der Inhaber der Werbeagentur für die Yves Martin vor über zehn Jahren gearbeitet hat. Für die hat er möglicherweise damals den Joghurtdeckel der Molkerei Krapp entworfen."
„Verstehe", antwortete Vater Berger, „hier winkt ein dickes und nettes Motiv für einen Mord, oder? Die Geschichte von vorhin? Nicht nur, dass Martin beschissen wurde, wenn es wahr ist, wie Sie es erzählt haben, nein, dieser Beschiss macht ihn jetzt zum idealen Verdächtigen. Aber Ihre Logik passt nicht, meine Herren. Gesetzt den Fall, Martin hat den Joghurtdeckel entworfen, ja glauben Sie denn, er schaut über zehn Jahre lang zu, wie andere mit seiner Idee Geld machen? Nein, Martin hätte in seiner Geldgier sämtliche Anwälte mobilisiert, die ihm hätten helfen können."
„Sagen wir es mal anders, Martin hat über zehn Jahre lang an diesen Entwurf gar nicht mehr gedacht. Er hat über zehn Jahre lang gar nicht mitbekommen, dass Krapp seinen Entwurf verwendete, weil er in der Zeit im Ausland war? Im Frühjahr diesen Jahres kam er nach Deutschland zurück, nach all den Jahren, weil er dieses Häuschen hier geerbt hatte. Da sieht er die Joghurts bei seiner Mutter

herumstehen, geht zu seinem ehemaligen Chef und will Geld, nur der Heimann hat kein Geld und da ..."
Berger schnaubte Jochen ins Wort.
„Ich sage Ihnen eins, ich halte nicht viel von meinem Sohn, aber ich halt ihn nicht für einen Mörder. Ich werde in Zukunft meine Klappe halten, ich spreche mit Ihnen nur noch über meinen Anwalt."
„Das ist Ihr gutes Recht, Herr Berger."
„Und ich werde von diesem Recht Gebrauch machen, auf Wiedersehen, die Herren."
Berger riss die Tür seines Wagens auf, dann knallte er sie zu, wendete auf dem Grasstück und fuhr davon. Marco und Jochen blieben. Sie hatten beide das Gefühl, dass das Gartenhaus noch weitere Überraschungen bergen konnte. Es war einen Versuch wert.

Nach fünfzehn Minuten gründlicher Suche fanden sie einen Stapel mit Fotos vom September 1999, die sie in einem Groschenroman im Regal fanden. Auf den Fotos waren prächtig blühende Blumen vor dem Gartenhaus, eine alte Frau, Äpfel auf dem Baum, geerntete Äpfel in einem Weidenkorb, ein Bild mit einem jungen Mann, der wohl Yves Martin Berger sein musste, das konnte man abklären. Interessant waren Landschaften der Schwäbischen Alb, ein Steinbruch oder eine Felswand mit weißem Jurastein, dann ein Albtal mit dem Symbol für ein Naturschutzgebiet im Vordergrund und etwas Unergründlichem im Hintergrund, was nach Wasser aussah. Des Weiteren ein schwarzes Schild vor einer Felsformation und dem jungen Mann daneben. Marco erinnerte Jochen daran, dass Yves Martin nach Aussage des Vaters Germanistik und Geografie studiert hatte

und dass damit sein Interesse an den geologischen Besonderheiten der Schwäbischen Alb erklärt werden könnte.
„Vielleicht versteckt er sich in einer Höhle“, meinte Jochen.
„Egal wie, wir müssen die Fotos einem Experten zeigen, vielleicht gibt es an einer der Stellen dort ein ganz schlaues Versteck, das unser Geologe Martin Berger seit Jahren kennt?“
„Gut. Machen wir hier dicht, was nehmen wir sonst noch mit?“
„Das Kolosseum“, antwortete Marco und griff sich das Bild vom Haken, er drehte es. Auf der Rückseite klebte ein Kalenderblatt vom März 1998 mit der Darstellung von Osterglocken, es war die Kopie eines Aquarells. Vier lange Streifen Tesafilm befestigten es am Holzrahmen und versperrten den Blick auf das Innere des Rahmens, die Rückseite der Radierung. Für das Alter des Kalenderblattes sah der Tesa neu aus, nicht vergilbt, sondern nagelneu. Er löste sich leicht vom Holzrahmen und gab ein Versteck frei.

Marco drehte den deutschen Personalausweis in der Hand. Er schaute auf das Foto, das Gesicht, das er im Bilderrahmen gefunden hatte. Es war der Mann, den sie den Münzenaufsammler genannt hatten.
„Der Name hört sich irgendwie polnisch an“, sagte Jochen.
„Wir waren so verdammt nah an ihm dran.“
„Vor allem war er an Sibylle dran und daher auch an uns, als wir in der Jazz-Mühle auftauchten.“
„Der hat bestimmt auch was von unserem Gespräch mitgekriegt, möglicherweise hat er hinter uns länger in seiner Börse gekramt, dann lässt er die Münzen fallen und denkt, wir reden weiter und er kriegt noch mehr mit. Aber ich bin aufgestanden und ich habe ihm geholfen und habe die Möglichkeit, uns zu belauschen verkürzt.“
„Wenn hinter uns was frei gewesen wäre, hätte er sich bestimmt da niedergelassen.“

„Er stand auch längere Zeit an der Theke, nicht so weit weg von Sibylle und hörte der Musik zu."
„Ja. Jedenfalls weiß ich noch, dass ich mich gefragt habe, warum diese blassen Typen ihre Haare kohlrabenschwarz färben müssen, wenn es ihnen erstens nicht steht und man zweitens die künstliche Farbe auf einen Blick erkennt."
„Jetzt wissen wir es, Jochen. Er wollte anders aussehen als früher, sonst hätten wir ihn vielleicht auch gleich auf dem Foto bei seiner Mutter als unseren Münzensammler erkannt. Ich weiß nur nicht, warum uns auf dem Foto von Mutter Berger nicht sein Pferdegebiss aufgefallen ist."
„Keine Ahnung. Dafür haben wir ihn auf dem gefälschten Personalausweis erkannt, Yves Martin Berger alias Robert Kawa, dasselbe Lächeln, aber diesmal keine Brille und dunkle Haare. Wenn er auch noch zum Zahnarzt gegangen wäre, hätten wir uns schwer getan. Scherz beiseite. Yves Martin Berger besorgt sich im Frühjahr 2012 eine falsche Identität auf den Namen Robert Kawa, Gültigkeit des Personalausweises bis zum 2.4.2022. Dieser Robert Kawa ist laut Ausweis am 24.2.1974 in Geislingen geboren, er ist 184 Zentimeter groß und hat grüne Augen. Adresse ist Kräutergarten eins in Geislingen, hier, im Gartenhaus. Frage: Warum brauchte Martin Berger damals einen falschen Namen?"
„Um das Ding mit Heimann zu drehen", antwortete Marco auf die Frage, die gar keine war.
„Genau. Danach hat er die Witwe verfolgt, muss ihr wie ein Schatten hinterher gewesen sein, und warum? Weil sie ihm klargemacht hat, dass sie was herausgefunden hatte gegen ihn, dass sie verstanden hat, dass er am Tod ihres Mannes schuld war, oder mehr noch, dass er ihren Mann umgebracht hat."
„Ja, und dann sieht er uns, in diesem Jazz-Haus und kriegt Panik, er sieht die Verbindung hergestellt zwischen dem Fall Heimann mit meinem Fall Andreas Plaschek, Heidenheim. Der auch auf sein Konto geht, irgendwie."

Sie standen da und nickten sich zu mit einer gewissen Zufriedenheit, die diese Erkenntnisse und Neuerungen in dieser kurzen Zeit mit sich brachten, verließen das Gartenhaus und besprachen die weitere Vorgehensweise. Doch sie wussten beide, dass die Zeit drängte.

Der Motor seines Wagens lief, die Fahndung nach Berger lief. Und doch lief nichts, solange Berger mit Sibylle da draußen war, ganz in der Nähe oder möglicherweise schon weit weg. Und er, Hauptkommissar Marco Fois, fuhr zu seinen Mitarbeitern nach Heidenheim zurück. Alles, was er aus Geislingen mitbrachte, waren ein paar Fotos mit Blumen von einem Ausflug in die Wacholderheiden und Trockentäler der Alb anno 1999. Er brachte sie nicht einmal mit. Jochen schickte sie aus Göppingen, eingescannt per E-Mail. Die Zeit eilte.

„Schaut schon einmal drauf, bis ich da bin. Vielleicht fällt euch was ein. Wir suchen das Versteck eines Mörders, der eine Frau bei sich hat", hatte er die Kollegen in Heidenheim instruiert.

Wir suchen auch hier in der Gegend, macht das nicht Sinn, fragte er sich. Für jemanden, der sich geologisch auskennt, gibt es Höhlen genug. Ich, Kommissar Marco Fois, hätte da noch so einen Ludger Mauch, der war mein Nachfolger bei Pupis Mutter. Ich hätte auch Pupi, Corinna selber, aber die geht nicht an ihr Handy. Es läuft, Leute, sag ich ja, mit Marco Fois läuft es, mit so einem Chef läuft alles, auch Berger, der Mörder, der läuft über alle Berge. Marco fuhr und konnte kaum gegen das Gefühl der Ohnmacht ankämpfen, gegen das Gefühl, versagt zu haben.

Die Höhen der Alb zogen wie Laufbänder einer dunklen Existenz an ihm vorbei. Wie Schatten. Und ein Schatten

hatte seine Farbe, seine rote Farbe, und wir haben Bernd Meier ausgelacht. Obwohl der von Anfang an am nächsten dran war, er war auf der richtigen Spur. Alizarin. Krapp. Rot. Alles hat Bestand, alles macht Sinn.
Die Nacht war richtig dunkel geworden. Dort draußen geschieht etwas, und es war noch nicht vorbei. Aber Schluss jetzt, ich komme nicht immer zu spät. Ich werde nicht zu spät kommen. Diesmal nicht.
Hinter einer Kurve tauchte ein Schild auf. Es zeigte den Weg nach Gerstetten und Heldenfingen. In einer Straßenbucht hinter dem Schild hielt Marco an und dachte nach. Die Ortsnamen, sie sagten ihm etwas, im Zusammenhang mit all dem, was da gerade geschah.

Es war ein milder Abend für Ende Oktober. Die späte Dämmerung war einer mondhellen Nacht gewichen und trockene Blätter raschelten an Bäumen, die ihr Laub nicht abgeben wollten. Jochen Schempf stieg in seinen Wagen und zog sein Handy aus der Jackentasche. Er drückte die erste Nummer aus dem Verzeichnis unter dem Buchstaben M. Der Klingelton an seinem Ohr gab als Echo Musik von sich und Licht von der Ablage über dem Handschuhfach. Tatsächlich, da lag Marcos Handy, über einem Palmenstrand im Miniformat leuchtete „Jochen ruft an".
„Scheiße, der hat sein Handy hier liegen lassen."

Das gelbe Hinweisschild mit den Ortsnamen Gerstetten und Heldenfingen. Marco erinnerte sich wieder. Heldenfingen bei Gerstetten. Und ein schwarzes Schild, das auf ein altes Meer hinweist und auf irgendetwas mit fossilen Löchern. Wenn man keine Fantasie hat und die Löcher nicht sieht, hatte Pupi gesagt. Sie hat mich ärgern wollen. Recht hat sie, ich habe selber Löcher im Kopf. Aber ich fahre jetzt da hin. Verlieren kann ich sowieso nichts mehr. Für Berger waren diese Steine immerhin so wichtig, dass er sich da-

vor hat fotografieren lassen. Vielleicht gibt es dahinter eine Höhle, ein Versteck? Vorausgesetzt es gibt so viel Licht, dass man etwas erkennen kann.
Marco legte hinter dem Ortsschild den Rückwärtsgang ein und setzte bis zur Abzweigung nach Gerstetten zurück. Er bog ab und folgte dem Licht seiner Scheinwerfer durch den Wald. Er fuhr und fuhr, dann lichteten sich die Bäume. Der Mond streute ein blasses Licht über die nächtlichen Felder. Marco verlangsamte die Fahrt, parkte seinen Wagen auf einem Kiesweg, stieg aus und trank Wasser aus der Flasche im Fach der Wagentür. Er stellte die Flasche zurück und zog seine Jacke an. Kalte Luft stieg aus den Feldern auf, und Marco sah auf einen Feldweg auf der Alb, der sich in die Dunkelheit zog.
Alles unbekanntes Land in der Nacht. Niemandsland und doch Jedermannsland. Alle waren sie hier, über Jahrtausende waren sie hier. In den Höhlen, in den Tälern, auf den Kuppen und zwischen den Steinen. Eiszeitjäger, Kelten, Römer. Waren da und zogen weiter. Weg von diesen armen Äckern, die ihr Wasser in die karstige Tiefe verloren.
Marco bückte sich und berührte die Erde neben dem Feldweg. Er nahm sie in die Hand und ließ sie durch seine Finger rieseln. Zurück blieben immer Steine. Steine hatte die Alb genug. Die Not der Äcker. Arme Äcker, arme Bauern. Doch Not machte erfinderisch. Auch mit Steinen kann man Geld machen. Kalksteine und Zementwerke. Steinbrüche.
Marco hielt den Atem an, ein Bild war in seinen Kopf eingeklickt, ein Bild ohne Umriss und er rührte sich nicht, weil er es halten und erkennen musste. Es war wichtig, wesentlich. Steinbruch. Die weiße Landschaft der Steinbrüche auf der Alb. Mein Vater hat sie geliebt, weil ihn die Felsen an das sardische Hochland erinnerten. Wir hatten unseren Lieblings-Steinbruch, in dem man grillen konnte. Wir Kinder liebten das. Cava. Andiamo alla cava. Gehen wir zum Steinbruch.

Das war es, er hatte den Gedanken fassen können. Cava wie Kawa. Robert Kawa. Verdammt, das ist nicht polnisch, das ist überhaupt nicht polnisch. Marco ging zu seinem Wagen zurück, stieg ein und fuhr los, der Idee hinterher, die ihm gekommen war.

Jochen Schempf war unterwegs. Er telefonierte mit dem Präsidium in Heidenheim.
„Ist er immer noch nicht da? Dann wird er jede Minute bei euch eintrudeln, wenn er sich nicht verfahren hat. Vielleicht hat er unterwegs auch eine Frau kennengelernt?"
„Typisch Jochen."
„Genau, Pia, die Sprüche, wie immer, aber du magst sie doch, oder?"
„Nicht nur die Sprüche."
„Wow, darf ich hoffen, oder hast du deinen Typi noch?"
„Ich habe ihn noch, aber ich gebe dir Bescheid, falls ich es mir mal anders überlege."
„Danke, gibst du mir auch Bescheid, wenn Marco eintrifft? Oder er ruft mich an?"
„Auf jeden Fall."
„Vorab aber noch eine Info: Einer meiner Mitarbeiter war gerade bei den Bergers. Auf den Fotos von dem Ausflug, das sind tatsächlich der Martin Berger und die Luise Koch, also die alte Frau, die dem Berger das Gartenhaus vererbt hat."
„Ja, wissen wir, Marco hat uns vom Gartenhaus aus ja schon informiert."
„Also gut. Jedenfalls hat der Martin Berger die Frau Koch anscheinend öfters auf einen Ausflug mitgenommen. Vielleicht hat er gar schon auf eine Erbschaft spekuliert? Hat ja dann auch geklappt."

„Wissen die Eltern was über ein Versteck, eine weitere Unterkunft?"
„Die wissen nichts oder wollen nichts wissen. Vater Berger hat jetzt sowieso den Spieß umgedreht. Er hat fast nicht mit meinem Mitarbeiter gesprochen und vorher, bei Marco und mir im Gartenhaus, da hat er so richtig geplaudert."
„Naja, er will seinen Sohn halt nicht reinreiten?"
„Hat er aber schon. Weißt du, das ist so ein impulsiver Typ, der denkt nicht darüber nach, was er sagt, oder er denkt erst hinterher drüber nach."
„Ach, gibt es so was bei Männern auch?"
„Pia!"
„Ja?"
„Nichts. Außer ... ist Marco immer noch nicht da?"
„Nein, ich sehe sein Auto noch nicht auf dem Parkplatz."
„Der braucht doch nicht mehr als eine Stunde? Weißt du was? Ich bring euch das Handy selber nach Heidenheim, ich fahre die Strecke, die Marco gefahren ist."

Kawa. Steinbruch. Der Name war ein Hinweis. Ein Hinweis auf einen Ort, auf ein Versteck. Ein Hinweis, den man nur mit Italienisch entschlüsseln kann. Nicht schlecht. Scheint sich seiner Sache sehr sicher zu sein, wenn er auf diesem Niveau spielt, der Martin Berger. Nein, sicher gewesen zu sein, denn wir haben ihn in dieser Sicherheit gestört. Ein Steinbruch. Nur wo, verdammt noch mal? Steinbrüche gibt es auf der Alb viele. Es muss ein verlassener Steinbruch sein, sonst ist es kein Versteck. Verlassene Steinbrüche gibt es auch genug. Ich muss HB fragen, der kennt sämtliche Steinbrüche auf der Ostalb, schon wegen der Botanik. Pflanzen suchen, Heilkräuter.

Marco suchte sein Handy. In der Jacke, in der Hosentasche, im Handschuhfach. Nichts. Dann liegt es noch in Jochens Wagen. Da habe ich noch versucht, Corinna zu erreichen. Marco klopfte sich mit dem rechten Handballen an die Stirn. Löcher im Kopf, wie gehabt. Aber die Löcher und das fossile Meer in Heldenfingen kann ich mir jetzt zumindest sparen. Wir suchen einen Steinbruch.
Und ich fahre jetzt gleich ins Präsidium. Da kann ich veranlassen, dass wir Steinbrüche abklappern. Er machte den Motor an und folgte dem Weg, den er gekommen war auf die Landstraße nach Heidenheim zurück. Ich werde wieder versuchen, Pupi zu erreichen und vor allem HB anrufen.
Ja, HB. Das war eine Klettertour in dem Steinbruch, den er sich diesen Sommer in den Kopf gesetzt hatte. Weil er da irgendwelche Pflanzen fotografieren wollte. Den habe ich zu den Terrassen von dem alten Steinbruch hochgeschoben und gezogen. Schön war es da oben. Im Egautal. So ein verlassener Steinbruch, von der Natur zurückerobert, das hat was. Naja, in vierzig Jahren kann da auch einiges zuwuchern. Aber es muss ein riesiges Werk gewesen sein, der Vater von HBs Schulfreund hatte da noch gearbeitet. Als der Steinbruch dicht gemacht hat, da hat die Härtsfeldbahn einen wichtigen Kunden verloren. Sie hat dann irgendwann den Verkehr eingestellt, aber jetzt dampft sie ab und zu als Museumsbahn. An dem Sonntag damals auch.
Die sollten ab und zu auch mal vorführen, wie in so einem alten Steinbruch gearbeitet wurde, das war schon irre damals, hatte HB gesagt, aber jetzt haben die nur noch so eine alte Schraube da unten rumliegen, die früher mal zur Materialförderung gehörte, das ist alles.
Was rastet, rostet, hatte er gesagt und auf so einen Ring gezeigt, der vor der ersten Wand des Steinbruchs stand. Ein Ring, eine Schraube, irgendetwas, das aus Stahl und aus Kreisen bestand, rostbraunen, rostroten Kreisen. Einer über dem anderen. Drei an der Zahl. Drei Geschosse, wie beim Kolos-

seum im Gartenhaus, das kein Kolosseum war, sondern nach Industrie und Arbeit aussah. Das gibt es nicht, ja. Der Steinbruch von diesem Sommertag ist Bergers Steinbruch. Hinter Dischingen im Egautal. Marco spürte einen Rausch in seinem Kopf, er gab mehr Gas. Er fuhr schneller, als er durfte.

Um 19.45 Uhr legte Jochen das Handy, das er vergeblich angerufen hatte, auf den Schreibtisch seines Besitzers.
„Ich verstehe das nicht, da ist keine Umleitung, kein Stau, kein Unfall. Eine Schnellstraße über Land, ich bin super gut durchgekommen."
„Beunruhigend", sagte Bernd Meier.
„Die Corinna ist auch nicht erreichbar, und nicht einmal eine Mailbox hat sie drin", sagte Pia.
Die Tür ging auf und Henning trat in den Raum.
„Schon da? Grüß dich. Von Marco keine Spur?"
Jochen klopfte Henning auf die Schulter und schüttelte den Kopf.
„Sein Onkel geht auch nicht ran, das ist die reinste Verschwörung", sagte Henning.
„Und dieser Ludger Mauch, dieser Hobby-Geologe, von dem Marco mir erzählt hat?"
„Kein Anschluss unter dieser Nummer, obwohl er im neuen Telefonbuch steht", sagte Pia.
Jochen schüttelte den Kopf.
„Verdammt noch mal."
Die Kaffeemaschine lief. Der Duft von frischem Kaffee und Stille schwebten durch den Raum.

Marco fuhr durch Fleinheim und über Dischingen ins Egautal. Er hielt auf dem Wanderparkplatz, den er vom

Sommer her kannte. Die Scheinwerfer seines Wagens beleuchteten ein Schild, das Auskunft über die Köhlerei auf der Alb gab.
Ja genau, hier war ich mit HB, und da hinten geht es zum Steinbruch weiter. Da war was los, an dem Sonntagnachmittag. Wir hätten fast keinen Parkplatz bekommen. Ausgerechnet, als wir zum Steinbruch wollten, gab es das Köhlerfest im Wald. Mit Grillfleisch auf selbst hergestellter Kohle. Das hat geduftet. Deswegen war auch so viel Betrieb. Und jetzt, jetzt ist es richtig leer hier, hier parkt keiner, jetzt, in der Nacht. Und ich auch nicht.
Marco drehte seinen Wagen auf dem Parkplatz und fuhr auf die Straße zurück, die er gekommen war. Nach ein paar Metern gabelte sich ein Weg am Wald. Marco bog in den Waldweg. Der Weg machte eine Biegung. Dahinter stellte Marco den Wagen ab und machte das Licht aus. Nacht im Wald. Das ist der Wahnsinn. In der Stadt hat man keine Vorstellung mehr davon, wie dunkel die Nacht sein kann. Er machte das Licht wieder an, stieg aus und prägte sich den Weg zur Straße und zum Parkplatz ein. Dann machte er die Scheinwerfer aus und schloss den Wagen ab. Er fand den Weg und schaute auf dem Wanderparkplatz in den Nachthimmel.
Es gab keinen Nebel, und in ein paar Tagen war Vollmond. Wenn die Wolkendecke wieder aufriss wie auf der Fahrt zum Egautal, dann hatte er eine Chance. Dann konnte er etwas sehen, aber er konnte auch gesehen werden. Trotz schwarzer Lederjacke, schwarzer Hose und schwarzer Haare. Er bräuchte den Köhlerruß für sein Gesicht. Du bist verrückt geworden, Marco Fois, dachte er, und du bist alleine, kannst keine Hilfe erwarten. Weil ich keine Hilfe erwarten wollte. Keine Zeit hatte. Ich habe es alleine verbockt, ich geh da alleine durch.
Die Wolkendecke gab Sicht frei. Er lief den Weg entlang, den er mit HB gegangen war. Dann war er da, hinter einer Kurve, der Schemen des Steinbruchs im Nachtlicht.

Der Anruf kam auf Marcos Handy. Jochen schaute auf das Display und hob den Zeigefinger.
„Es ist Corinna, darf ich?"
„Mach", sagte Henning.
„Hallo!"
„Marco?", fragte Corinna.
„Nein, ich bin es, Jochen, Jochen Schempf, und du bist Corinna, nicht wahr, wir haben uns ja erst neulich gehört."
„Ja, kann ich bitte Marco sprechen?"
„Leider nicht."
„Dann sag ihm, dass ich zurückgerufen habe, er hat nämlich ein paar Mal auf meinem Handy angerufen."
„Wissen wir. Corinna, kannst du in Marcos Büro kommen?"
Schweigen fiel in die Leitung. Dann fragte Corinna: „Ist was passiert?"
„Muss nicht sein, im Moment wissen wir einfach nicht, wo Marco steckt. Aber wir haben ein paar Fragen an dich. Fragen, die dir auch Marco stellen wollte. Wir haben auch ein paar Fotos mit geologischen Besonderheiten ..."
„Ich bin gleich da."
Sie hatte aufgelegt, ohne eine Antwort abzuwarten. Jochen sprang auf.
„Sie kommt gleich. Ich geh' runter und warte auf sie, dann geht es schneller. Weiß jemand, wie sie aussieht? Ich hab sie vor zehn Jahren ein paar Mal gesehen."
„Glaubst du, um die Zeit kommen Heerscharen von jungen Frauen hierher?"
„Henning, reg mich nicht auf."
„Groß, schlank, blond und hübsch, sie war mal hier", sagte Henning.
Pia trat in den Raum.
„Groß, schlank, blond und hübsch, habt ihr keine anderen Probleme?"
„Außerdem kennt sie den Weg", sagte Henning zu Jochen, dann drehte er sich zu Pia um.

„Marcos Stieftochter hat angerufen."
„Und? Hat sich Marco bei ihr gemeldet?"
„Nein, aber sie kommt jetzt gleich her. Dann können wir ihr die Fotos zeigen."
„Ich versteh euch nicht, da hockt die ganze Mannschaft hier rum und starrt auf Fotos, und da draußen wird eine Frau vermisst und Marco in der Zwischenzeit auch."
„Hast du eine andere Spur?"
„Nein, aber wie denn, wenn ich meine Zeit mit Telefonaten verplempern muss, um irgendeinen Geologen zu finden, der alte Steine identifizieren kann, die auf alten Fotos zu sehen sind."
„Und? Hast du einen gefunden? Dann wären wir immerhin einen Schritt weiter, oder?", fragte Henning.
„Einen Riesenschritt. Ich weiß jetzt nämlich einiges über den Meteoriteneinschlag im Steinheimer Becken und das touristische Potenzial der Schwäbischen Alb als Geopark, toll, was?"
Pia warf einen Blick in die Runde, die auf weitere Neuigkeiten zu warten schien.
„Also gut: Meine Freundin Lilly ist mit einem Lehrer verheiratet und der gab mir die Adresse eines Kollegen und mit diesem Kollegen, Peter Schertel, hatte ich gerade eben das telefonische Vergnügen. Ich habe ihn gebeten, herzukommen. Der wird auch gleich da sein, im Feuereifer, uns zu helfen, Typ alleinstehender Lehrer und dazu ein Labersack. Der ideale Kandidat für Henning."
„Gemach, gemach, es tut sich doch was", antwortete der.
„Wenn ihr meint, dass sich da was tut. Ich jedenfalls habe Angst, dass Marco etwas tut, nämlich, dass er da draußen alleine hinter was her ist."
Jochen schaute sie an und senkte den Blick. Pia nickte.
„Und nicht nur ich", sagte sie und ging aus dem Raum und bremste die Tür, die knallen wollte.

Der Alfa stand neben einer Baumgruppe hinter dem einzigen Haus auf dem Gelände unter der Wand des Steinbruchs, der ersten Stufe des Steinbruchs. Es war ein älteres Modell, ein Alfa 75 und er war blau oder schwarz und vereinte sich mit der Nacht. Auf den ersten Blick war der Wagen leer. Auch das Haus wirkte leer und dunkel durch die Fenster, aus denen kein Licht kam. Der Rest war heller Naturstein und saniert und abgesperrt, das wusste Marco aus der Erinnerung.
Er schlich sich an die Rückseite des Hauses, die Rückseite zum Steinbruch und sah durch die Fenster: dort drinnen war alles dunkel. Er ertastete die Tür und spürte raues hartes Holz und ein Vorhängeschloss. Es war glatt, ölig glatt. Marco hob seine Finger an die Nase und nickte. Die Finger rochen wie seine Pistole. Geölt, gewartet, saniert, das Haus war kein Versteck für Berger, es hatte irgendeine offizielle Funktion. Marco ging weiter und hielt sich an die Wand, die von der Holztür zur linken Hausecke führte. Er duckte sich und schaute ums Eck. Auf den zweiten Blick erkannte Marco das Kennzeichen für Aalen, AA.
Doch etwas war anders. Ja, etwas war ganz anders, es war die Abfolge der Zahlen und Buchstaben. Es handelte sich auf keinen Fall um ein deutsches Kennzeichen. Marco sah, was es war, und er wusste, es war der Wagen von Berger. Die erste Generation der weißen Nummernschilder Italiens. AA, AB, AC. Mein Gott. Der Alfa hatte genau so ein Kennzeichen.
Das gibt es nicht, der tarnt sich auch noch über sein Nummernschild, dachte er. Neresheim gehört bereits zu Aalen. Der Steinbruch vielleicht auch. Also ist Berger tatsächlich hier. Und wenn er hier ist, ist er ist da oben, er muss da oben sein, bei den Terrassen. Da gibt es genügend Dickicht und Winkel und Schlupflöcher.
Marco blieb im Schutz der Hauswand und schaute zum Steinbruch und weiter zur Wolkendecke hinauf. Er stand und lauschte und hörte nichts als seinen Puls. Und sah

nichts als halbdunkle Nacht über dem steilen Weg, der in den Steinbruch führte. Und ein Haus im fahlen Licht, am Rand der ersten Terrassenstufe.
Das Haus hat ein Dach und keine Wände, das weiß ich noch. Aber es sieht aus, als hätte es Augen. Ein Wächter auf dem Weg ins Innere des Steinbruchs. Es ist zu hell. Ich muss warten, bis eine dieser Wolken über den Mond zieht, vorher gehe ich da nicht hoch und zum Alfa schleiche ich mich auch nicht.
Die Wolke kam und Marco schaute sich beim Wagen um. Die Kühlerhaube war kalt, der Innenraum war leer und die Beifahrertür lehnte am Rahmen, sie hatten es also eilig gehabt, oder besser er, Martin Berger, hatte es eilig gehabt, und er war sich sicher gewesen über die Einsamkeit des Ortes, sonst hätte er sich die Mühe gemacht, wenigstens abzuschließen. Marco öffnete die Tür, setzte sich und tastete. Staub lag im Handschuhfach und eine Schmiere, die besser roch, als sie sich anfühlte. Haar-Gel oder irgendetwas vom Friseur und ein Feuerzeug.
Marco knipste es an, duckte sich und hielt die Flamme über die Ablage. Er sah einen Kuli, ein paar Münzen, Euros und Cents, italienische Kaugummis und Papiertaschentücher. Dann schaute er in den Himmel, der Wolkenvorhang bewegte sich und zog sich gleich wieder auf, doch noch war Zeit. Er steckte das Feuerzeug in seine Jackentasche und rutschte auf die Fahrerseite. Er fand den Hebel für die Motorhaube und zog daran, die Haube klackte einen Spalt auf. Dann stieg er aus und lauschte in die Nacht. Nichts war zu hören.
Er hob die Motorhaube, ertastete das Loch für den Stab, stützte die Haube ab und blitzte das Feuerzeug auf. Dann baute er den Zündverteiler aus und ließ die Motorhaube vorsichtig auf den Wagen sinken.
Wenn ich Pech habe, hat er mich gehört, oder er hat das Feuerzeug gesehen, auch von da oben. Aber er, er hat sicher

Pech, er kann nicht mehr fahren. Wenn er überhaupt fahren muss oder will. Wenn ich nur wüsste, was er vorhat. Marco ging zur Hauswand zurück und warf den Verteiler neben der Holztür ins Gebüsch. Er schaute auf das Feuerzeug und warf es hinterher.
Mattes Mondlicht wies die Schneise, die zum Wächterhaus führte, er machte sich auf den Weg. Der Weg war weniger steil, als er dachte, aber steil genug, dass Steine unter seinen Schritten abrutschten. Sehen kann er mich auch, soll er mich halt auch hören. Bin ich wie mein Onkel Francesco? Der schleicht durch den sardischen Busch wie ein Indianer. Lautlos und das bei seinem Gewicht, inexistent ist er, ja. Ich bräuchte eine Tarnkappe oder einen Lift. Das ist schon ein blödes Stück bis zu diesem Wächterhaus, ein anstrengendes Stück. Aber dahinter wird es eben, glaube ich. Immerhin habe ich eine Ausrede für meinen hohen Puls, ich, Herr Marco Fois im Alleingang. Jochen würde mich zur Minna machen und nicht nur Jochen. Aber jetzt bin ich hier oben, und jetzt mache ich hier oben weiter.
Die Wolken flohen vor dem Mond und Marco kauerte neben einem Gebüsch. Vor ihm stand ein Dach auf vier Pfosten, das Wächterhaus, so wie er sich erinnert hatte. Bleicher Schimmer öffnete den Blick auf die erste große Terrasse des Steinbruchs. Hinter den Grasmatten um das Wächterhaus standen zwei Buchen. Ihre Blätter raschelten und öffneten ein Portal zu einem Trampelpfad in die Wildnis. Dahinter war das Hochplateau. Die große Stufe des Steinbruchs, die im rechten Winkel ins Egautal fiel, eine Empore aus verwittertem Stein und einem Teppich aus Flechten.
Marco strich mit der Hand über den Boden und spürte den Pelz von Moos, das die Erde überzog. Er roch Feuchtigkeit und wilde Pflanzen. Er lauschte in die Dunkelheit hinein. Er hörte nichts und sah nur in der Erinnerung des Nachmittags mit seinem Onkel HB da oben. Er wusste, die Nacht hatte Augen und Ohren, nur wusste er nicht, wo die

Augen und Ohren waren, und ob sie ihn sahen und hörten. Aber er musste sie finden.
Der Weg ins Dickicht führte durch Büsche und Bäume, es war eine Wildnis. Er hatte nur das schwache Mondlicht, das für die Hand vor den Augen reichte, eine Art Funzelschein. Doch da hinten war etwas, ein heller Punkt, der sich bewegte, wie ein Irrlicht im Moor. Marco blieb stehen und setzte einen Schritt zurück und einen Schritt vor. Und wiederholte die Schritte. Das Licht tauchte auf und ab und bewegte sich mit ihm, durch ihn, das Licht folgte seinen Bewegungen, und er folgte dem Licht. Es kam aus einem Haus und warf einen Kegel in die Nacht. Es verschwand und blitzte wieder auf. Marcos lief hinter den Bäumen, bis da kein Baum mehr war und er an einer Mauer aus Naturstein lehnte, einer nassen, kalten Wand neben einem Fenster, das Licht warf. Marco wollte mehr sehen und machte einen Schritt. Mit diesem einen Schritt kam der Schmerz, ein großer Schmerz. Der schoss in seinen Kopf. Dann spürte und fühlte er nichts mehr.

Das Licht, das Licht. Eine Sinfonie des Lichts dröhnte in Marcos Kopf und schob sich unter seine Lider. In diesem Orchester spielten nur die Pauken. Marco lag gefangen in diesem Licht und konnte seine Arme nicht bewegen. Er machte seine Augen auf und versuchte sich aufzurichten und konnte sich nicht abstützen.
„Das geht ja schneller, als ich dachte“, sagte eine Stimme, die er nicht kannte. Marco drehte den Kopf und sah einen Mann vor sich. Es war der Münzenaufsammler. Martin Berger. Im Licht einer großen Taschenlampe, die von einem Holztisch aus Marcos Augen blendete. Der Mann lächelte ein Lächeln, das keines war und nickte.

„Eine robuste Natur, der Herr Kommissar. Aber zu dieser nachtschlafenden Zeit in Steinbrüchen herumzuirren, das schafft jeden. Wenn man den Steinbruch nicht kennt. Man kann leicht irgendwo ausrutschen und hinfallen, nicht?"
Marco lag. Er wusste nicht wo. Er schloss die Augen und versuchte, die Bilder zu ordnen. Sein Kopf dröhnte. Seine Hände hingen ineinander und schmerzten. Er versuchte ruhig zu atmen und seinen Verstand und seine Sinne anzuwerfen.
Der Schmerz, ein Schlag auf den Kopf bei dem Haus mit dem Lichtkegel. Weißer Naturstein, wie hier oben an der Decke, verrußter weißer Naturstein. Es war kalt, und es roch nach Moder und Dreck. Wo war Sibylle? Marco zählte auf drei und setzte sich auf. Er saß auf einer Pritsche und war an Armen und Beinen mit Klebeband gefesselt. Wie die Frau, die ihn aus einer Ecke mit großen, weiten Augen anstarrte. Auch sie saß, aber auf einem Stuhl. Sibylle. Sie schauten sich an und schwiegen.
„Darf ich vorstellen?", fragte Berger.
„Wir kennen uns", sagte Marco und schaute Berger an, „das weißt du doch, oder? Und wir zwei, wir kennen uns auch. Das weißt du auch, oder denkst du, ich weiß es nicht? Ein kleines nettes Jazz-Konzert, bei dem ein Elsässer spielt und ein Mann neben uns ein paar Münzen verliert."
„Sachte, sachte, wer wird denn gleich so aufbrausen. Ich würde mal die Lapp halten, der Herr Kommissar. Nette Sachen haben wir übrigens bei uns", sagte Berger und zeigte mit dem Finger nacheinander auf Marcos Pistole, Schlüssel und Geldbeutel, die auf dem Holztisch neben einem schwarzen Klebeband lagen. Dann klopfte Berger auf eine leere Stelle auf dem Tisch, der schäbig und verkratzt war.
„Ich frage mich nur, wo dein Handy ist?"
„Nicht hier."
„Wo dann?"
„Ich habe es nicht mitgenommen."

„Soll ich dir so viel Blödheit glauben? Nicht dass es von diesem netten Steinbruch aus Positionssignale aussendet?“, fragte Berger und schaute auf Marco. Der sah Berger an, dann sah er auf den Tisch und schwieg.
„So wie du schaust, warst du tatsächlich so blöd, und wenn nicht, wir sind sowieso bald hier weg. Ich meine sie und ich, du bleibst hier. Eigentlich wollte ich sie ja hier lassen, aber jetzt habe ich umdisponiert, man muss sich immer den Umständen anpassen.“
„Du hast Plaschek umgebracht.“
Berger schwieg und griff sich die Polizeipistole. Sibylle schaute auf, der Name schien ihr neu zu sein.
„Warum hast du Plaschek getötet?“, fragte Marco.
Berger strich mit den Fingern über die Pistole. Sibylle schaute Marco in die Augen.
„Ich weiß nicht, wer Plaschek ist, aber er hier, er hat meinen Mann getötet. Wegen einer Farbe, Rot in der Werbung, die er angeblich erfunden hat.“
Berger pustete unsichtbaren Staub von der Pistole und sagte dann:
„Ganz schön schlau, unsere liebe Sibylle, nicht wahr, schlauer als die Polizei, aber leider nicht schlau genug. Erstens hat sie keine Ahnung von Plagiaten in der Werbung und zweitens glaubt sie, sie könne mir hinterher spionieren und ich merke es nicht. Glaubt, sie könne bei mir vor der Haustür parken und ich merke es nicht. Mir hinterherfahren. Man kann so einen Spieß auch umdrehen. Soll ich dir mal vorbeten, was du normalerweise so einkaufst? Im Supermarkt, in der Drogerie? Im Gemüseladen mit der netten älteren Verkäuferin? Soll ich dir sagen, wie deine Kunden heißen und was du an Kleidung so gerne trägst? Schick, schick, immer schick. Es war nett dein Schatten zu sein. Hat mich nur ein bisschen Benzin gekostet.“
Sibylle hörte zu und schaute dann zu Marco. Ihr Oberkörper zuckte, als sei ihr kalt geworden. Sie schüttelte den

Kopf. Berger lächelte und legte die Polizeipistole wieder auf den Tisch. Dann verschwand sein Lächeln.

„Steh auf", sagte er zu Sibylle, „und setz dich da hin, da, auf den Boden. Und du, du kommst her, hier, auf den Stuhl", wies er Marco an.

Marco hüpfte zu dem Stuhl, der nun frei war. Berger griff sich das schwarze Klebeband, das auf dem Holztisch lag und umkreiste zwei Mal Marcos Oberkörper und die Stuhllehne.

„Sag mir, wenn es zu fest ist, ich will niemandem wehtun."

„Schlau mit dem Abschiedsbrief von Heimann", sagte Marco.

„Offensichtlich nicht schlau genug. Hab ich mich nicht um ein Wort vertan? Wie war das Sibylle? Bibiche, statt Chérie. Gut, das konnte ich nicht wissen, mit den Intimitäten des Ehepaars Heimann hab ich mich nicht befasst."

„Und woher hattest du die Schriftprobe?", fragte Marco.

Berger lachte, ein böses Lachen, das so schnell aufhörte, wie es gekommen war.

„In milden Frühsommernächten pflegte Thomas Heimann auf der Terrasse zu arbeiten und wenn dann ein Anruf kam, pflegte Thomas Heimann die Terrasse zu verlassen. Und schwupp, waren ein paar Aufzeichnungen weg. Nette kleine Notizzettel, in gelb oder rosa, viel handschriftliches Allerlei. Soll es tatsächlich noch geben, im Zeitalter der Computer. Alle austauschbar mit nachgearbeiteten Kopien, für den Grafologen, selbstverständlich. Man hat viel Zeit, auf Terrassen rumzustöbern, wenn man weiß, dass die Frau des Hauses an wichtigen Abenden im Theater weilt."

Sibylle kauerte auf dem Boden. „Widerlich", sagte sie.

„Widerlich war das, gnädige Frau, was dein Mann mit meiner Werbeidee gemacht hat. Meine Idee, denn niemand hatte daran gedacht, dass der Name des Kunden der Name einer alten Färberfarbe war. Nur ich, weil ich als Kind schon die Krappfelder gesehen habe und die Farbe. Eine

Farbe, die gut ankommt. Ja. Zum Dank hat Heimann mit meiner Idee ein Vermögen gemacht, sein Vermögen gemacht, und ich, ich habe im Ausland gebuckelt, um ein Zehntel von dem zu verdienen, was er mit meinem Joghurtbecher abgesahnt hat."

Sibylle machte den Mund auf, Marco warf ihr einen Blick zu und deutete ein Kopfschütteln an. Sie klappte den Mund wieder zu und schwieg.

„Und wobei hat Plaschek abgesahnt?", fragte Marco.

„Der? Der hat gar nicht abgesahnt, dazu kam es nicht mehr. Aber hingeflogen ist er selber, ich habe ihm nur eine versetzt. Aber grundsätzlich, wenn du schon so fragst, wollte er an mein Erbe. Der Herr Chemiker. Von Grundbegriffen der Geschichte der Chemie keine Ahnung haben, aber man hat Haschischpflanzen im Wald. Ein paar kümmerliche Stängel. Tja, nur waren die schon abgeerntet, als er sie mir zeigen wollte, irgendjemand hatte sich da bedient. Wie peinlich. Ich habe mich da schon ein bisschen amüsiert. Und dann hat er mich wiederum ein bisschen gereizt, und dann ist es passiert."

„Er hat dich provoziert?"

„Ja, richtig, er hat mich provoziert, und deswegen bin ich ausgerastet. Er hätte bald Geld genug, sich richtig edles Hasch zu kaufen, weil seine Mutter ihren stinkreichen Geliebten heiratet. Sie müssten nur noch zugucken und warten, bis sich die Ehefrau des Geliebten zu Tode säuft."

Marco schaute Berger an und schwieg.

„Die Ehefrau, die sich zu Tode saufen sollte, war meine Mutter. Nur dass die in Zwischenzeit auf Tabletten umgestiegen ist, um ihren Alten zu ertragen. Das haben die auch nicht mitgekriegt. Aber das Geld, an das Plaschek ran wollte, war meines. Und damit Ende der Provokation. Er hat nicht einmal gewusst, dass es eine war. Ich sehe noch, wie er geglotzt hat, als ich ihm eine Harke ins Gesicht gab. Dann ist er halt blöd gestürzt und hat nicht mehr geglotzt."

„Andreas Plaschek ist ertrunken."
„Dann ist er halt auch noch ein bisschen ins Wasser gefallen."
„Du hast ihn zum Wasser gezerrt, als er bewusstlos war und ihn dann reingelegt."
„Aber er hat da noch gelebt, oder?"
Marco verschlug es kurz die Sprache, dann räusperte er sich:
„Andreas Plaschek hat sich am Tag seines Todes mit Alizarin beschäftigt", sagte er.
Berger lachte. Das Lachen hörte sich wie ein Husten an.
„Hat mein Nachhilfeunterricht also was genützt."
„Lange genützt hat es ihm jedenfalls nicht."
„Aha, netter Versuch, nette Prosa zu schwingen, aber im Moment machst du da keine besonders gute Figur. Oder? Wirkt peinlich, aber du kriegst sowieso gleich Klebeband aufs Maul, dann ist Schluss mit peinlich."
Marco senkte den Blick, dann senkte er den Kopf. Berger bückte sich zu ihm herab und schaute ihn aus Augen an, die denen eines Karpfens glichen und fragte:
„Sag mir nur noch, wie du hierher gefunden hast."
Marco schaute hoch.
„Du hattest Fotos von Steinbrüchen in deinem Gartenhaus."
„Der hier war nicht dabei."
„Und das Bild von der Winde da unten, der Schraube, dem rostigen Teil halt."
„Eine Radierung, hm, ein Kommissar mit Sinn für moderne Kunst. Jetzt kommen wir der Sache also näher. Dann warst du also schon einmal hier?"
Marco nickte.
„Und was hattest du hier zu suchen?"
Marco zuckte mit der Schulter.
„Wanderung durch das Naturschutzgebiet. Über die Wacholderheide zur Köhlerei und zum Steinbruch, das ist doch eine bekannte Route."

„Der Steinbruch gehört nicht zur bekannten Route."
„Ja, hoch kommt hier niemand, aber den Imker-Schaugarten da unten, den schauen sich doch einige Wanderer an."
„Du auch?"
„Ja", sagte Marco und tat belanglos.
„Und dann?", fragte Berger.
„Dann habe ich das Gerät gesehen, weil ich da unten weitergelaufen bin, solange mein Freund die Schautafeln studiert hat. Mein Freund ist Hobby-Botaniker. Lange sind wir nicht geblieben, denn wir hatten Hunger und sind zurück. Aber erinnert habe ich mich gleich, weil die Schraube so schön war.
„Pech, manchmal ist es schlecht, sich an diverse Dinge zu erinnern. Aber es gefällt mir, dass du einen Sinn für Ästhetik hast. Deswegen gebe ich dir eine Chance. Wie ich sie allen gegeben habe."
Er wandte sich zu Sibylle um, die auf dem Boden kauerte.
„Wie ich sie auch deinem Mann gegeben habe. Aber er hat sie nicht genutzt. Leider."
Sibylle sah ihn nicht an, und Berger schaute zu Marco.
„Du kannst jetzt hier hocken bis du schwarz wirst, aber vielleicht findet dich auch ein Botaniker im Naturschutzgebiet. Das ist deine Chance. Nur will ich nicht, dass du ihn rufst, das verstehst du doch, nicht wahr?"
Berger wartete keine Antwort ab und zog einen Streifen Klebeband über Marcos Mund.
„Leider kannst du jetzt nicht Tschüss sagen, aber sie wird den Abschied trotzdem akzeptieren, oder?"
Sibylle sah nicht auf und blieb weiter in ihrer Position sitzen. Berger dagegen wurde sehr aktiv und räumte die Sachen vom Tisch in einen Rucksack, zog Sibylle hoch und stieß sie vor sich her. Dann griff er die Taschenlampe, riss die Türe auf und knallte sie wieder zu.
Dunkelheit fiel vor Marcos Augen. Er horchte und hörte keinen Riegel und auch kein Schloss, hörte nur sein Herz,

das bis in den Hals pochte, und bis in die Hände und Füße hinein, die unter dem Klebeband schmerzten.
Berger brauchte weder Schloss noch Riegel. Marco war weggesperrt genug. Er saß und versuchte ruhig zu atmen. Gleichmäßig und ruhig durch die Nase, in die klamme Luft, die keinen Schimmer Licht hergab.
Ich kann es schaffen, wenn ich ruhiger werde. Denn sie lag nicht auf dem Tisch mit den anderen Sachen. Dann ist sie auch noch da. Im Saum meiner Jacke, die Banane mit dem Klappmesser. Von Pupi, Corinna. Pupi und ihre Erdneuzeit, was hat sie da runtergebetet?
Ich kann nur auf zehn zählen, Pupi, und manchmal kann ich nicht mal auf zehn zählen, glaubst du mir das? Wärst du nur hier. Aber vielleicht bist du hier.
Marco führte beide Hände zu seiner rechten Jackentasche und fingerte mit dem linken Zeigefinger in das Loch. Sie war da. Marco bohrte das Loch größer, griff die Banane und barg sie in seiner Faust.
Ich habe sie und ich darf jetzt keinen Fehler machen. Ich muss langsam arbeiten, auch wenn Berger sicher bald zurückkommt, weil sein Wagen nicht anspringt. Dann wird er meinen haben wollen, den Autoschlüssel hat er. Finden wird er meinen Wagen aber nicht gleich, nein. Die Banane darf mir nicht aus der Hand fallen, wenn ich sie verliere, ist es aus. Er öffnete die Faust und drehte das Messer in der offenen Hand im Schutz seiner Finger, erfühlte die Sicherung und drückte drauf. Das Messer sprang auf. Er wendete es in seiner linken Hand und setzte es beim rechten Handgelenk an.
Die Klinge war scharf, Marcos Fesseln gingen auf. Er riss das Band vom Mund und atmete durch. Ein paar Schnitte und er war frei. Er klappte das Messer zusammen, küsste es und steckte es in die Jackentasche zurück, rieb sich die Hand- und Fußgelenke. Dann stand er auf, tastete sich zur Tür und ging in die Nachtluft hinaus.

Der Mond schüttete vages Licht und Stille. Marco lehnte am Naturstein des Hauses, in dem er gefangen gewesen war, es war eines dieser Lagerhäuser, wie er sie schon im Sommer gesehen hatte. Unterhalb des Hauses hinter ein paar Bäumen und Sträuchern verlief eine Schneise im Gebüsch. Die Schneise des Trampelpfades, den Marco gekommen war.

Er ging den Weg zurück, duckte sich neben dem Busch beim Wächterhaus und schaute ins Tal. Der Alfa stand, wo er gestanden hatte. Von Berger und Sibylle gab es weder eine Spur noch einen Laut.

Doch er wird kommen, er muss kommen, er kann nicht weg. Er weiß nicht, dass ich frei bin, daher wird er nicht vorsichtig sein. Und er wird sauer genug sein, weil er meinen Wagen auch nicht gefunden hat. Marco wartete, die Zeit verging und nichts rührte sich.

Aber endlich kam Berger zurück. Er brachte das Licht mit. Und Geräusche, die das Licht begleiteten. Marco spähte ins Tal. Berger kam mit der Taschenlampe den Weg hoch und stieß Sibylle vor sich her. Steine rollten den Hang hinunter, Äste knackten. Marco hörte einen Rutsch, einen Schrei, eine Steinlawine ging den Hang hinunter, Worte fauchten ihr hinterher. Der Kegelschein der Lampe flackerte, dann zeichnete er wieder eine Lichtschneise zum Wächterhaus. Gleichmäßiges Licht, das näherkam. Auch Knacken und Keuchen.

Marco wartete den ersten Lichtschein auf seiner Anhöhe ab, dann schlich er sich in den Schutz des Dickichts zurück und versteckte sich hinter einer der beiden Buchen, die den Trampelpfad öffneten. Wartete und schaute zum Wächterhaus.

Ein Spot von Licht kreiste über den Pfosten aus schwarzem Holz. Gras oder Blätter raschelten. Sibylles Silhouette tauchte im Widerschein der Taschenlampe auf, neben ihr stand die Gestalt von Berger und verdeckte sie dann. Als

Bergers Schatten sich versetzte, sah Marco Sibylles Profil vor dem Busch, neben dem er selbst gekauert hatte. Sie saß und schaute ins Tal.
„So nicht, stell dich nicht an“, sagte Berger und leuchtete ihr mit der linken Hand ins Gesicht. Mit der rechten hielt er ihr eine Pistole auf die Brust. Sie schloss die Augen vor dem Licht, nickte und stand auf. Er schob sie vor sich her, dann gab er ihr einen Stoß.
„Mach schon, du gehst voraus.“
Sie sagte nichts und folgte dem Schein der Taschenlampe, der ihr den Weg wies. Den Weg zum Trampelpfad ins Dickicht, zu der Buche, hinter der Marco stand. Sie kam an seinem Versteck vorbei und lief weiter, einen und einen halben Meter vor Berger. Marco ließ Äste unter seinen Füßen knacksen, woraufhin Berger stehen blieb und lauschte, sein Abstand zu Sibylle wurde größer.
„Halt“, rief er.
Da brach Marco aus seinem Versteck heraus und stürzte sich auf Berger. Sie fielen zu Boden.
Ein Schuss ging los und traf nicht, hatte hoffentlich nicht getroffen.
„Lauf, Sibylle, lauf weg“, rief Marco und stemmte sich gegen das Gewicht von Berger, das ihn auf dem Boden festdrücken wollte. Er sah, wie Berger die Lampe hob und schlug ihm das Licht aus der Hand, mit dem der auf ihn einschlagen wollte. Und mit diesem Schlag wurde es auf einmal dunkel. Marco sah und spürte seinen Gegner nicht mehr, er hörte ihn auch nicht mehr. Berger war weg. Der Mond auch.
Wo war Sibylle? Hatte sie sich verstecken, retten können? Marco stand auf und horchte.
Irgendwo knackten Zweige, von weit her. Berger? Aber er kann das nicht sein, das ist zu weit. Wenn er es ist, dann bewegt er sich durch den Steinbruch wie am helllichten Tag. Marco wartete und schaute in den Himmel, ein Schein

brach ein und mit dem Schein das Geräusch. Das Knacken von Ästen, es war dieselbe Richtung, aber es war lauter geworden, näher. Marco versuchte sich zu orientieren, er drehte sich. Er war in der Nähe des Trampelpfades, unweit der beiden Buchen und unweit des Pförtnerhauses. Er lauschte. Das Geräusch kam aus der anderen Richtung, es kam aus dem Dickicht und kam auf ihn zu. Er blieb stehen und dachte nach, dann bewegte er sich zum Knacken hin, hörte es und hörte es nicht mehr. Er wartete, und da war es wieder, weiter weg.
Verdammt, was ist das? Sibylle ist es nicht, sie kann sich hier so nicht bewegen, unmöglich.
Warum sollte sie sich so bewegen? Es ist wie ein Lockruf. Berger. Was hat er vor? Marco folgte dem Geräusch, es passte sich Marcos Schritten an und zog ihn ins Dickicht hinein und in hellere Nacht hinaus.
Das Hochplateau. Die baumlose Terrasse, die in steilen Klippen zum Egautal hin abfiel. Das ist es. Eine Falle aus abschüssigem Stein. Ein falscher Schritt da oben und ich bin weg. Marco blieb, wo er stand und duckte sich. Vor ihm bildete eine Reihe von Büschen das Dickicht zum Hochplateau. Links neben ihm war ein schwarzer Hügel aus irgendetwas, zu dem ein Weg führte. Stille, kein Knacken war mehr zu hören. Es war total dunkel, der Schleier einer Wolke zog über den Mond.
Marco tastete sich nach links vor. Der Hügel bestand aus Steinen, aufeinandergeschichteten Steinen und Moos und Erde. Daneben zwei kleine helle Punkte, die sich näherten. Sich langsam näherten. Scheinwerfer, das sind Scheinwerfer eines Autos im Egautal. Marco wusste, was die freie Sicht bedeutete und kämpfte gegen den Impuls, sofort nach rechts zu rücken, weg von der Tiefe neben sich.
Er darf mich nicht hören, er kann mich auch erschießen. Seine hat er verloren, meine Pistole hat er noch. Wieder näherten sich Scheinwerfer, größere diesmal. Dann sah

Marco Martin Berger. Er stand mitten auf dem Hochplateau und horchte in die Nacht. Er stand wie einer, der sich sicher war.
Marco kauerte vor dem Hügel und befühlte das Moos. Er fand einen Stein, der locker lag, nahm ihn und kroch Richtung Trampelpfad zurück. Er warf den Stein rechts ins Gebüsch.
Als Echo folgte ein Schuss und das leuchtende Mündungsfeuer des Schusses. Marco stürzte los und schlug Berger die Pistole aus der Hand, die sich gerade auf Marco richtete. Sie rissen sich zu Boden und kämpften.
Plötzlich knallte Licht in die Nacht. Es war so viel Licht, dass Marco für einen Augenblick nichts sehen konnte. Berger war in dem Licht aufgestanden und hatte sich aufgerichtet. Er schnaufte und starrte Marco an. Dann kam eine Stimme durch einen Lautsprecher.
„Hier spricht die Polizei, heben Sie die Hände und bleiben Sie stehen."
Marco ging auf Berger zu.
„Berger, gib auf."
Berger wich zurück, taumelte und schaute Marco mit einem starren Blick an, dann stürzte er sich auf ihn. Der Angriff kam mit großer Wucht. Marco konnte ihn abwehren, aber nicht aufhalten. Berger drängte ihn ab, er schob ihn an den Rand des Steinbruchs. Dann wich er von ihm und setzte neu an, er lief und streckte seinen Arm aus. Marco hechtete auf die Seite. Ein Schmerz durchfuhr seine Schulter. Ein Schrei durchfuhr seinen Schmerz. Er lag, blieb liegen, hatte das Gefühl, nicht mehr aufstehen zu können. Schließlich stemmte er seinen Oberkörper hoch und rieb an seiner Schulter. Das Licht und sein Atem dröhnten in die Nacht. Er hörte eine Stimme, es war wieder der Lautsprecher.
„Marco, bist du o.k.? Hier Henning. Marco? Marco? Hörst du mich?"

Marco stand auf und zeigte sich am Abhang. Er schaute in die Tiefe. Berger lag am Fuß des Abhangs und Polizisten standen um ihn herum. Der Notarzt ging zu seinem Wagen. Es war vorbei.

Jochen war der Erste, der ihn sah. Er löste sich aus den Lichtern und aus den Stimmen und kam auf Marco zu, der aus dem Waldweg auftauchte.
„Ist sie bei euch?", fragte Marco als Begrüßung.
Jochen sperrte den Mund auf und fand nicht gleich eine Antwort. „Ja", sagte er.
„Wie geht es ihr?"
„Der Arzt ist gerade bei ihr, sieht aber gut aus."
Marco nickte und ging weiter, Jochen blieb an seiner Seite. Henning und Bernd Meier lösten sich aus der Gruppe der Polizisten um Berger und kamen auf sie zu.
„Mensch, Marco", sagte Henning.
„Wir hatten eine verdammte Angst", sagte Bernd.
„Ich auch", antwortete Marco und lächelte Bernd Meier zu, dann grüßte er die anderen Polizisten. Sie traten zur Seite und Marco ging zu der Stelle, an der Berger lag. Er lag und schien zu schlafen, den Kopf auf einem Stein. Über das Weiß des Jurakalks sickerte Blut, das seine Farbe an die Nacht verloren hatte. Marco drehte den Kopf zu Jochen.
„Ich wollte das nicht. Aber er gab nicht auf, und ich konnte es nicht verhindern."
„Spinnst du? Das war verdammt knapp."
„Und wie kommt ihr hierher?", fragte Marco.
„Dein Onkel gab uns den entscheidenden Hinweis, ist übrigens auch da."
„HB?"

„Komm mit!“, sagte Jochen und führte Marco zu einem Polizeiwagen. HB saß auf dem Rücksitz, die Türen waren auf und er hatte die Beine draußen. Als er Marco sah, winkte er. „Wunderbar, wunderbar. Du erfährst meine volle Unterstützung, wenn du den Job wechseln willst. So was kann nicht gesund sein.“
Marcos Onkel stemmte sich vom Rücksitz hoch und schnaubte.
„Ich weiß gar nicht, wohin mit dem ganzen Adrenalin, und ich kann nicht mal mehr gehen. Das ganze Bein ist steif.“
„Brauchst du Hilfe?“, fragte Jochen.
„Dir helf ich gleich“, antwortete HB und bog seinen Rücken durch.
„Dein Onkel hat uns den entscheidenden Hinweis gegeben“, sagte Jochen.
„Euch pfeif ich eins, und der ganzen Kriminalerei.“
Schließlich schaffte es HB, aufzustehen. Er ging auf Marco zu, umarmte ihn und klopfte ihm auf die Schulter. Als Marco wieder aufschaute, sah er, wie die Tür des rechten Rückfahrersitzes aufging. Sein Onkel schien diesen Blick zu bemerken.
„Corinna ist übrigens auch da.“
Bei diesen Worten stieg Pupi aus und schaute über das Wagendach Marco an.
„Hi, Marco, HB und ich, wir haben uns das Adrenalin gegenseitig zugepustet.“
„Ist es ein Wunder? Deine Kollegen und dieser Verrückte da haben alle zusammengetrommelt“, sagte HB.
„Das haben sie. Onkel, Tochter, Astrologen, Wünschelrutengänger“, sagte Pupi und ging um den Wagen herum. Sie umarmte Marco.
„Bist du in Ordnung, Marco?“, fragte sie. Ihre Augen glänzten. Marco nickte und nahm sie in den Arm.
„Ich hab dir zu danken, Corinna“, sagte er.
„Pupi. Nenn mich einfach Pupi.“

Marco lächelte und zog das kleine Bananenmesser aus seiner Tasche.
„Ohne das hätte ich es nicht geschafft."
„Echt?"
„Ich hatte es wie einen Talisman in meiner Jacke, im Saum, da hat er es nicht gefunden."
„Irgendwie hättest du es auch ohne das Messer geschafft. Dann wäre dir was anderes eingefallen."
„Glaube ich nicht."
Corinna sah ihn an und lächelte.
„Dann sind wir quitt, ohne dich hätte ich es auch niemals geschafft."
„Was?"
„Die Schule, Abi. Du hast immer darauf geschaut, dass ich meine Hausaufgaben machte, damals. Als du weg warst, habe ich so weitergemacht, du warst immer da."
Marco sah Corinna an und wusste nichts darauf zu sagen. Als er nach Worten suchte, gab sie ihm einen Kuss und schaute in eine andere Richtung, deutete dorthin.
„Sie wartet auf dich", sagte sie und ging zum Wagen zurück. Marco drehte sich um. Sibylle stand bei einem der Wagen. Sie schien allein unter vielen und schaute ihn an. Er ging zu ihr hin und blieb einen Schritt vor ihr stehen. Dann machte er den Schritt und nahm sie in den Arm und hielt sie fest. Sie drückte ihr Gesicht in seine Jacke. Sie standen allein inmitten der Lichter.

Eine gefühlte Ewigkeit später fragte Marco: „Wie bist du überhaupt auf Berger gekommen?"
„Durch einen Notizzettel mit einem Datum. Das Datum war genau eine Woche vor dem Tod von Thomas."

„Was für eine Notiz?", fragte Jochen, der in der Zwischenzeit zu Marco und Sibylle gestoßen war.
„Praktikant. Färberröte. Das stand darauf. Und Färberröte mit einem Ausrufezeichen und einem Fragezeichen."
„Und wann hast du die Notiz gefunden?", fragte Marco.
„Vielleicht vor ein paar Monaten. Da habe ich angefangen das Haus auszumisten. Ich wollte alles neu einrichten oder verkaufen. Nicht mehr in den Räumen der Vergangenheit leben. Da ist der Zettel aufgetaucht und ich habe recherchiert. Im Internet habe ich gesehen, dass Färberröte auch Krapp heißt, wie ein ehemaliger Großkunde von Thomas. Der hatte Milchprodukte, und das Rot der Färberröte war auch das Rot wie auf den Joghurts."
„Das hast du dir auch vom Produktioner der Agentur bestätigen lassen", sagte Jochen.
„Genau. Und dann bin ich ein paar alte Ordner im Keller durch. In einem waren alte Scribbles, Rohentwürfe. Ich wurde fündig. Es war der Entwurf des Joghurtbechers von Krapp, firmiert von einem YB, in so einem verkünstelten Monogramm. In einem alten Personalordner fand ich dann einen Praktikanten, Yves Berger samt Adresse."
„Warum bist du mit der Information nicht zur Polizei?", fragte Jochen.
„Hättest du was tun können? Für euch war es doch Selbstmord."
„Ja, selbst die Polizei geht nicht zur Polizei und macht Alleingänge, was soll man da noch sagen?", antwortete Jochen. Marco lachte über die Kritik und ging zu seinem Onkel, der sich offensichtlich von ihm verabschieden wollte. HB deutete auf einen Polizeiwagen, der in seiner unmittelbaren Nähe stand. „Die fahren mich jetzt nach Hause", sagte er.
„Wie bist du eigentlich auf den Steinbruch gekommen?", fragte Marco.
„Ich denke, so wie du auch, oder? Über die Schraube aus Roststahl, Jochen hatte ein Foto von ihr. Wir haben die

doch erst im Sommer noch gesehen, bei unserem Besuch hier. Ist doch was, wenn man mit seinem Onkel in alten Steinbrüchen nach seltenen Pflanzen sucht. Außerdem geht nichts über eine gute Dorfgemeinschaft."

„Was?"

„Fleinheim, du bist durch Fleinheim gefahren, Richtung Dischingen. Ich habe auf meinem schönen langen abendlichen Spaziergang meinen lieben Nachbarn Anton getroffen, der mich zu diesem netten Neffen beglückwünschte, der mal wieder bei seinem Onkel zu Besuch war. Nur hatte ich von diesem Besuch nichts gesehen. Schnell gefahren bist du auch mit deinem Lancia. Und das als Polizist. Ich muss sagen, ich war ein bisschen erzürnt, als ich das erfahren habe."

Marco nickte.

„Dann habe ich auf deinem Handy angerufen und Jochen hat geantwortet. Sie haben mich abgeholt und so weiter und so fort."

„Danke."

„Papperlapapp, Hauptsache, du hast endlich was gelernt, und danach sieht es aus."

Marco wusste nicht genau, was HB meinte, aber Recht haben konnte er.

Es war ein spätherbstlicher Sonntag Mitte November. Marco fuhr den steilen Weg zum Haus seines Onkels hoch und parkte den Wagen in der Hofeinfahrt. Der Herbst war ein richtiger Herbst geworden. Über den Feldern lag fahles Licht. Oben lag der Schatten. Das Haus und die Wiese würden drei Monate lang keinen Sonnenstrahl mehr sehen. Wie alles da oben hinter dem Hügel. Marco blieb stehen und schaute zum Höllteich auf der anderen Seite. Aus dem

Buchenhain strahlte Licht. Er hörte eine Türe knarren, HB kam ihm aus dem Haus entgegen.
„Grüß dich, warum kommst du nicht rein, da draußen ist es doch kalt."
„Eben deswegen", antwortete Marco „ich schau nur, ob es hier auch machbar wäre."
„Was?"
„Grüße von meinen Eltern, die haben heute angerufen. Und dabei hat mir mein Vater was von Spiegeln erzählt, soll ich dir mitteilen."
„Hm."
„Im Piemont gibt es ein Bergdorf, das sieht vom November bis zur Candelora, zur Lichtmesse, keine Sonne, alles duster wie hier oben. Die stellen jetzt auf die andere Bergseite einen Spiegel, der das Licht reflektiert. Joe hat überlegt, ob das hier auch ginge."
„Wir sind hier nicht in Italien. Es ist auch nicht duster."
„Aber die Idee ist nett."
„Die Italiener haben oft nette Ideen. Vielleicht ist es in Italien duster, aber hier ist es nur schattig. Das brauche ich auch, so wie es ist. Das Dunkle, den Winter, den Gang der Natur. Mein Schatten braucht kein gespiegeltes Licht. Komm, ich erkläre dir, warum."
HB ging mit Marco durch den Flur und wies mit der Hand zum Wohnzimmer.
„Da, ich habe die Werkbank hierher verlagert, im Stall war es zu kalt. Setz dich schon mal."
„Hm", sagte Marco, „wo gehobelt wird, fallen Späne" und streifte mit dem Fuß über die Holzflocken auf dem Boden.
„Falsch, ich hoble nicht, ich schnitze", rief HB aus der Küche.
Marco sah sich um. Auf dem Wohnzimmertisch lagen Schnitzmesser und Holzstücke und Äste von Haselnuss.
„Willst du auch Kuchen?", rief HB und irgendetwas aus Blech schepperte.
„Ich komme", sagte Marco und ging zu seinem Onkel.

HB hantierte mit einer Backform, die nach Gugelhopf aussah, aber einen Kuchen mit großen Nusstücken enthielt.
„Ein Napfkuchen. Sind das Haselnüsse von den Ästen vom Tisch?“, fragte Marco.
„Warum?“, fragte HB und teilte den Kuchen in der Form in einzelne Stücke.
„Dachte ich halt.“
“Könnte sein, ist es aber nicht, komm, ich zeig dir, was ich mache.“
Marco folgte seinem Onkel ins Wohnzimmer. HB stellte sich an den Tisch.
„Wie du siehst, Marco, arbeite ich, Tätigkeiten, die man in der dunklen Jahreszeit verrichtet, wenn man sich in seiner Höhle eingerichtet hat, wie Schnitzen, da.“
HB legte Marco eine kleine Holzskulptur in die Hand. Dann stand er da und wartete.
„Und?“, fragte Marco.
„Ja, was ist das?“
„Vom Hals her ein Pferd, aber es fehlen die Beine. Und irgendwie kenne ich das.“
„Gut.“
HB griff sich ein anderes Holzstückchen vom Tisch.
„Und das?“
„Eine Kuh, nein, ein Ochse, ein dicker, fetter Ochse.“
„Dacht ich's mir. Das ist ein Mammut. Du hast wirklich keine Ahnung von der Kunst der Eiszeit.“
„Ich trinke jetzt Kaffee.“
HB schnaubte und klopfte mit einem Ast auf den Tisch. Marco ging in die Küche, öffnete den Schrank und griff sich zwei Teller.
„Du willst es nicht wissen, du willst es nicht wissen“, rief HB ihm hinterher.
„Ich glaub ich spinne, du hast dir neues Geschirr gekauft“, rief Marco ins Wohnzimmer.
„Du brauchst gar nicht zu schreien, ich bin hier.“

HB griff hinter Marcos Rücken hinweg in den Küchenschrank und holte sich einen Teller.
Er drehte ihn in seiner Hand.
„Hübsch, was, zartes Grün mit blauem Rand? Auch ich befolge Ratschläge. Nicht, dass ich nur welche erteile. Passende Tassen gibt es auch."
Er holte sich eine, schenkte den Kaffee ein und schüttete Milch und Zucker hinterher.
„Mach mit dem Kuchen, was du willst", sagte er und verschwand ins Wohnzimmer.
Marco folgte ihm.
„Und wo essen wir?"
„Auf dem Boden, wenn du willst, am Tisch bleibt das Zeug wie es ist."
Marco hielt ein Stück Kuchen in der Hand und biss ab.
„Gut HB, da capo."
Der griff sich das Holzpferd und zeigte damit auf Marco.
„Das da ist ein Bann. Kunst im Dienste des Menschen. Ich gebiete und ich verbiete."
„Warum Hasel und nicht Wacholderholz, war das nicht gegen Hexen und die Pest?"
„Pest? Das passt. Aber bitte die von 1348 in Florenz, da gab es auch diesen Umbruch im Denken, umfassend und bahnbrechend, nur das hier, das geschah 35 000 Jahre zuvor, in der Steinzeit: Kunst als Spiegel und Ausdruck eines neuen Selbstverständnisses des Menschen."
Marco kannte ähnliche Reden und schwieg. Als Antwort auf das Schweigen fingerte HB eine Postkarte vom Tisch und reichte sie Marco.
„Da. Das Wildpferd aus dem Vogelherd, geschnitzt aus Mammutelfenbein, 4,8 Zentimeter lang, gefunden in der Grabung von 1931. Eines der ältesten Kunstwerke der Menschheit."
Auf der Postkarte sah Marco ein Pferd, perfekt in seiner einfachen Aussagekraft. Es sah aus wie ein Pferd von heute, erschaffen von einem Menschen von heute.

„Erstaunlich“, sagte Marco und legte die Postkarte wieder auf den Tisch.
„Ja, es ist die Umsetzung der Idee eines Pferdes und sie ruft in uns wieder die Idee eines Pferdes hervor nach all diesen Aberjahrtausenden. Das ist Magie. Die verbindet uns. Verbindet uns mit den Menschen in den Höhlen.“
„Ich verstehe.“
„Was?“
„Dich. Ich verstehe dich, du übst Verbundenheit, indem du ihr Wildpferd nachschnitzst, in deiner Höhle im Fleinheimer Winter.“
In HBs Augen lag Staunen, er lächelte.
„Erfasst, Marco. Jedenfalls kriege ich diese Kunstfertigkeit nicht in mein Hirn. Da sitzen die in ihren Fellen vor ihren Höhlen mit rußgeschwärzten Gesichtern und schnitzen mit so einem popeligen Steinwerkzeug dieses Pferd aus einem Stoßzahn. Genialität, Homo sapiens at his best. Wenn ich das in Hasel hinkriege, bin ich gut.”
HB trank seinen Kaffee und wartete auf eine Reaktion Marcos, die aber nicht kam, daher fuhr er fort:
„Die waren nämlich weiter als wir. Unter den Umständen, unter denen sie lebten, waren die weiter als wir. Aber sie hatten auch eins, in ihrer Kultur, sie hatten Solidarität. Ohne Solidarität lief nichts, sie konnten nur in der Horde jagen und ein Mammut erlegen.“
„Dafür gibt es keine Mammuts mehr.“
„Du glaubst auch an gar nichts.“
„Ich habe nur gesagt, es gibt keine Mammuts mehr.“
„Nein, du hast gesagt, dafür gibt es keine Mammuts mehr. Das ist nicht erwiesen. Was die Solidarität anbetrifft, da können wir uns heute eine Scheibe davon abschneiden. Müssen wir, wenn wir überleben wollen. Eine Gesellschaft ohne Solidarität hat keine Zukunft.“
Marcos Handy klingelte und unterbrach HBs Predigt.
„Hi Marco, wo bist du?“, fragte Jochen.

„In der Eiszeit."
„Was?"
„Ich bin bei HB. Und der hat's gerade mit der Eiszeit."
Das Telefon im Wohnzimmer schellte durch den Raum.
„Baldinger", rief HB in den Hörer.
„Das Telefon auch", sagte Jochen und lachte.
„Du hast es nur gehört, aber nicht gesehen", sagte Marco und ging in die Küche, um Jochens Entschuldigung entgegenzunehmen, der nicht zum Abendessen in Marcos Pizzeria kommen konnte, zu dem auch Sibylle eingeladen war. Er schob eine Verabredung mit einer interessanten Frau vor, was nicht der Wahrheit entsprechen musste, zumal er sich mit einem weisen Spruch verabschiedete.
„Du schaffst das auch alleine, Marco."
Worauf Marco konterte: „Du auch, Jochen."
Er verabschiedete sich und klappte sein Handy wieder zu. Im Wohnzimmer hatte auch HB sein Telefonat beendet.
„Ich muss leider weg", sagte der.
„Ich auch", sagte Marco.
„So ist es halt", kam als Antwort und die Haustür fiel zu.
„HB hilft dem Dorf, und das Dorf hilft HB."
Sie gingen den Asphaltweg zum Hoftor hoch. HB zog seinen Fuß nach. Marco schloss seinen Wagen auf.
„Kann ich dich mitnehmen?"
„Nein danke, das ist gleich da hinten ums Eck."
Marco nickte, umarmte seinen Onkel und stieg in den Wagen. Er fuhr los und schaute in den Rückspiegel. Sein Onkel sah ihm nicht hinterher, er war mit Gehen beschäftigt. Marco lächelte und fuhr aus dem Dorf. Dann fuhr er so schnell er konnte und so schnell er durfte die Steige hoch. Er fuhr durch den Wald in den Rest des Sonntags und vielleicht in etwas ganz Neues hinein.